MEMORY HOUSE

记忆坊文化

读心追凶

II 人格拼图

奔放的老牛 著

江苏凤凰文艺出版社
JIANGSU PHOENIX LITERATURE AND
ART PUBLISHING LTD

目 录
cntents

141 第二篇
完美人格

第一篇
恐惧之爪

序
荒野

你到底在害怕什么？

你真的知道恐惧是什么吗？

又或者说，你就是恐惧本身？

……

混沌的思绪充斥着这个失去了掌控的大脑。

哑哑……一阵古怪的叫声从草丛那边的方向传来。

是乌鸦。

据说，听到乌鸦的叫声是十分不吉利的，尤其是在荒野里。

记忆好像断了片一样，出现了大段的空白，不知道自己为何会突然身处于这处荒野中，也根本不知道自己到底做了什么。

草长得很高，很乱，一路摸索着，大概向前走了二十几米，眼前突然出现了一片空地。

空地上十分突兀地出现了一个稻草人。稻草人的长相特别怪异，它头顶上戴着一顶清朝的大黑帽子，左右手套着灰色的袖子，身上各处还贴满了黄色的符纸，不知道是做什么用的。

此时，停在稻草人手臂上的乌鸦，见到有生人来，叫了一声就飞走了。

哑哑……

不知道是不是错觉，稻草人好像在笑着说："来吧，过来。"

一股强烈的寒意从脚底升起，心跳急剧加快。

虽然很害怕，但是脚完全无法动弹，因为全部的注意力，都被稻草人身底下的东西吸引住了。

那是……

第1章
危机：谁是第四人

那种感觉前所未有的奇妙。

整个身躯明明是躺在蒙特利尔神经学研究所的手术台上，意识也还清醒，但是当仪器的探针接触到她大脑某个部位的一瞬间，大脑仿佛和躯干分离开来，时间开始倒流，一切都回到了七年前。

那一天，烈日当空，放眼望去青草离离，原野上的草长得很高，遮住了四周的视线。小女孩轻快地迈着大步，脸上流露出天真无邪的笑容。然而，不远的地面上出现了一个阴影。

小女孩终于发现了异常，笑容从她脸上消失，草丛中有些东西在沙沙作响，那声音似乎预示着不祥。心脏开始不受控制地狂跳，她不由自主地转回身，看见一个陌生的男人，那个人手上拿着一件不知道是什么的东西，她本能地感到害怕，甚至迈不开步子。

男人向她靠近，脸上露出阴森的笑容，说道："别害怕，我只是想让你陪陪我的宠物。"

大屏幕上画风一转，夏日的原野消失了，镜头又回到了白色的手术台，上面躺着一位年轻的女孩。从周围的环境看，这里是一个研究所，一群医生模样的人在手术台边上紧张地忙碌着，看样子是在给那名女子手术。旁边有一台复杂的仪器，从那里延伸出来的密密麻麻的电线连接到了女子的脑部。

"今天，我要向大家介绍的，是美国著名脑神经科专家怀尔德·彭菲尔德在19世纪30年代进行的关于人脑活动的经典实验。他发现，当刺激人大脑皮质的某些区域时，往事的记忆就会历历再现于我们的脑海中，正如刚才那个童年遇到了意外伤害的小女孩贝蒂一样。"

在台上讲解的是一名五十多岁的老人，额头宽阔，头发花白，虽然身材瘦削，但是双眼显得非常有精神。他是F大心理学认知与脑科学研究所的所长钟超文，今天是市里举办的脑科学系列讲座的第一场，标题为《解读大脑密码——脑科学与心理认知的研究发展》。

讲座是在Z市科技馆二楼的会议中心举办的，放眼望去，台下座无虚席，大部分是年轻人，也有一部分像是老师模样的人。

"七岁那年在野外的不幸遭遇，让贝蒂长期生活在梦魇中，甚至伴随着癫痫症发作。"配合大屏幕上的纪录片段，钟超文教授继续他的演讲，"科学家尝试通过脑科学技术来为她提供帮助。20世纪30年代，彭菲尔德对贝蒂进行了试验性的手术治疗。他掀开她的颅骨侧面，露出她大脑的颞叶，用电极探查她的大脑，再将电极连在一台脑电图描记器上。奇妙之处在于，当脑电装置的探针触到贝蒂大脑颞叶的某个确定位置时，贝蒂发现自己又一次置身于当年的草地中，再次遇到了那个陌生男人。细节如此丰富，恐惧如此清晰，大脑就像放电影一样再现了往事。利用标着字母或数字的小纸片，彭菲尔德找到了这段可怕回忆对应的大脑皮层位置，通过刺激附近的点引发不同的感觉。当探针接触不同点时，贝蒂会回忆起不同的往事。试验成功了，神经科学认知研究翻开了新的一页！

"然而，被探针'打扰'过的大脑，留下了一定的具体意象，残留在贝蒂的记忆中，科学家推测，这是对大脑进行干扰之后的后遗症。"

在整个演讲过程中，钟教授的声音抑扬顿挫，极富感染力，所涉及的科学内容又通俗易懂。讲座结束之时，会场响起了热烈的掌声。

"未来这种技术如果能系统地应用到刑侦上，一定会大放异彩。"人群逐渐散去之后，一旁的周彤发出了由衷的感慨。

从讲座开始到现在她一直在聚精会神地听讲，直到演讲结束，她才说了第一句话。

　　今天的脑科学主题讲座是周彤主动邀请我来参加的，老实说我有点意外，印象中她可是个一心扑在警察事业上的职业女性，这还是她头一回表现出对学术的浓厚兴趣。美女警察相邀，这个面子还是要给的，再加上钟超文是认知神经科学领域的专家，讲座内容想必非常吸引人，于是我欣然赴约。

　　"你是想说，通过将受害人大脑中的记忆影像化，从而迅速寻找到犯罪嫌疑人吗？"我心领神会，很快捕捉到了周彤的话中之意。

　　"如果技术再先进一点，可以在不对脑部进行手术的情况下，直接通过脑电图扫描出记忆影像，那样一来，无论是通过目击者还是受害人，都可以帮助警方直接锁定凶手。破案就简单多了不是吗？"周彤脸上写满了期待。

　　"我相信这种科学会在若干年内实现的，毕竟脑认知科学是现在最热门的研究领域之一，有那么多天才科学家正在为之不懈奋斗，不愁大事不成。有部科幻电影叫作《记忆提取》，里面就介绍了这种未来科技。不过真到那时候，我大概就得失业了。"说到这里，我情不自禁地叹了口气。

　　"为什么？"周彤饶有兴致地望着我。

　　"你想啊，以后人们所有的心理问题都可以影像化，潜意识和意识的冲突完全可以用图像直观地表现出来，那还要我这个心理医生做什么？"我自嘲地说。

　　"那也未必，医生，不是有个理论叫作'缸中之脑'吗？我们以为自己正在听讲座，而实际的情况，可能只是一颗已经与身体分离的大脑，在某地的一间实验室里浸泡在一缸营养液中。大脑连着电极，某台超级电脑连续地向大脑输送刺激信号，这些信号模拟了我们听讲座的体验。所以其实，高医生你做的事情也是一样的，到时候说不定更需要你这样的大脑内容'输入者'。"周彤思维转得很快，从科学跳到了哲学。

　　周彤的话并非天马行空，彭菲尔德和其他大脑研究者的工作的确引发了一系列对于世界真实性的质疑，也诞生了关于缸中之脑的哲学命题，《黑客帝国》等影视作品就是对这一命题的想象。

　　"世界是真是假我不知道，但是最早对此进行思考的一定是中国人吧，早在战国时期，庄子就发出了'不知周之梦为蝴蝶与，蝴蝶之梦为周与'的疑问，只是没想到，周警官你对脑科学这么感兴趣。"我有点惊讶，一心一意扑在刑侦事业上的周彤竟然如此关心这类学术问题。

"每次科技的进步都会带动刑侦技术的发展，我们现在用到的痕迹检测、血液检测、面孔声音识别等技术都有赖于新技术的革新，所以只要有时间，我都会关心最前沿的脑科学，毕竟人脑是犯罪动机的发起部位。不过，我担心的是，假如未来真的可以对大脑的某个特定区域进行刺激而达到某种效果，一旦有人掌握了这种技术手法的话，人的行为不也是可以操控的吗？"考虑到了某种尚未实现犯罪的可能性，周彤露出了思索和忧虑的表情。

"周警官，我相信今天你把我叫出来不是探讨哲学问题这么简单吧？"我礼貌地打断了周彤的思考。

"哦，不是，我差点给忘了，有个消息要告诉你。"周彤回过神来，切入了正题，她正色道，"唐薇死了。"

唐薇是金牌编剧杀人案的凶手，也是大胆的双重人格的扮演者，她企图通过伪装成分离性身份识别障碍来逃脱自己杀人的罪行，但是后来被我们识破。计划失败之后，她供认出了真正的幕后指使者，也就是外号"人格面具"的魏达明。

"死刑这么快就执行了吗？"我吃了一惊，印象中从判刑到执行死刑还是需要一段时间的。

但事实证明是我想错了。

"不，她是病死的。其实唐薇入狱的时候已经是绝症晚期了，还没等到死刑执行，她便医治无效死亡了。"

"这么说，她犯下杀人案的时候就已经知道自己死期将近了，那她一系列的疯狂行为……"我脑海里不断浮现出唐薇那张变幻莫测的面孔和神态，她那种蔑视一切的态度，大概也来源于知道自己身患绝症之后的扭曲心理吧。

"应该都在她计划之中。按她自己的话说，她只是把它当成了一场游戏。而且，她最后留下了一句话。"说到这里，周彤停顿了一下，脸上的表情稍显凝重。

"她是不是又留下了什么谜语？"我心想以唐薇的个性，肯定也不会留下什么好话，而且多半是那种让人琢磨不透的语句。

"她说啊……"周彤清了清嗓子，模仿了一下唐薇的语调，用冰冷而沙哑的声音说出了这句话，"恐惧，会是你们的下一个对手。"

果然如此！虽然她的话乍一听很可怕，但是稍微冷静之后我开始怀疑："是不是她心有不甘，所以想吓唬吓唬人？"

"我不这么认为，那一刻我留意了她的眼神，在她眼神里，我读到了很强烈的憎恨。直觉告诉我，不能把她的警告当成无聊的玩笑。"周彤显然对唐薇的话更加慎重。

"那么周警官，你怎么解读这句话？"

"我认为她要表达的意思是，他们还有同伙，他们还有更凶狠的计划。大概是这个意思吧，希望是我想多了。"

"从唐薇的表现来看，我认为她患有一定程度的反社会型人格障碍。比如说，她的行为具有高度攻击性，而且对自己的行为毫无羞愧感，缺乏与焦虑相关的自主神经反应。同时，由于对自己的人格缺陷缺乏自知力，因而不能从经历中获得经验和教训，社会适应不良，很难融入正常社会。"

"对，她和李意可不一样啊，李意本质上来说还是个正常的小伙子，只是遭遇太过坎坷。"周彤也感慨道。

说到李意，的确让人有点唏嘘。他是F大的心理学博士生，原来和我共享一个心理咨询室。童年的时候被"阴影"等人抓去做试验，尽管侥幸逃脱，但还是落下了心理阴影。本来很可能成为心理学的未来之星，却因为和"阴影"等人的对抗走上了犯罪的道路。

"周警官，你说，唐薇所指的恐惧是什么意思？"我反复琢磨唐薇留下的话，认为句中的恐惧一词似有所指，而不是单单的恫吓。

"关于这点，我倒是有点线索，有件东西给你看看。"

在我好奇的目光中，周彤拿出了一个牛皮信封，用她修长的手指从里面夹出了一张黄黄旧旧的照片。但是奇怪的是，照片的右边被人撕掉了一大块，不知道为什么。

"这是从唐薇住处搜出来的照片，你看看这群人里面有没有你认识的。"

上次案件也是从一张照片开始的，所以从周彤手里接过照片那一瞬间，我的心不由自主地咯噔了一下。深吸了口气，定睛一看，幸好不是什么恐怖照片，上面有三个女孩，样子都只有十五六岁，其中有两个女孩的样貌特别相似。

"这两姐妹是尹米兰和尹米雪吧？"虽然发型与我见到她们时有所不同，但是我一眼就辨认了出来。

"没错，是她们俩。"周彤点头。

"右边这个长相比较冷酷的女孩，一定是年轻时的唐薇，因为她的单眼皮和独特的下巴很容易辨认。"我摸了摸鼻子，很有自信地说。

"好眼力，你继续。"周彤微笑着说。

"还有，照片右边被撕掉的一角原本还有一个人，但是现在已经看不到他的样子了，只能看出他的手搂住了唐薇的肩膀，从这个动作判断，两个人的关系应该比较亲密，有可能是好友。"

"嗯，你再看看照片背后。"周彤用眼神示意。

我把照片翻了过来，只见照片背后用红色笔写着鲜红的几个英文字母：F-E-A-R。

Fear的中文意思就是恐惧，联系唐薇的那番话，我有点茅塞顿开："难道说，这个照片里头缺失的人就是唐薇口中所说的'Fear'？"

此时，我也回想起了李意在被捕前跟我说过的话："要小心'阴影'背后的人。"他指的，会不会就是这个"Fear"？

"故意留下模糊不清的线索是他们喜欢的风格，所以我认为医生你的推测是成立的。"

"从照片起码我们可以推测出，当时一共有四个孤儿被收养。"

"不，关于这一点，我们已经向魏达明确认过了。他说，他只培训了一个女孩，也就是唐薇。而这第四个人，有可能是唐薇的恋人。"

魏达明就是阴影案中的"人格道具"，阴影案的主谋之一，为了帮儿子掩饰罪行，指使唐薇杀人，又亲手除掉了威胁到自己的"阴影"封俊波，最后李意用他儿子的性命要挟，他才被迫无奈说出犯罪事实。

"恋人？"

"是的。"

"唐薇的……恋人？"迟疑的口气表达了我心中的愕然。

"有什么好惊讶的，你没听说过物以类聚吗？也许他们就是同一类型的人才会互相吸引。"周彤倒是见怪不怪。

叮叮叮……

这时候，我手机设定的闹钟响了，我看了一眼备忘录，一拍脑袋，叫道："哎呀，差点忘了，周警官，我先告辞了。我还要去参加一个沙盘游戏沙龙，时间马上就快到了。"

"沙盘游戏沙龙？"这个新鲜的词引起了周彤的兴趣。

"对啊，其实就是把沙盘咨询技术应用到休闲游戏里头，也算是心理学商业化的一种尝试吧。"我稍稍解释了一下。

"一直都听别人说起沙盘的神奇，却还没有机会亲身体验过。"周彤伸了个懒腰。

"有家咖啡厅叫有只猫，据说是本地有名的网红店，每周店里都会举办一些有意思的活动，这次的沙盘游戏沙龙就是其中之一。周警官，如果你也感兴趣的话，不如一起去看看？"看到周彤似乎很感兴趣，我也顺势邀请了一下。

"谢了，不过我还得回局里加班写报告。我看，这次去参加沙龙的人不只你一个吧？"周彤仿佛看穿了什么一样。

"周警官，你还真是明察秋毫。如果不是兰妮一定要我去帮忙鉴定这个沙盘沙龙的真伪，我还真不一定会去。"我做了个摊手的动作。

"好，既然你有约，那我就不耽误你时间了。有什么消息我再通知你，反正我觉得我们用不了多久又会再见的。"临走前，周彤有意无意地说了一句让人摸不着头脑的话。

我大概猜到了话里的意思，只好尴尬地笑笑，朝她挥挥手，明明是想置身事外的，但是又忍不住想：那个"第四个人"到底是谁呢？

夜色如洗，仰望深邃的星空，黑色的苍穹深处仿佛蕴藏着无限的秘密和可能。

望着这一切，我的脑海中不由自主地浮现出网络海报上关于沙盘游戏的广告词："沙缘之旅，探索人生意义；心灵之门，破译自我密码。"

沙盘原来是国际上常用的心理治疗方法，主要让成人在布满沙粒的特制盘中，用各种玩偶塑造出内心世界，让咨询师能够了解其心理诉求，从而有的放矢地帮助其疏解不良情绪。因此，沙盘治疗尤其适合那些情感较为压抑、不善于语言表达的人。

但是近日来，有一些心理师开发出来一些新的玩法，让普通的受众也可以参与到沙盘游戏当中，不仅简便易行、轻松愉快，而且花样更多，经过社交网站的推广传播之后，俨然成为许多都市年轻人的新宠，成了一种崭新的聚会形式。

用一个流行的词来形容的话，大概就是所谓的"城会玩"（"你们城里人真会玩"的缩写）吧。

当我到达沙盘沙龙的举办地——有只猫咖啡厅时，远远地看见钟兰妮已经站在咖啡馆那块"Youyicat"的招牌下面朝我招手，在她左手边，精心布置的盆栽围成了一只猫的形状，很好地衬托出了这个咖啡厅的主题。

"不好意思，我来晚了。"一见面我赶紧道了个歉。

"不要紧啊，凡哥，还有五分钟才开始呢。"钟兰妮的笑容十分灿烂，看来心情相当不错，"我猜，周警官是不是又给你分配了什么新任务？"

"没有。"我赶紧否认，"我们只是讨论了一些最新的学术问题。"

"真的？"钟兰妮似乎看出了点什么。

"嗯嗯。"我当然不想把有关第四个人的坏消息透露出来，况且目前来说还没有什么实质性的发现，何必自己吓自己呢？

"凡哥，要我怎么说你呢？虽然你的职业是心理医生，但你对于隐瞒事件还真是一点都不擅长。"钟兰妮耸了耸肩。

"啊哈。"被识破了，我只好勉强挤出几声干笑，"好吧，其实是这样，她跟我提到了一些案件的最新进展，不过还只是调查阶段，并没有什么实质性的结果。"

"逗你玩的啦，其实你们聊什么我没那么关心，你能陪我来玩沙盘我已经很高兴了，毕竟这是我向往已久的游戏啊，我们还是赶紧上去吧。"兰妮露出了孩童般贪玩的表情。

幸好她的注意力完全在沙盘游戏上，没有揪着这点不放，这让我松了口气。毕竟还存在一个"Fear"这种事情，越少人知道越好。

沙龙是在有只猫咖啡厅的二楼举办的，到达的时候，那里已经聚集了不少人，其中大部分是年轻人。因为这次沙龙是采取团队报名的方式，所以参与者之间都是有说有笑的，从关系上能看出来不是恋人就是朋友。

大约一百平方米的空间，摆了二十张左右的沙盘台子，算是挺壮观的了。两侧的木架子上摆放着许许多多精致的玩偶，包括形态各异的人物、动物、建筑物、交通工具、景物、植物和兵器等，琳琅满目，显然组织者为这场活动做了精心的准备。

"只是普通的玩具嘛。"兰妮望了一眼那些玩偶，有些失望地说。

"你可别小看那些道具，正规的沙盘道具都有很高的制作标准的，正版的一般价格昂贵，那架子上的玩偶，加起来价值可能超过三四万元呢。"我仔细观察了一下说道。

兰妮咂了咂舌，显然是没想到沙盘道具价格如此高昂，她想了想说："这么说今天的沙盘游戏是货真价实的了？"

"沙盘道具只是辅助，主要还是看咨询师的分析，万一做沙盘时咨询师进行了不恰当的解析甚至'野蛮分析'，很可能给参与者贴上负面标签，带来负面的心理暗示，反而会造成伤害。所以说，虽然只是游戏，但还是得慎重啊。"我客观地说。

"这就是我让你陪我来的目的了。虽然只是游戏，但是如果被忽悠了那就太不甘心了。每人可是收了两百大洋的参加费用呢。"显然钟兰妮更关心沙龙的性价比，这也是普通人的正常想法。

晚上八点整，沙盘沙龙开始了。只见一个戴着黑框眼镜，三十多岁，头发梳得油光发亮，个头不高的小胖子走到了舞台中央，朗声说道："大家好，我是读心科技有限公司的CEO，也是沙盘游戏的设计师凌东，你们可以叫我东东。今天的沙盘游戏，是我们团队根据心理学原理，自主设计的一款集科学性与娱乐性为一体，用以帮助游戏者完成自我探索、提升自我认知的心理游戏。而这种游戏在全国尚属首创，旨在通过轻松愉快的游戏方式，推广普及心理学技巧，揭开心理学的神秘面纱，让大家接触心理学，科学地运用心理学技术，更好地认识和帮助自己。在游戏进行的过程中，我们的心理咨询师还会在一旁记录每一个细节，最后为参加者们形成一份心理解读报告。"

听完凌东热情洋溢的开场白，兰妮低声问我："凡哥，你看他说得煞有介事、有板有眼的，依你看，这套理论靠谱吗？"

我不想太早做判断，只是淡淡地回答："目前业界用心理学名头吸引到风投的创业公司也不少，其中鱼龙混杂，现在还不好说，一会儿再仔细看看吧。"

今天既然是扮演鉴定员的角色，自然也要做得称职。

此时，只见主持人凌东指着面前的沙盘说："我们这个沙盘游戏一共要用到四种道具，分别是山、水、树、蛇四种模型，所以这个心理游戏也叫山水树蛇。"

我低头望了一下眼前的沙盘台，果然旁边放了四种类型的道具，就是咨询师口中所说的山水树蛇。

打开投影仪后，凌东紧接着进行说明："大家现在看一下手头的道具，每种元素其实都有不同形态的道具可供选择，比如这个山……"凌东一边说一边举起一个代表山的道具，"山其实是有三种形态的，一种是平整的山，一种是凸起的山，一种是山峰形状的山；同样的，水也有两种形态，一种是这种弯弯曲曲如同河流一般的模型，一种是像湖泊的水模型；树也有三种形态，分别是枝叶繁茂的树、椰子树和这种头尖尖的树；最后的元素蛇只有一种形态。好了，现在我们要大家做的事情是，凭你的第一感觉，用这山、水、树、蛇四个元素在沙盘上组合成一幅画，但是注意，每种元素道具只能用一次。"

"好像很有意思。"凌东的指导语很有煽动性，兰妮跟其他人一样有点跃跃欲试，她一边细心挑选着自己喜欢的道具，一边小心翼翼地在沙盘上摆放，神态动作就好像一个正在玩乐高玩具的小孩。

沙盘摆好之后，她又自我欣赏了一番，见我无动于衷，讶然问道："咦，凡哥，你怎么不摆啊？"

"这个……"我有点支支吾吾。

"哦，我知道啦，你是不是不想暴露自己内心的想法？"兰妮立刻发现了我的小算盘，双手叉起横眉以对。

"当然不是啦，因为……因为我要观察啊，不然怎么帮你判断这沙盘沙龙靠不靠谱？"幸好我及时想到了说辞，其实我就是不想让人分析，嘿嘿。

兰妮皱着眉头努了努嘴，一时间也找不到有力的说辞来反驳我，只好四处张望，观察一下别人的作品。十五分钟之后，在场的参与者都陆陆续续把自己的山水树蛇画摆好了。

凌东环视了大家的沙盘摆放情况，拍了拍手掌，说："好了，现在想必大家都已经把自己的山水树蛇画摆出来了吧，那么，现在由我来揭晓一下山水树蛇四种不同元素所代表的含义。"

此时，投影上的PPT里出现了一张对照表格，表格中显示的是各个元素所对应的含义。

凌东逐个进行解说："山在我们的印象中是坚固的，代表着赋予我们生活基础或经济基础的元素，所以这个游戏里的山，代表我们追求事业或者学业的态度和方式。凹凸的山代表进取心强，渴望突破和自我实现，喜欢富有挑战性的工作，平整的山则代表注重长期收益，喜欢稳定的工作；水在中国人的集体潜意识里，就是财富，而这里的水元素代表的是我们的金钱观和理财观；中国人自古有'十年树木百年树人'的说法，因而树在这里代表的是我们身边主要的亲密关系，比如家庭、爱情、亲密的友情等；最后一个蛇，相信伊甸园的故事大家都听过吧，夏娃受到蛇的哄诱，偷食了知善恶树所结的果，最后导致亚当和夏娃两人被逐出伊甸园，所以蛇代表的是冲动、诱惑、激情，这里的诱惑并没有褒贬的意思，只是一种动力的考量。这就是山水树蛇的代表含义。"

沙龙参与者都对照着表格分析起自己的沙盘来，但是因为只是刚刚接触，"自助"起来难度不小。

这种情形应该是在预料之中的，凌东的目光在场中搜索了一下，突然高声问道："我想请第一排最左边的这位先生给大家分享一下自己的山水树蛇，可以吗？"

众人循着目光望去，只见那是一位穿着咖啡色紧身衬衫和牛仔裤的高瘦男子。

被点到名的男子感觉有点突然，但是也很潇洒地回应道："没问题，来帮我分析一下吧，东东。"

旁边和他一起来的朋友听到他成了被选中的人，也鼓起掌来起哄，会场的气氛一下子热烈起来。

凌东走到他的面前，很有礼貌地问道："这位先生怎么称呼？"

男子理理头发："大家一般叫我Mike。"

凌东瞄了一眼Mike的沙盘画，皱了皱眉头，说道："Mike，我注意到你用了两个山的道具，违反了我们的游戏规则。"

我一看，被称为Mike的男子所摆放的沙盘上，果然摆放着两座山的模型，而且都在一条弯弯曲曲、流动的水上，这和凌东一开始的指导是不符合的。

"对不起，刚才没听清楚，我重新来吧。"那个男子笑笑，正想拿起道具重新摆放。

"等等，Mike，即使是无意中摆错也可能有它自己的含义，人每一次的小错觉都可能隐含着重要的信息，所以这个游戏第一感觉是最重要的，让我来尝试分析一下。"凌东目光闪烁，他面对这个"错版"沙盘画，似乎也同样胸有成竹。

"那好吧，你尽管说。"Mike又起双手，想看看凌东要怎么解读自己的画，全场的目光也集中到了凌东身上。

凌东一半像是对Mike，一半像是对着在场的人说道："分析山水树蛇画，第一步是分析画面的结构。Mike，我发现你的沙盘各种元素，山、水、树、蛇摆得很紧凑，整个画面看起来空间很狭小，从沙盘分析的角度讲，我认为，你近来的生活压力有点大。"

Mike一愣，仿佛被说中了什么，他好像打算张嘴说点什么，但没有说出口，也算是默认了凌东的解释方向是正确的。

"然后，说说你这两个山的问题。你的两座山和树，都是放在一条弯弯曲曲的河流上的，我刚才也说过了，水在这个游戏里代表着财富，俗话说'花钱如流水'，线条形的水模型象征着比较高频的消费，而你用了两座山，说明你压力很大；树也是放在水上面的，在这里很可能象征着你的家庭或是你的亲密关系。综合起来分析：你的工作节奏很快，而且可能有多于一份的工作，生活节奏同样很快，压力很大，但你的财富并没有聚集起来，而是大部分花在家庭或是亲密关系上了。"

　　"喂，Mike，他说得很准啊。"Mike还没说什么，倒是他旁边一个留着大胡子的朋友激动地拍了他一下肩膀说。

　　Mike淡然笑了一下，对凌东说道："你说得没错，我的本职是个调酒师，但是现在还在另一个地方当调酒教练，每周都要两地奔波。"

　　看得出Mike也是个爽快人，既没有否认也没有隐瞒，只是语气中带有一丝心酸。

　　"你的收入应该不少，为什么要这么奔波呢？"凌东仿佛是替在场的人问出了胸中的疑问。

　　"我老婆没有工作，现在又多了两个女儿。老实说，我也没什么积蓄，基本上赚来的钱都用来还房贷和家庭支出了。"

　　说到这里，Mike的神色有点黯然，他的话也印证了一个道理：成人的世界没有"容易"两个字。

　　凌东没有继续打听Mike的隐私，只是以咨询师的口吻叮嘱道："你现在的压力很大，我希望你能稍微调整一下你的身体状态和精神状态，这样才可以更好地应对生活。"

　　Mike神色疲惫地点点头："我确实打算做一些改变，打算辞掉在外地的那份工作。虽然收入少一点，但也多了一点时间陪家人。我老婆也说等女儿大一点就出去找工作，来减轻我的负担。"

　　"看得出你是个很重视家庭的人，因为你选择了这个形态的树。"凌东边说边举起了Mike沙盘里的树道具，"这个枝繁叶茂形态的树道具，象征着摆放者对家庭关系的维持非常在意，而且纵观整个山水树蛇画的构图，你的树是处于中心位置的，所以我觉得你的决定是对的，家庭才是第一位。"

这一幕既让人感到神奇，也有点唏嘘，兰妮小声质疑道："这个沙盘分析师还真有两下子，你说那个叫Mike的参加者会不会是托呢？"

"我看不会，他的表现很自然。"我一直在观察Mike的神情变化，在他的身上，我只看到了很真实自然的情感流露。

"那就奇怪了，凌东的分析为什么这么准呢？"

"这是利用了心理投射的原理，在摆放玩具的过程中，个人的思想会不自觉地和用的道具联系起来，通过山水树蛇四种元素在沙盘上体现出来，再加上他本人过往曾做的一些沙盘咨询的经验，所以根据摆放出来的沙盘画便能够得出有说服力的分析。"

兰妮满意地点点头："这么说来这游戏还是挺有内涵的。"

我保持客观中立的态度说道："目前来看是挺靠谱的，但这只是一个案例，还要看其他案例的分析。"

沙盘的神奇也引起了在场其他参与者的浓厚兴趣，会场右手边有一群帅哥美女大声招呼道："东东，这边这边，来帮我们的美女分析一下。"

凌东走到那伙人面前，那群人里头有一个很漂亮的女孩子朝他做了个妩媚的动作，用颇为轻佻的语调说："东东，你来帮我看看，我也想知道自己最近的状态呢。"

女子有着一头乌黑的秀发，长着一张明星脸，身材高挑、玲珑有致，的确是个难得的美女，而且她穿的是很性感的服装，让人过目难忘。我注意到女孩身旁站着一名穿着考究、身材稍显肥胖的男子，两个人身体靠得很近，手还牵在一起。听到她和东东这么说话，男子顿时脸色一变，我心里猜想这大概是女子的男朋友吧，看着自己女友对着其他男人这么说话，难免心情不悦。

凌东也不是笨蛋，我想他大概也看出了两者之间的关系，不过既然是对方主动邀请的，他也没必要躲避。于是他问道："这位小姐怎么称呼？"

女子美眸闪烁："我姓廖，你可以叫我恬恬。"

面对美女的挑逗，凌东表现得也很得体，他落落大方地说："恬恬你好，既然要我分析，那我就直说了，如果说错了请不要介意。我刚刚仔细观察了你的沙盘，你的山水树蛇摆的结构比较奇特，树在水之上，蛇在树之上，我想你在生活中是一个比较随性、奔放、不拘一格、直来直去的人。"

"我啊，说话是直，所以人缘还不错。"廖恬恬稍显得意。

她旁边的女性朋友借机起哄："你不是人缘好，你是骚。"

"喂！"廖恬恬朝她们吼了一声，然后又转过头来笑着对凌东说，"别理她们，都是些损友，东东，你接着说。"

凌东微笑点头，继续分析道："我注意到你在使用山道具的时候选择了高高耸起的山形态，这表明你的工作是比较有挑战性的，节奏也会比较快。"

廖恬恬笑意盈盈地说："我啊，就是传说中的空姐，天天飞来飞去，可累了。要说挑战性的话，是挺大的，每天要面对各种各样的人，不过我喜欢。"

"但是你的山离其他元素都比较远，说明你对这份工作可能并不是很在意。"

"哈哈哈，工作嘛，能做就做，做不来也没办法。"

"而你的水，用的是流水型的形态，而且水离其他元素都很远，这说明你的金钱观接近于'来得快，去得也快'，我猜你大概是月光族吧。"

"好厉害，这都被你看出来了。"廖恬恬鼓起掌来，"我是赚多少用多少，从来都没有存钱的习惯。"

她旁边的损友，一个短头发的女孩子搭腔道："我们恬恬哪需要存什么钱，总有男人主动在她身上大把大把地花钱呢。"

"喂喂，再说要翻脸了哦。"廖恬恬又朝她啐了一口，叫她不要多话。

"恬恬，你还没有结婚吧？"凌东问道。

"是的，这是我男朋友。"恬恬似乎为了讨她男朋友欢心，刻意地牵起了她男友胖胖的手，并且举了起来让周围的人看到。但是这一举动并没有讨得她男朋友多少欢心，他的脸色依旧有些阴沉。

"好的，我之所以问这个问题，是因为在不同的人生阶段，沙盘里的树所代表的关系可能不同，如果是已婚的朋友，那么树很可能代表的是家庭关系，那么目前看来，你的沙盘里树象征的应该就是情感关系了。重点是，你的树和蛇的摆放方式，你把蛇放在了树上。"分析到这里，凌东故意停顿了一下。

"这又代表什么呢？"廖恬恬不解。

"恕我直言，蛇代表诱惑，也就说明对你产生诱惑或者冲动的事物主要是在情感关系上。"凌东似有深意地望了廖恬恬一眼。

"是这样吗？我没觉得啊。"廖恬恬神色有些尴尬，不自觉地摆弄了一下自己的秀发，这动作从微表情来分析的话，是因为人掩饰内心活动的本能而做出来的。

"如果我说得有不当的地方，请多见谅。"似乎对自己过于耿直的分析有点后悔，凌东赶紧打了个圆场。

就在那短短的几十秒当中，产生了许多稍纵即逝的内心活动，这一幕还真的挺有意思，特别是廖恬恬摆的那个沙盘，有点研究价值，于是我便掏出手机来，上前几步，拉近镜头，把那个沙盘拍了下来，然后又回到原位。

这时候，兰妮悄悄埋怨道："凡哥，这可就怪了。你看东东前面都解说得很清楚，可是这一次分析得很模棱两可。"

我低声对兰妮说："东东他刚才说得比较委婉，他其实想说的是这个女孩情感关系有点混乱。"

兰妮吃了一惊："什么？真的啊？"

我点点头："不信？你看看那女孩子的表情。"

兰妮望过去，只见在凌东的分析过后，那几个人的氛围变得十分尴尬，特别是廖恬恬和她男朋友两个人，一个好像在躲避着什么，另一个面色铁青。

兰妮也恍然大悟："哦，我也看出来了。从他们的神态的变化看来，这凌东的分析八九不离十，这女孩很可能是一个交际花，很可能还发生过类似的事件。这山水树蛇还真是神奇呢。"

然而，当我们的注意力都放在廖恬恬的沙盘时，有一个阴恻恻的声音在我耳边响了起来：

"这个女人，对的，就是这个叫作廖恬恬的女人，不久之后她就要死了。"

我皱了皱眉头，心想是谁在说这么不吉利的话，回头一看，就更吃惊了。发出声音的是一个穿着灰色衣服、戴着兜帽的男子，他不仅语出惊人，而且举止也很怪异，因为他的话是对着他的手机说的，而他的手机此时对着的方向就是廖恬恬的位置。

"你们还不信？呵呵，过不久你们就知道我的厉害了。"那个兜帽男朝着手机撂下了这句狠话之后，就悄悄离开了。因为大家的注意力都放在凌东那边，除了最后一排的我之外，大概其他人都没留意到古怪男人的出现。

"这人在干吗呢？神神道道地自言自语。"我满腹狐疑地看着这个莫名其妙的人消失在视线中。

"他在用手机做网络直播。"兰妮对新事物比我要了解，所以一眼看出了端倪，"那些话是对他的直播粉丝说的。"

我想起最近有来咨询的人跟我提到过，网络直播是一个新兴行业，因为来钱快、收益高，不少年轻人投身网络直播，直播的内容也是越来越奇怪，甚至连吃饭、睡觉也有人直播。

"素质这么低的人还能当主播？话说回来，他直播的到底是什么内容？"我心里有些纳闷，不过思绪很快被另一边的争论声打断了。

意想不到的是，沙龙会场内也出现了不和谐的插曲。

"你这样分析是不负责任的。"有一名女子走到廖恬恬的沙盘面前，和东东争执了起来。她看起来也是二三十岁的样子，但是衣着稍显老派。头发在脑后绾了个髻，戴着金丝边眼镜，学术范很浓，看起来不是老师就是医生。

"请问你是？"凌东很冷静地面对着这名不速之客。

"我是本地心理协会的秘书长崔黎，也是一名心理医生。我现在对你不负责任的沙盘分析提出抗议。"女子的言辞非常尖锐。

"怎么不负责任了？"被当众砸场子，凌东开始有点沉不住气了。

"你对沙盘的这些分析，只是你不成熟的臆想成果，不能拿来咨询，也不能为受众提供有用的建议，请停止你的误导。"崔黎毫不客气，针锋相对。

"这些沙盘游戏都是我们团队根据心理学的原理，花费了很多心血设计出来的，还利用了大数据不断进行完善，哪里不科学了？我看你是妒忌吧。"凌东怎么也想不到半路竟杀出这样一个程咬金来，而且还是同行。沙盘游戏是刚刚兴起的行业，他有理由猜测对方是竞争对手故意指使来的，所以语气毫不客气。

眼见冲突有升级的迹象，我赶紧拉拉钟兰妮的手臂，低声说："兰妮，这里的冲突可能会升级，不如我们走吧。"

兰妮点点头，我们便悄悄离开了咖啡厅二楼。一路上我还在回味着那个巧妙的沙盘游戏，心里假设了一下，如果这个是由我来做分析，我会怎么做？

那晚后来发生了什么，我没有再去打听，但是没想到，那个沙盘沙龙上发生的事情，只是一系列犯罪事件的序曲。

第2章
调查：沙龙的线索

公路上基本没有车辆，恬静通透。两侧的草长得很高，即使开车经过也看不见两侧的情形。

夕阳西下，国道旁边的那片荒野里，出现了两个身影。

一个是标准的美女，身材高挑，面容精致，俨然就是沙盘的参与者之一廖恬恬，但是她今天穿了相对保守一点的衣服，头发也扎了起来，表情略显严肃。

另外一人却不是她男友，而是一个穿着航空制服的男人，他身材高大，长着一张轮廓分明且帅气的脸，从制服上看，他应该是本地航空公司的员工。

他是廖恬恬的同事，陶伟。

廖恬恬到的时间比约定的时间早了许多，当陶伟到达的时候，他发现廖恬恬正在对着荒野里的稻草人说着什么。

"恬恬，你在做什么呢？"陶伟觉得廖恬恬的样子很奇怪。

"陶伟，我说你啊。"廖恬恬见到陶伟出现，马上远离稻草人，朝陶伟的方向快步走来，口中埋怨着，"你干吗要来这么阴森森的地方说话？"

"阴森森？哪里阴森森了，你胆子怎么变得这么小了？"陶伟很不以为意。

"阴阳怪气的，你看那个！"廖恬恬面露不满，右手一指，"看着就不舒服，我刚才还特意去检查了一下那东西。"

廖恬恬指的是荒野里的那个稻草人，谁也不知道为什么在这个地方会突兀地立着一个稻草人，头上戴着一顶清朝的大黑帽子，身上还贴了不少黄色的符纸，让人感到有点心里发毛，看也不想多看一眼。

"哦，你说那个啊？我听说是附近的村民特意放在那里辟邪用的。"陶伟突然一本正经起来。

"辟邪？"廖恬恬情不自禁地用双臂抱住了自己，像是害怕的样子，"难道说这里有什么东西……吗？"

齐人高的草丛某处，不时传来乌鸦的叫声，还有眼前的稻草人，样子说不出的古怪，仿佛是有什么东西藏在里面似的。

成功吓唬到廖恬恬，陶伟有点小得意："跟你开开玩笑罢了，看你吓成这样。你不是说找一个隐蔽的地方吗？而且这里离机场又不远，即使发出很大的声音也没有人听得到。"

"别耍嘴皮子了，今天找你出来，是有正事要聊。"廖恬恬突然间板起了脸。

"你这几天是怎么了？我看你这忧心忡忡的样子，是不是在担心什么？"陶伟大约是发现了廖恬恬的样子和往日大相径庭，不解地问道。

"当然担心，我男朋友他已经注意到你了。他最近还老是查我的手机，好像随时随地都盯着我一样。我有点害怕。但斌他老爸的势力可不小，和航空公司的老总也挺熟的，要是被他知道我劈腿了，我死都不知道怎么死的。"廖恬恬没好气地说。

"怕什么啊，我们这么小心，再说我们飞去国外的时候他又管不着，到时候我们想做什么就做什么。"陶伟一脸轻松的样子，顺势就要去抱廖恬恬。

"走开。"廖恬恬一脸厌恶地把他推开。

"怎么了？"陶伟一愣。

"我们不要再继续了，这样的日子我已经厌倦了。"廖恬恬面无表情，神色一改往日的热情，很是冰冷。

女人的心真是说变就变，廖恬恬的变化之大让陶伟一时间接受不了，他也意识到廖恬恬是认真的，语气变得急促起来："你不是说过你根本不想和但斌在一起的吗？只是因为他能够满足你的开销你才勉强将就！难道都是骗我的吗？"

廖恬恬冷冰冰地说："我想通了，但斌对我也不错，人都是有感情的，我不想老是做对不起他的事。"

陶伟焦急地追问："那我们之前的计划呢？"

"什么计划？"

"你说服但斌投资我朋友的俱乐部，那是个高风险项目，就算钱没了也不会引起怀疑，这不是我们早就计划好的吗？我连项目策划书和银行账户都准备好了。"

廖恬恬看都不看他："放弃吧，我不想弄了，心累。再说你那个什么破计划漏洞百出，搞不好会牵连我的。"

陶伟差点骂出口，但还是把话咽了回去："这……你到底受了什么刺激？怎么连往日的情分都不顾了？"

"没什么，只是觉得我们缘分已尽，没有再见面的必要了。"

"你不是说我们两个很般配吗？当初不是你主动要和我在一起的吗？"

"我们？"廖恬恬不客气地打断了他，冷笑道，"哪里般配了？我是空姐，你是空少，说白了都是穷光蛋，谁养得起谁？再说了，你牵挂的不就是你那个投资计划吗？抱歉，你去骗其他的'肉鸡'好了。"

陶伟脸色变得阴沉起来："喂，你是不是昨晚在那个沙盘沙龙上听到了什么？怎么突然间想法变化这么大？"

廖恬恬面露怒色："你怎么知道我昨晚参加了沙盘沙龙？你跟踪我？"

陶伟连忙解释："不，是我从胡晴那儿知道的。"

胡晴就是廖恬恬的那个在沙龙里起哄的女性朋友，两个人表面上是朋友，但是私底下总是互相争风吃醋，不过交锋中总是廖恬恬稍胜一筹。

廖恬恬狠狠地白了陶伟一眼："她这个贱人，连这个都告诉你。她不是喜欢你很久了？那你去跟她在一起啊。"

陶伟辩解道："哎呀，你不要这样，她刚好发微博被我看到了而已啊。"

"算了吧，你当我跟你开玩笑的啊？你跟谁好我不管，反正咱俩清了，明白吗？我不想再说多一遍了。"

"你真的决定了？"

"对，就这样。"

陶伟有点气急败坏，语气里多了点威胁的味道："你就不怕我把你那些黑历史都抖出来？你曾经为了某某前男友堕过胎你忘了吗？"

廖恬恬冷哼一声："你说，你去说！看有谁相信你。呵呵，但斌他也说了，之前我那些风流事他既往不咎，但是他不能容忍我以后跟其他男性有接触。"

看到这一套不起作用，陶伟也没辙了，于是他的口气又软了下来："别这样，恬恬，你知道我很爱你的，我不能没有你。我们在一起的那些时光多快乐。你忘了外国人怎么夸我们两个了吗？A well-matched couple（一对天造地设的夫妻），说明我们多么般配。"

再怎么软磨硬泡，这一次廖恬恬还是铁了心要和陶伟撇清关系，所以丝毫没有让步。她的神色依旧冰冷，无动于衷。

陶伟嘴角颤动着，眼里的神色非常复杂，既有不甘也有愤恨，但最终，他只是咬咬牙丢下了一句："你想清楚了就好，你这么绝情也不会有好结果的。"

"是吗？"廖恬恬若无其事地笑了笑，"我已打算辞职了，同事们也都知道了。以后我们也不用见面了，有了新的漂亮女孩子，你自然就会忘了我。"

陶伟走了，带着一身的愤懑和不甘。

在他离开之后，廖恬恬像是一下子轻松下来，她没有马上离开。天边的落日洒下余晖，远远望去，一切都变得不真实起来。

哑哑……

乌鸦的叫声让她打了个寒战，仿佛周围有人在看着她一样。

特别是那个稻草人，虽然一动不动，但是总给人一种它是活着的感觉。

但是她突然笑了，朝着稻草人走了过去，笑盈盈地说着："你要我做的我都做到了，说好的东西该给我了吧？"

嘉信大厦十六楼，心理咨询室。

"凡哥，你看我这件衣服怎么样？"钟兰妮穿着一件新买的粉色连衣裙，在我面前转了一圈。

"兰妮，你都问我多少遍了，这件真的很好看啊。"我努力装出认真的表情，但其实我完全看不出这些衣服有什么差别。

"那是这件好，还是上一件好？"钟兰妮又毫不气馁地追问道。

"这个……"其实我早就忘了她上一件衣服是什么样子的了，倍感头疼的我不想在这个难题上纠缠不休，于是主动换了个话题，"我觉得好不好看不重要啊，重要的是你对象觉得好看。对了，你们打算到哪儿约会去？"

说到这儿，钟兰妮嘴角露出一个狡黠的笑容："打算到玉台山的主峰去，在过山车里约会，多浪漫啊，嘿嘿。"

我有点惊讶："啊，第一次约会就去那么高的地方吗？你们可真够特别的。"

钟兰妮摇摇手指，露出高深莫测的笑容："凡哥你忘记了吗？我可是利用了著名的'吊桥效应'啊。"

我瞪大了眼睛，恍然大悟道："啊，你是想利用坐过山车的时候对方本能产生的那种心跳加快的感觉，使他误以为是你使他心动所产生的生理反应，由此增进你俩之间的感情，是吗？"

钟兰妮有点得意地点点头："凡哥，我这个点子不错吧。"

所谓吊桥效应，其实是一种特殊的"归因错误"，当人处于危险的情境中时，会不由自主地心跳加速、呼吸急促，此时如果身旁有异性，当事人便很容易会将这种生理上的变化归因为"爱情"。在19世纪70年代，心理学家曾经做过一个实验，他让一位漂亮的女性担任研究助手，让她到一群大学男生中做一个调查，要求被试完成一个简单的问卷，并根据一张图片编一个小故事。过程中，参加实验的大学男生被分为三组，分别在三个不同的地点进行，一是安静的公园，二是一座简单的石桥，三是一座悬于半空看起来颇为危险的吊桥上。漂亮的女助手完成调查之后，把自己的名字和电话号码都告诉了他们每一个人。实际上，问卷什么的只是个幌子，心理学家真正关心的问题是：在不同的环境下，被试会编出什么样的故事？谁更容易在实验后给漂亮的女助手打电话？结果，实验发现：在危险的吊桥上参加实验的大学生给美女助手打电话的人数最多，而他们所编造的故事中，也包含了更多爱情元素。显然，他们是把在身处高处时那种心跳的感觉和爱情联系到了一起。所以，现实生活中，那些一起经历过惊险刺激事件的男女，比起一起生活在波澜不惊的环境下的人，更容易擦出火花、产生感情，因此，吊桥效应也被称为感情的催化剂。当然，也不能过于迷信吊桥效应，毕竟这种作用不是一直持续的，但它确实可以帮助恋爱中的双方减少关系发展的阻力。

我皱了皱眉头："兰妮，第一次约会，你耍这种小机灵可不好啊，好像有点……捉弄别人的意味。"

钟兰妮理直气壮地辩解："跟学心理学的女孩子约会，当然要做好随时被捉弄的心理准备啦，凡哥，你还没回答我呢，到底是这件衣服好，还是上件好，抑或是上上件好呢？"

"当然是这件衣服好啦！"这时候，一个爽朗的声音替我解了围。

"咦？彤姐，是你啊。"钟兰妮惊奇地望着门口。

进门来的是周彤。清爽的短发、翠绿色的外套，显得非常干练利落，这大概就是人家说的把寻常服装穿出时尚味道的感觉吧。

来得正是时候！我见到周彤现身也是松了口气，由她来给钟兰妮关于服装的建议再合适不过，省了我不少麻烦。

"兰妮妹子，你穿这件好看得很啊，很衬你啊，我看你不用再找了。"周彤笑着说。

"彤姐这么说那当然是没错的了。"钟兰妮被周彤说得心花怒放，马上打消了继续追究这个问题的念头，看来她心里已经有答案了。

"彤姐，凡哥，既然你们有正事要聊，那我就先出去整理档案了。"钟兰妮也许是因为心思放在了约会上，也就没有平时那么好奇了，愉快地奔出去了。

钟兰妮一走开，周彤就开门见山地说："医生，我们又见面了，这次我是为了案子来的。"

她双手插在口袋里，表情有点严肃。

看到周彤，我就下意识地想起那天她说起的"Fear"，那是除了尹米兰、尹米雪、唐薇之外的"第四个人"。

"周警官，难道说，'Fear'被你找到了？"我尝试着猜测周彤今天来访的意图。

"不，今天我来跟'Fear'无关，是找你了解另一个案子的情况的。"周彤摇摇头。

"哪个案子？"我一时间有些摸不着头脑，心想自己最近只是很老实地做着本职工作，哪里又飞来一个案子？

"四月五日晚，你是不是去参加了在有只猫咖啡厅举办的沙盘沙龙，如果我没记错的话，脑科学讲座上你跟我提过这件事。"

"对，当时我和兰妮一起去的，不过中途我们就离开了。"难道是我走后沙龙冲突升级，变成了打群架，因而要进行调查，不至于吧？

"那晚的沙龙，有一个叫廖恬恬的女孩也参加了，你知道这回事吗？"周彤说出那个名字的一刹那，我明白了涉案的当事人是谁。

"记得，因为名字是她自己当众说出来的，所以我印象很深。她长得很漂亮，职业……好像是个空姐吧，而且，那晚她的沙盘还被分析师当成个案分析过，所以只要参加过那个沙龙的人，大概都会记住她吧，怎么了？"我已经隐隐约约察觉到周彤所说的案子和这个女的有关，莫非……

"她被杀了。"周彤沉声说。

我心里咯噔了一下，虽然有一点心理准备，但还是感觉十分突然："这怎么回事啊？什么时候的事情？"

周彤简单地描述了一下案情："今天上午，廖恬恬的尸体在距离飞机场十公里外的国道附近的荒野里被发现了，尸检结果显示死亡时间是四月六日下午六点左右，凶器是匕首一类的利器。衣物完整、无剧烈打斗痕迹、无财物丢失，有可能是熟人作案。现场没有找到指纹或是凶手的其他痕迹，所以我们打算从人际关系入手来调查。因为廖恬恬死亡的前一天晚上参加过那个沙盘沙龙，你又刚好也参加了那个沙龙，所以就来向你请教了。"

"好吧，你问，我看看能不能帮到你。"以意想不到的方式被卷入到这起凶杀案当中，我感到十分无奈，但还是得打起十二分的精神，应付周彤接踵而至的问题。

"你能回忆一下那天晚上的情形吗？比如说，有什么可疑的线索？"周彤也不多话，直接开始了她的盘问。

"线索啊，哦对了，那个沙盘游戏！"我回想了一下，突然眼睛一亮。

"沙盘游戏？"

"是的，廖恬恬那天晚上玩了一个沙盘游戏。那游戏叫山水树蛇，是一个叫作读心科技的公司设计出来的，能用来分析内心世界，参与者用四种元素来投射自己的内心世界，分别是山、水、树和蛇的道具模型。不过我不知道和这个案子有没有关系。"

"你给我详细说一下。"周彤对廖恬恬的沙盘游戏线索表示出充分的重视。

"我当时刚好拍了照片，给你瞧瞧。"我有点庆幸当时自己"多此一举"。

我忙不迭地打开手机相册，把在沙盘沙龙上拍到的廖恬恬的山水树蛇照片拿给周彤看。

"廖恬恬的这个山水树蛇画，能说明什么？"看完了照片，周彤还是一脸疑惑。

"这是一个结合了沙盘技术和绘画分析技术的心理投射。你看她这个沙盘里的那条蛇，她把它放到了树上，无论是在绘画还是沙盘里，树一般都是代表亲密关系的。所以从这个沙盘游戏的方法技巧来分析，她会在情感关系方面倾向于接受诱惑，而不是抗拒诱惑。"我赶紧进行了补充说明。

"你的意思是说她的性驱力比较强吗？"周彤真是快人快语，毫不含糊。

"对，也可以这么说。"我对周彤用上"性驱力"这个词有点吃惊，但感觉用在这里也没什么不对。

"如果你刚才说的山水树蛇游戏的分析结果属实的话，这起谋杀案可能牵涉到情感纠葛。医生，我想再问一个问题，那天晚上参加沙龙的人呢，你还有印象吗？"

"因为时间刚过不久，我对那晚沙龙的场景还是记得比较清楚的，你想知道些什么？"

"和廖恬恬一起的人里头，有什么可疑的人吗？我的直觉告诉我，那晚的沙龙也许会是一个突破口。"周彤也许是在怀疑廖恬恬身边的熟人，故有此一问。

我回忆了一下说道："那天晚上，有两个人看起来表现是有些异常的。比如廖恬恬的男朋友，看起来是个醋意很大的人，我个人猜测，他对廖恬恬这种比较开放的作风有些不满。廖恬恬有个女性朋友，和她关系也不是很好，在沙龙上故意借机拆她的台子。"

"这两个人我会特别留意的。"周彤点了点头。

"哎呀，对了，还有一个人！"我一拍额头，突然想起一件很重要的事，"那天晚上，沙龙上还出现了一个古怪的男人。"

"古怪的男人？怎么个古怪法？"

"那个人啊，他在用手机进行网络直播，我不知道他直播的内容是什么，但清楚地听到他念念有词地说'那个女人会死'，而他指的女人，就是廖恬恬。"

"这么说，他是个算命的？"

"具体我也不太清楚。我想他那么说也可能只是为了吸引粉丝的眼球吧，毕竟现在有的人为了出名，什么哗众取宠的事都干得出来，但是……这也实在是太过巧合了。"其实关于这一点我内心也有许多不解。

"当然有可能是碰巧，不过也不能放过这个线索，一定要想办法把那个人找出来。"周彤对这个细节十分重视。

"话说回来，案子现在有眉目了吗？"我问。

"有一个嫌疑人，就是廖恬恬的秘密情人。那个男人叫陶伟，是航空公司的一名空少，廖恬恬的同事，两个人经常跑同一条航线。廖恬恬手机里的最后一通电话就是他打来的，我们还从她手机里发现了两个人的聊天信息，那天下午他和廖恬恬约在那里见面，后来廖恬恬就死了，所以他的嫌疑不小。"

"这么说起来，那个人，就是廖恬恬那幅山水树蛇里头的蛇啊。蛇不仅会诱惑人，还会咬人吗？"我自言自语道。

"医生，这个案子和沙盘游戏有关，你可得帮我。这回可不是我拉你上贼船，是你自己登上去的。"周彤笑着提醒。

"哪里会呢？能为你们提供线索，我倍感光荣。"我有点哭笑不得。

没过多久，陶伟被警方传唤。

"四月六日下午五点左右，你是不是和死者廖恬恬见过面？"负责问询的警察直接问道。

"是，我们那天是见过面，但是警察同志，人不是我杀的！"陶伟第一时间就着急辩解，撇清自己的嫌疑。

"这个我们会调查的，首先回答我的问题，你和被害人是什么关系？"

"是……是同事关系。"陶伟的眼神闪烁，明显有些心虚。

"同事？同事为什么要约到那么荒凉的地方见面？"经验丰富的警察没有放过这个细节。

"是廖恬恬主动约我的。我、我只是赴约而已。她让我找一个安静又比较隐蔽的地方，我心想那个位置离飞机场不远，又足够安静。"

"你们见面时都说了什么？"

"也没什么，就是……就是聊一些私事……"

"别支支吾吾，奉劝你还是老实一点，不要企图隐瞒什么，你和死者在死前见过面，如果没有新的发现，你的嫌疑是最大的。而且据我们了解，你和廖恬恬可不是同事关系这么简单。"

"警察同志，我没有杀人啊！好好好，事到如今我就不隐瞒了，我和廖恬恬其实是情人关系，我们是同事，长期相处有了感情，又互相吸引，所以就在一起了，而且是在她和但斌认识之前。说白了，廖恬恬只是贪图但斌有钱，可以满足她奢侈的开销。"

"现在回到之前那个问题，四月六日下午，廖恬恬和你谈了什么？"

"本来我们好好的，廖恬恬总是说她会找机会和但斌分手，但是她那天约我出来，突然要和我断绝关系。"

"理由是什么？"

"她说但斌已经发现了我们的关系，所以她不想和我继续了。但我觉得那是借口，她只是想甩掉我而已。"

"你当时很生气吧？"

"当然生气啊！等等，警察同志你什么意思？我说了我没有杀人！"

"你不要激动，你目前唯一的出路就是和我们配合，现在说说当时的情况吧。"

"她要和我分手，我反复挽留，看看能不能挽回她的心，但是她的态度很坚决。"

"分手的过程中有吵架吗？"

"没有吵架，我失败了，确定没希望之后，我就离开了。仅此而已，我不是那种会死缠烂打的人。"

"你是几点离开的？"

"大概是五点四十五分吧。"

"时间你记得这么清楚？"

"因为我把车停在附近了，上车的时候看了一下时间。"

"也就是说，你和死者一起待了大概四十分钟。"

"是的。"

"你离开的时候廖恬恬是什么情况？"

"那时候她好好的呢。"

"然后你就走了？"警察突然挑起的眉毛表达了内心的质疑。

"是的，警察同志，你们要相信我啊。"陶伟哭丧着脸说，"我是恨廖恬恬无情，但是也没到杀人的地步。那天晚上我心情很差，还找了几个兄弟一起喝酒喝到天亮，整个人喝得烂醉如泥、不省人事。如果那件事真是我干的，我哪有这个心情？"

"这不足以排除你的嫌疑。关于廖恬恬的死，以你对她人际关系的了解，有可能是谁干的？"

"我……我想不到。她有很多前男友，说不定是哪个怀恨在心。再说她和那些女人关系也不好，因为平时她很张扬，还喜欢搭讪别人的男性朋友，也有几个女人对她不满。总之，廖恬恬在她的交际圈里并不讨人喜欢。要我说的话，嫌疑最大的就是但斌！"

"为什么这么说？"

"廖恬恬告诉我，近来但斌已经开始对她起疑了，所以时不时地翻查她的手机。也许那天但斌跟踪而来，等我走后就出来把恬恬杀了，神不知鬼不觉的。一定是这样！警察同志，相信我，把他抓起来吧。"

"你如实反映情况就行了，别的我们来处理。那天你和廖恬恬见面的时候有没有发现周围有什么异常？"

"你这么说，我想起来，当时我离开时，在附近草丛里似乎看到了一个人影。"

"人影？刚才你怎么不说？"

"我真的是刚刚想到的，就是那一瞬间眼角瞄见了一个影子，我当时还以为是错觉，现在回想起来真的很可疑。"

警方进行了细致的勘察和耐心的盘问，但是没有直接证据证明是陶伟行凶，也不能排除他的嫌疑，调查陷入了僵局。

一天后，周彤打电话告诉我："案子有了点小进展。我们细心的同事在现场勘察时发现了一个脚印，在脚印旁边还发现了一个烟头，大概是那人等待时抽了烟，后来自己掐灭留下的。这个脚印已经证实不是陶伟的了，而且据我们了解，陶伟是不吸烟。很巧的是，上次我们询问廖恬恬的男友但斌的时候，发现他吸的烟和现场找到的烟头是一个牌子的。"

原以为这是一个重要的突破口，但当警察第二次传唤但斌，问他是否去过案发现场的时候，他没做什么抵抗就承认了，倒是令警方有点意外。

"没错，那天我是去过那个荒野，但是我离开的时候，廖恬恬还好好的啊，最后和她在一起的人是那个陶伟，不是我。"

"上次问你的时候，你为什么不说实情？"

"我什么也没做，但是因为恬恬死了，我担心你们会把我当成嫌疑人，所以就没说。"

"你隐瞒实情只会令你的嫌疑变大，老实说，你去那个地方做什么？"

"监视廖恬恬和陶伟这一对狗男女。"

"你为什么要监视他们俩？"

"老实说吧，我发现他们背着我有私情。"

"那你是怎么知道廖恬恬和陶伟在哪里见面的呢？"

"哼，说起来就一肚子火，因为那个女人老是背着我和其他男人幽会，所以我委托一个朋友做了个木马软件，偷偷装到她手机上，所以当她发信息约那个男人出来的时候，我马上得到了消息，提前就在那里等着了。"

"对于女友出轨这件事，你很生气吧？"

"生气？遇到这种事哪个男人会不生气，但是我更气的，是他们合起伙来骗我的钱。"

"骗你的钱？怎么回事？"

"一两个月前吧，廖恬恬开始怂恿我投资本地的一家俱乐部，说是稳赚不赔的高收益项目，我当时也没多想，就投了一些钱进去，但是后来她一直没有给我反馈。那天我偷听他们说话，才知道原来是他们俩合伙来骗我的钱。"

"他们做了对不起你的事，你会这么容易放过他们吗？"

"当然不会，我已经想好了怎么报复他们，但是当时那种情形，我觉得没必要冲出去跟他们理论。我一肚子气无处发泄，还没听完他们说话就走了，后来才得知廖恬恬被杀了。"

"你是说，他们自始至终都没有发现你的存在？"

"是，总之，警察同志，我该说的都说了，不用在我这儿浪费时间，我没有杀人。"

"你说的我们会调查的。你和廖恬恬在一起的时间也不短了，以你对她的了解，还有谁对她有这么大的仇恨？"

"据我所知，廖恬恬骗了不少人的感情，也骗了不少钱，讨厌她的人不少。按我说，嫌疑最大的就是那个航空公司的空乘陶伟了。"

"你为什么会这么想？"

"恬恬不是要和他分手吗？她变脸的时候说起话来尖酸刻薄，难听死了，陶伟一时气愤不过就把她杀了，电视剧里经常有这种剧情的。"

陶伟和但斌各执一词，但是都没有充分的证据证明其中一人就是凶手。

嘉信大厦十六楼，心理咨询室里。

"凡哥，我糊涂啊，这回简直是搬起石头砸自己的脚啊。"钟兰妮说起她的约会经历，懊恼地托着腮帮子，一脸的沮丧。

"咋回事？"我从整理好堆成一沓的咨询记录表中抬起头。

"我不是跟你说了嘛，我本来打算利用吊桥效应去加强约会效果，方案也设计好了，结果预想不到，出师不利，那人被我吓晕了。"钟兰妮捂着脸，也不知道是害羞还是惭愧。

"啊？"我一愣。

"原来那帅哥有恐高症，一到高处就受不了，但是听说我要去爬高山，又不想扫我的兴，就没说出来。结果到了那里，他看到山的高度时整个人已经说不出话了，我当时还以为他是害羞了，就没太在意。后来他带着我在山脚下散了两个小时的步，好不容易做好心理准备，鼓起勇气，谁知道一上过山车就吓晕了，还是我费了九牛二虎之力才把他扶下车的……唉。"

"我都说过了，约会不要耍小聪明，弄巧成拙了吧。"我苦笑着摇头，这都什么跟什么，"不过那男人对你还不错啊，有恐高症都愿意陪你坐过山车。你下次就正常点约会吧，何必整这些奇怪的点子？"

"不行不行，约会时不发挥一下我的专业优势，那多吃亏啊，没事，除了吊桥效应，还有'阈下效应'。"钟兰妮虽然受挫，但是丝毫没有要放弃的意思。

"阈下效应？那是怎么回事，跟谈恋爱约会有什么关系？"我听得一脸茫然，大概又是钟兰妮新搞出来的恋爱把戏，这心理学实践鬼才的葫芦里不知道又在卖什么药。

还没等钟兰妮给我答疑解惑，周彤来了。她径自走到沙发边坐下，然后打了个哈欠，显得有一点疲倦。

"怎么了周警官，案子进展不顺利吗？"我试探性地问道。

"这一次的案子，虽然有两个嫌疑人，但是没有直接有力的证据，而且通过这几次的盘问，该问的也都问了，可感觉这两人都不大像是凶手。"

"还有其他的嫌疑人吗？"

"目前还没有发现，但如果是廖恬恬人际关系范围内的，我们迟早能把他揪出来，就怕是那种偶然作案，然后就逃逸的，那就费事多了。目前视频侦查组也在紧张地寻找案发地点附近范围的可疑行迹。"

这个时候，我的手机响了，是一个抑郁症患者打来的。她的名字叫作谭芷青，是一家酒吧的老板。

"好吧，那我过去一下。"听完她在电话里的述说之后，我不得已说道。

看到我一脸不情愿的表情，周彤好奇地问："医生，你要出去啊？"

"是的。"我点点头。

"但是，据我所知，心理医生不提供上门咨询的。"周彤的追问一如既往的犀利，也许是职业习惯。

"是，但这是我负责的一个抑郁症患者，本来已经康复得差不多了，刚才她电话告诉我，自己喝了点酒想起了很多事，又起了轻生的念头，我不想之前的治疗都白费，所以过去做一个紧急干预，毕竟是我的个案，要负责到底嘛。周警官，如果你不嫌弃的话就在这儿坐会儿，让兰妮给你泡杯龙井，听会儿江南丝竹音乐，养足精神再继续查案。"

"你去吧，我也需要点时间整理下思绪。"周彤说完，真的就在沙发上闭目养神了。

出门后我直接打车，来到了谭芷青所说的地点。这是一家叫Second Moment的酒吧，中文名叫半醉。它藏在一家酒器店里，一条秘密通道通向真正的酒吧。这是一家网红酒吧，在网上很出名，我记得这家酒吧开张的当天，还有不少国内的明星来捧场。酒吧需要提前订座，里面环境比较偏向现代摩登的风格，但又给人一种舒适感。酒吧的调酒师和厨师都是顶级的，出售的每一款鸡尾酒还有专门的配套美食，而且不定期还有不同的主题活动。酒吧的设计风格也很独特，像一所20世纪二三十年代的法国巴黎剧场，同时又借鉴了一些老上海的特色，旖旎、性感、奢华、迷人，客人可以一边品尝精致的鸡尾酒，一边欣赏近来流行的歌舞表演，感觉身在小型的红磨坊内。

在酒吧的一个独立包间里，我见到了醉醺醺的谭芷青，她三十七岁，身上的服饰十分考究，一身的珠光宝气。实际上，她是这家酒吧的老板，但是经常独自一个人在这里买醉。

"活着好没意思。"她见到我的时候，劈头盖脸地说出了这样一句话。

"怎么了？发生了什么事？"我连忙问道。

紧接着谭芷青开始诉苦，一把鼻涕一把泪地谈自己以前失败的婚姻，说自己总是无缘无故遭遇家暴，后来，前夫为了和她离婚向她支付了一大笔钱，于是她就拿着这笔钱开始投资做生意，虽然赚到了钱，但得了抑郁症。现在虽然心态有所好转，但是只要一个人的时候，就感觉在偌大的城市里很孤独。其实这些内容，很多都是她以前来咨询的时候向我倾诉过的。

虽然内容充满了负能量，但是听到这些我就放心多了，只不过是吐吐内心的苦水罢了，并不是什么抑郁症复发的征兆。我心想，我又不是来陪你谈心的，既然没什么事，那我就告辞了。

谁知道话还没有说出口，她突然来了一句："高医生，你相信算命吗？"

"算命？"谭芷青这话问得很突然，一时间我也猜不透她想说些什么。

"高医生，你用塔罗牌帮我算算命吧。"她醉眼惺忪地说道，也不知道从哪里掏出来一沓崭新的塔罗牌。

"我？可我不会啊。"我感觉她这个请求十分突然，也毫无道理。

"你就配合一下吧。"她不由分说地把那沓塔罗牌塞到我手里，眼神里充满期待。

面对谭芷青突发起来的酒疯，我皱着眉头看着手上这沓塔罗牌，有点犯了愁。当然这一刻我也可以选择拒绝，因为她的要求很无理，但是我不想。作为一名心理医生，我的本职是为别人解决问题，而不是推脱问题。我觉得，如果这一刻能扭转局势，把这烫手的山芋接过来，这个咨询的个案一定会有一个令人满意的结果，同时，我希望能让心理学闪耀出它应有的光辉。

说起来，我对塔罗牌也并非一无所知，甚至一度还专门研究过。塔罗牌源于中世纪的欧洲，一开始只是人们手中玩的纸牌游戏，到了18世纪之后，神秘学学者开始对其进行系统化的研究，渐渐成了西方预测学的主流之一。现在也有许多年轻人对塔罗牌占卜十分推崇，用它来预测爱情、事业等，十分火爆。

心理学家荣格是第一位正视塔罗牌并给予正面评价的心理学家。他将塔罗牌视为有象征性的原型：人的基本类型或境遇都隐含在人类所有的潜意识行为中。塔罗牌上的那些具有象征意义的形象，都可以在人们思想深处潜意识层面找到其古老的原形。所以我认为，塔罗牌实际上是一种挖掘人类潜意识的工具，这点和心理学是异曲同工的，只要好好利用这一点，就算是没学过塔罗牌的具体规则，也能将其作为心理道具使用。

"好，我来。"我冷静地接过了塔罗牌。

我的反应让谭芷青很满意，她半趴在桌子上，想听听我到底怎么替她占卜。

我回想了一下塔罗牌，从塔罗牌里抽出了九张，分别是国王、战车、祭司、恶魔、爱人、魔术师、隐者、愚人、倒立男，对谭芷青说道："现在我尝试着预测一下你的未来，但是我只会用心理医生的方式，而不是你熟悉的塔罗牌占卜，明白了吗？"

"明白。"也许谭芷青比刚才稍微清醒了点，现在表现得较为正常了。

"你要听我的指示。首先，你先好好看着这九张牌，记住你牌面上的画面，闭上眼睛，看看它们能给你什么联想。"

"好了。"五分钟之后谭芷青抬起头对我说。

"现在给你这九张牌，你从里面选出三张牌给我。凭第一感觉，要快，不要想太多。"我催促道。

对塔罗牌的联想进行比较之后，谭芷青选了魔术师、隐者、倒立男三张牌给我。

"那么，如果这三张牌，代表了你的事业、爱情和自我，你会怎么选择？"我在桌面上圈出三个区域，构成一个等边三角形，分别代表她的事业区、爱情区和自我区。

谭芷青很快做出回应。她把魔术师的塔罗牌放在了事业上，隐者的塔罗牌放在了爱情上，倒立男的塔罗牌放在了自我的区域内。

"那好，我先解读一下你的牌面，因为这是你精挑细选出来三张牌，凭的又是第一感觉，代表的便是你的现在。"其实这是我根据心理投射的原理做的一次心理咨询，只是把道具替换成了塔罗牌，"魔术师代表你的事业，说明你现在的事业缤纷多彩，但是也充满了各种变化的可能；隐者放在感情上，说明你目前并没有做好接受新感情的心理准备，但是与此矛盾的是，代表自我的是倒立男，说明现实跟你的期盼相距甚远，甚至是相反的。我认为其实你的内心非常渴望婚姻，但是在其他方面还算顺利的情况下，在这上面又遭受到了最大的打击。好了，现在听我的指示，不要犹豫，十秒内重新选出三张牌替换掉这三张牌，如果不想变的可以不变。"

因为没有给谭芷青准备时间，所以她手忙脚乱地选了三张出来。从她选择的结果可以看到除了魔术师没有变化之外，隐者换成了恶魔，倒立男换成了国王。

看到她已经做好了选择，我开始了我的分析："刚才我让你凭第一感觉选，是因为第一感觉就是潜意识里对于现在状况的一种认知，而当我开始解读这些塔罗牌含义的时候，你潜意识里已经开始产生了对于现实的不满，因而，当我让你在短时间内进行重新选择的时候，你下意识选择的这三张其实就代表了你的未来。我来解释一下，首先你代表事业的牌面并没有发生变化，所以其实你对自己的事业状态还是满意的；其次代表感情的牌从隐者变成了恶魔，恶魔在这里并不是邪恶的意思，而是不喜欢循规蹈矩、单调古板的含义，我的解读是你对另一半的要求是比较有情趣，能满足你精神上的需要；最后，代表自我的牌面被你换成了国王，这是一种控制力非常强的牌面，说明你觉得自己目前有些失控，你急切地想要找回对于生活的掌控，让一切回到正常的轨道上来。"

"虽然这不是我熟悉的塔罗牌占卜，但是真的很神奇。"谭芷青听完之后沉默了一会儿，她的表情渐渐变得懊恼，又重新趴在了桌子上，过了大概两分钟，她终于重新抬起头来。

"医生，对不起，我太失礼了。"谭芷青不停地拍打自己的头部，像是希望让自己彻底清醒过来。

"你刚才是怎么了？一定有事发生对吗？所以才对你的心理造成了冲击。"我猜到了今天她的情绪失控一定有原因。

"医生，最近发生了一件事，我找人帮我算命，他说我两年内不能结婚，要不然又是一次失败的婚姻。"谭芷青一脸凄苦地说，原来这就是她今天喝得烂醉，并且有点不可理喻的原因。

"谁跟你说的？这么不负责任，这种说法太绝对了，这不是耽误人家的幸福吗？"我义愤填膺地反驳。

"是一个网络上很厉害的算命先生，给人算命算得很准。"

"网上占卜的东西并不可靠，幸福还是要靠自己去争取。"我在立场上直接驳斥了这种说法，不过观点表达完后我又细细一想，这个"两年内不能结婚"的武断结论听起来很不靠谱，但是据我在心理咨询过程中的观察，因为谭芷青在上次婚姻中遭受了创伤，有创伤后应激障碍，如果贸然地重新进入婚姻的话，很容易再次受到伤害，从这个角度上讲，两年似乎又是一个较为合理的时间，不过我想这只是巧合罢了。

"喏，高医生你看，就是这个人。"谭芷青把手机放在我面前，只见手机屏幕里显示的是一个直播间，那天钟兰妮跟我说过网络直播之后，我回去特地了解了一下网络直播的一些基本常识，知道了直播间是长这个样子的。

直播间里的男人，长着一张瘦削的脸，眼神十分锐利，特别的是他穿着一件绣着龙凤图案的道袍，特别显眼，此时的他口若悬河，正在为粉丝解说着什么。

"是他！"

看到这个人，我差点从椅子上跳了起来，踏破铁鞋无觅处，这不就是那天晚上出现在沙盘沙龙上的古怪男子吗？

"这人叫什么？"我顿时来了精神。

"他的外号叫作鬼卜子，近来很火的。他号称自己是奇门遁甲的传人，还精通易经、紫薇星数等，能测吉凶、趋利避害，是个奇人异士。因为他一开始帮直播间的粉丝算，大家都觉得他说得很准，慢慢人气就上来了，现在已经是一个网红主播了。红了之后地位就水涨船高，现在找他算，不仅要预约，价格也是不菲。"谭芷青的意识还算清醒，描述起来一点都不费力。

"哪里可以找到他？"我迫不及待地问。

"怎么，你也想算命吗，医生？"谭芷青看我问得如此具体，大感奇怪。

"不，我就是想找他聊一聊，毕竟心理学和玄学之间也有一点点交集。"我当然不会说出案子的事情，就随口找了个借口敷衍过去。

"我想他应该就住在这座城市里，上次直播他还给我们看了他的住处，用他家中的布置作为案例解说了一些风水的要领。"

"谢谢你，芷青。你放心，你的恢复情况很好，你已经认识到自己生活的问题，而且正在努力改善，完全康复只是时间问题了。不过下次，我们还是到咨询室聊吧。"

"对不起，今天我失态了，还让你也白跑了一趟。"谭芷青酒醒了一些之后，对自己的行为感到十分懊悔。

"没关系，如果能让你心里好受一些，我今天就没白来。"我安慰她说。

当然没白来！离开半醉酒吧，我感觉自己的一次无心插柳得到了重大发现，心想得赶紧告诉周彤。

"周警官，那人找到了。"一接通电话，我激动得有点词不达意。

"哪个人啊？"周彤也许是在办事，有点心不在焉。

"就是那天在沙盘沙龙预测了廖恬恬死亡的那个人。"我克制了一下自己的语调。

"哦？好样的啊，医生。知道他叫什么名字吗？"周彤语气中带着惊喜。

"不知道，但是我记下了他的直播间号码，你可以去直播平台公司查一查他的资料，一切就清楚了。"我对这一点很有把握。

"交给我吧！"周彤爽快地说。

根据我之前了解过的直播常识，平台主播都是需要实名登记的，所以警方只要和直播平台联系，即可取得主播的姓名、住处等一系列信息。

效率一向很高的周彤第二天就把那个人的基本信息带了过来。据了解，这个人原名张鲁山，现年三十三岁。我们又在网络上搜索了一下他的信息，发现此人文化水平不高，仅有大专文凭，但此前却是某国学培训机构的讲师，主讲风水和命理，后来培训机构因为违规而被关停，他就自己单干当了一名网络主播。

"医生，今天我们去会会那个神算子怎么样？"周彤向我抛出了橄榄枝。

"不是神算子，是鬼卜子。"我纠正道。

"啊，差不多啦，就是那个张鲁山。"周彤还是更习惯称呼别人的全名。

"好啊。"其实我也想会一会这个神秘人物。

一路上，周彤一边开车一边问我："对于他预测吉凶这件事，你觉得靠谱吗？"

我想了想说："中国传统文化博大精深，有许多连现代科学都无法解释的东西。阴阳学说作为周易学说的一个分支，历史也是很悠久的，说起来我大学时代有一段时间很着迷这些东西，但是因为领悟力不行，只学了点皮毛。不过现在总体来说，还是挂羊头卖狗肉的居多。"

"反正我是不信的。"周彤毫不掩饰自己对这些术法的不屑。当然了，刑警讲证据和科学，对这些玄学嗤之以鼻也是正常的。

"你觉得他有可能为了证明自己的预测正确而去杀人吗？"我皱着眉头问，虽然我对他的占卜持怀疑态度，但是说到因此而杀人，总觉得有点不可思议。

"不能以常理去推测一些疯子，如果他有反社会人格障碍呢？"周彤似乎对这个算命先生没有丝毫好感。

张鲁山居住的位置，是本地最富有文化气息的小桥廊坊区。在古代，这里曾经为纺织业的集中地、豪门望族的聚居地，人文荟萃。当时的繁荣景象现在只能用文字和画作来怀念，但是可以说，这个地方见证了那个时代的辉煌。

更让我惊讶的是，张鲁山住的地方，竟然是一栋中式文化极为浓厚的别墅，有中式园林、小桥流水和中式府邸。也不知道是为了故弄玄虚还是真的有品位，这里不管是外部建筑还是内部装饰，都充满了中国古典韵味。院落间的人行路曲径通幽，门第间配有抱鼓石，采用对开式柚木大门，定制匾额，上面写着"风水宝地"几个大字。玄关同样大气辉煌，中式条案在暖色调灯光的衬托下，更能营造出整体的厚重感。内部装饰奢华内敛，家具有浓郁的中式风格，装修的主要材料由花梨木构成，满眼的古色古香。书房是绝对的中国风，雕花的书桌、桌上的文房四宝与古香古色的书架彼此映衬。室内的布局和装饰画是各种名画和山水图，都非常有讲究，似乎每一处布置都有一定的风水原理蕴藏。

之前已经通过电话联系过，张鲁山知道我们要来，所以他特地穿了一件比平时更加正式的华服，坐在一张花梨四方椅子上，俨然一副风水大师的派头。

他的头发比较长，如果戴上墨镜，有点像摇滚歌星，但是脸很瘦削，虽然年纪不大，却给人一种莫测高深的感觉。

听说我是心理医生，张鲁山表现出了浓厚的兴趣，问了我一些关于解梦和潜意识的问题，但是话题被周彤打断了，双方很快就进入了正题。

"周警官，高医生，你们两位大驾光临，有何指教？"张鲁山好整以暇地端坐在椅子上，手中像模像样地摆弄着一把折扇。

"我听高医生说，四月五日那天，你在有只猫咖啡厅二楼的沙盘沙龙现场出现过，并且还向直播间的粉丝预测了廖恬恬的死亡？我们特地来向你求证一下。"周彤开门见山。

"是，没错，那天我是去了那里，而且也开了直播。"他很爽快地承认。

"而第二天，廖恬恬被谋杀身亡了，这件事你知道吗？"

"我没有刻意去打听，但是我直播间里有粉丝告诉了我。老实说，虽然我预测对了，但是我对此感到遗憾。"

"你在沙龙上预言廖恬恬的死期，有什么目的？"

张鲁山做出很无辜的表情，他辩解道："周警官，我就是干这个的，我所做的事情就是预测别人的命运，那天刚好预测到她的未来。对此我感到很抱歉，但是有些事情不是我能阻止的。"

"大街上那么多人，你干吗不预测别人，偏偏去给沙龙上的廖恬恬算命？"周彤沉下脸来，对他的回答很不满意。

"这一切都是机缘巧合，那天我正好在户外直播，走到咖啡厅那里看到有人在举办沙龙，就走上去瞧瞧，又刚好看到廖恬恬，于是便替她算了一卦，觉得她可能会有危险，就顺口在直播时说了出来。"张鲁山很快又有了说辞。

"既然你已经提前预测到廖恬恬有危险，为何不尝试提醒她？"我忍不住插嘴，在我看来这是不可理喻的。从我的角度而言，我认为无论是心理医生还是占卜者，都应该以减轻别人的痛苦为己任。

"拜托，医生，你想想看，如果我直接告诉她她明天就会死，我不被当成疯子才怪呢。"张鲁山嘿嘿直笑，"况且，我只知道她有血光之灾，但我不知道凶手是谁，更不知道作案的时间地点，搞清楚那些是警察该做的事。"

"那你也不能把这种东西当成自己走红的资本，来博取粉丝的关注吧？"我毫不掩饰自己对这种做法的反感。

"我承认，我的确有哗众取宠的目的，但是，我并没有乱说，而且，如果廖恬恬来问我，我一定会告诉她趋吉避凶的办法，可惜她并不是我的粉丝，也不是我的顾客，所以我没有理由告诉她。她现在死了，和我有什么关系？"张鲁山倒是理直气壮。

"现在回答我的问题，四月六日下午五点到七点之间，你人在哪里？"周彤开始了她的盘问。

"我在家里睡觉啊。因为周一到周五我是傍晚开始直播的，而且直播到凌晨，所以白天大部分时间都在睡觉，只有周六周日我才开门迎客。"

"有人可以证明吗？"

"没有人，你们也看到了，我是独居。警官，你不是怀疑我为了证明自己占卜的准确性而故意杀人吧。"

"这一点我们还会继续调查的。"

"我有这个必要吗？我的占卜水平如何已经是有目共睹的了，直播间那么多粉丝都可以证明，我没必要做这种事情。"

"不管你的术法是不是真的，我们不能排除你的嫌疑。"

张鲁山沉默了半晌，凝视着周彤，说："周警官，恕我直言，我看到你的工作在不久的将来，将会发生一次重大的转折。"

本来我以为这是一句无稽之谈，但奇怪的是，周彤却没有直接反驳他，而是目光略带思索地望着他。

张鲁山又望向我说："还有你，高医生，我也看到你即将面对一位可怕的对手。你有些焦虑，但是又有点期待。"

我心中一顿，他说的是"Fear"吗？他怎么会知道这件事？虽然我会用热读术的原理来验证自己是否无意中对号入座，但是另一方面，我又担心自己的微表情给对方提供了"猜对了"的线索，由此继续推测下去，所以努力从表情上保持纹丝不动。但我转念一想，故意纹丝不动不是也给对方提供了"猜对了"的心理线索吗？还真是难办啊。

周彤应该也是抱着跟我一样的想法吧，所以她也一言不发。不知不觉间，场面安静得有些尴尬，倒是张鲁山主动开口道："无论你们相信也好，不相信也罢，我只是一个单纯的预测别人未来的人，只不过我生在了互联网时代，不得已利用了这个平台罢了。如果我有什么能帮助到警方破案的，我愿意全力配合。"

从张鲁山的住处出来，我忍不住问周彤："你刚才怎么突然间一言不发，是被他说中了吗？"

"虽然不知道怎么回事，但他说的好像是有那么一点点道理。"周彤耸耸肩，看得出她内心也很迷茫，"高医生，我倒是想问问，这就是你提到过的读心术吗？"

"也许是根据微表情来推测的吧，经常练习的话，是可以做到这一点的。"其实我说这句话的时候有点心虚，因为我也不知道是怎么回事。

"我也这么想。"周彤敷衍地说道。

"不过，照这么说，你的生活真的有巨大转折要发生吗？"我好奇地问。

"我是有一个比较特别的计划，对现在的我来说算是一个巨大的转折吧，但现在还不到告诉你的时候，还是先关注手头的案子吧。"周彤的口风很紧，但是她不否认就意味着确有其事，到底是什么？

虽然这次探访留下了不少疑问，但是以我不专业的眼光来看，张鲁山作案的嫌疑并不大。而且他似乎的确有一套特别的方法，能够巧妙地击中别人的心声。

这时候我还想说点什么，但是周彤的电话响了。

"嗯，好，我知道了。"虽然语气很急促，但从她脸上并不紧绷的肌肉看来，并不是坏消息。

结束通话，周彤朝我挤挤眼，说道："同事打电话来说，发现了一名新的目击者。"

周彤所说的目击者，是一个四十多岁的中年人，叫陈永灿。

他向警方提供自己目击到的情况："那天，我开车从那条公路路过的时候，左边的后轮胎爆胎了，于是我就把车停在了路边。换车胎那会儿，我看到一个男的从路边的草丛里钻了出来，身上好像沾了一些血迹。他从距离我几米外的地方走过，我觉得他有点可怕，不敢盯着他看，但是那一幕给我留下了很深的印象。"

"为什么现在才来报案？"

"那天晚上我去了外地见客户，又办了几件事，刚回来，听说了这个案子的消息，就马上来报案了。"

"你目击到犯罪嫌疑人时大概是什么时间？"

"我想想，大概刚过六点吧。"

陈永灿目击到犯罪嫌疑人的时间和警方推测的凶手作案时间是吻合的。

据陈永灿称，他见到的人个头不高，短头发，体型有点臃肿，戴着黑框眼镜，穿着黑色风衣，刑侦画像师根据他的描述画出了一张犯罪嫌疑人的画像。抱着试试看的心情，周彤也把这张画像拿给我看了，问道："医生，你帮忙回忆一下，在沙龙上有没有见过长这样的人？"

我一看到疑凶的画像，顿时有一种在哪里见过这个人的感觉，仔细一回想，脑子里马上浮现出沙盘沙龙的场景。

"这个人，有点像凌东啊。"我惊呼。凌东跟这幅画像里的人一样，短发，戴着黑框眼镜，个头不高，还有点微胖。

"凌东是谁？"周彤问。

"就是那天晚上沙盘沙龙的分析师。"

"又是跟沙盘沙龙有关？看来这条线还真得好好查查。"

没过多久，周彤就找到了另外一位沙龙的参加者，通过他了解到了我离开沙龙后发生的事。

知情人说，那天晚上，沙龙举行到中途，心理协会的秘书长崔黎出来指责凌东的沙盘分析有问题，两个人因意见不合吵了一架，崔黎不满凌东的举动拂袖而去，但这场风波已经给沙盘沙龙的举办造成了巨大的影响。凌东匆匆结束了沙龙，但是泼辣的廖恬恬也没有放过凌东，而是追着他索赔，在他办公室里大闹了一场，还砸坏了现场的一些沙盘道具。这让凌东非常心疼，忍不住大发雷霆，最后大家不欢而散。

"这个廖恬恬看起来也是个火暴性子啊，不过，即便两个人有过激烈的冲突，凌东作为一名公司的创始人，也不大可能因此杀人吧。"我拍拍额头，希望自己能把这些人之间的关系梳理清楚。

"如果只是吵架那还好，但是廖恬恬威胁凌东要告发他的产品欺骗消费者，这很可能使他的推广计划流产。据我们调查，这个山水树蛇的沙盘游戏是凌东最得意的作品。所以，我觉得这个凌东，还是要必要查一查的。"

沙盘游戏——廖恬恬——画像，这一条线里每一个环节都有凌东的身影，不知不觉中读心科技出现在了调查人员的视野里。

周彤眨了眨眼睛，好像在思考着什么，过了一会儿，她说："医生，你和我去一趟读心科技公司吧。毕竟你们是同行，有些问题由你问会更专业一点。再说那晚的沙盘沙龙你也是参与者，问到有关的线索你也可以做个见证。"

周彤说得有道理，我也没什么好推辞的。凌东是读心科技有限公司的CEO，通过互联网搜索关于读心科技的信息，可以查到很多关于他们的新闻。读心科技有限公司三年前成立，一直专注于心理健康领域，目前已拥有上百万核心用户、上千名心理专家、几百位心理学专栏作者，和全国多家心理机构建立了紧密的合作关系。通过互联网的方式，把积极心理学融入到通俗易懂的心理咨询、心理课程、心理测试、心理FM（心理类广播电台）等应用中，是国内专业的心理学服务平台。

他们公司的办公地点在本地最大的创意科技园，一整栋办公室楼的外墙都是蓝色的，看起来十分具有科技感。到了公司里面，我们发现里面也非常宽敞，分为开放办公区、独立办公区、会议区、茶水区、休闲区五个区。办公室铺着绿色的地毯，显得生机盎然、活力十足。蓝色背景墙配上宣传语，烘托出严谨的工作氛围。会议室设置的心理科普背景墙展示了读心科技的业务范围，突显了他们超长的产业链条。

把心理学变成一种商业模式，这大概是许多人没有想过，或者想过又无法实现的事，能做到这一点，凌东也算是成功的开拓者了。但是作为这样一名成功的创业人士，他却有些其貌不扬，穿着随意，甚至给人的感觉更像是普通的工作人员。

"两位请坐。"头发油亮的小胖子凌东热情地招呼我们，"原来你就是高医生啊，我从同行那里听说了你的事迹，能利用心理学帮助警察破案，真是太厉害了，光这一点我们就真是望尘莫及啊。"

"哪里哪里，像我这么不务正业的人，只是运气好罢了，应该把更多精力放在主业上才对。"听到这种夸奖，我有点不好意思。

"唉，说到不务正业，那我更是应该感到惭愧啊，原来我也是一名专职的沙盘咨询师，但是被朋友拉着出来创业，失败了两次之后，才慢慢摸索着创立了这家公司。现在好不容易才拉到第三轮的风投，终于可以稍微喘口气了。"凌东一边泡着工夫茶，一边感慨着创业的艰难。

"那个山水树蛇游戏是你们自主设计的吗？"我问道。

"没错，山水树蛇可是本公司的招牌游戏，我们已经与著名的益智玩具生产商达成了合作协定，制作了一系列山水树蛇主题的益智玩具，我们也非常看好这个市场。"说起这个凌东的语气中不由得带了一股自豪。看来凌东很有生意头脑，所以才能够在心理学产业化道路上越走越远。

"凌先生，我们想问你，关于廖恬恬被谋杀的案子，你有什么看法？因为那天晚上你给她做过沙盘游戏解析，应该对她的个性有一些了解吧。"周彤不动声色地问道。

"是的，从沙盘来看，我想她是一个人际关系比较复杂的人，表面看起来很风光，但实际上对她好的人并不多。"

听到这句话不免让人有些为之难过，现实中确实有不少貌似风光无限、朋友成群，但实际上特别孤独的人。

"但是……"凌东话锋一转，"我以咨询师的角度来观察，对她达到杀意程度的人，我暂时并没有发现。"

"我们听说，那天晚上沙龙结束之后，廖恬恬因为沙盘游戏的事情到你办公室大闹了一场，请问是否有这件事呢？"周彤逐渐开始切入了正题。

"呃……"提起这件事，凌东脸色有点难看，"是，唉，都怪那个疯女人崔黎，无端指责我的沙盘分析是误导，搞得那天晚上的客人都不太满意。廖恬恬她的反应的确比较激烈，嚷嚷着要退款，还砸坏了一些昂贵的沙盘道具。不过我认为，基于我分析出了她的情感关系，她的不满大概是一种发泄吧。"

在说到崔黎的时候，凌东表现出了难以抑制的愤怒，显然他认为那晚的场面失控完全是崔黎造成的。

"那么，请你说一说，四月六日下午五点到六点半之间，你在哪里？"

凌东惊讶地望着周彤，神情顿时变得紧张起来："周警官，你不会怀疑我……那个吧？"

周彤淡淡地说："只是例行公事罢了。"

凌东只能硬着头皮作答："那天下午我去F大听讲座了，是一个儿童健康心理的讲座。讲座一直持续到六点半才结束。"

"有人能证明吗？"

"我是一个人去的。"

"这样啊。"

"不过，我那天在讲座上遇到了一个同行，他可以帮我证明。"想到这一点，凌东抹着额头上的汗珠，似乎松了口气。

"同行的名字叫什么？"周彤拿着小笔记本飞快地记录着。

当周彤盘问凌东的时候，我闲着没事，就四处打量着凌东的办公室，发现这里有不少别具特色的摆设：书架上看起来像是在旋转，实际上却是静止的圆盘、办公桌上既像鸭子又像兔子的有趣玩偶、瑞典艺术家路透斯沃德创作的不可能的三角形形状的挂件，每一件都包含着一定的心理学意味。

突然，我的视线在墙壁上悬挂着的一幅画上停留了下来。

那是一幅风景画。

画里的景象勾起了我强烈的兴趣，那上面画的是一片荒野，荒野的中间有一个稻草人，画面的整体风格很凄冷，而画作对于稻草人的描绘也很特别。它头部戴着一顶清朝式的大黑帽子，身上贴着不少黄色的符纸，奇异的打扮给画面增添了一丝惊悚，像是抽象画中故意渲染的某种符号，给人一种强烈的心理暗示。

咦？这不是那个……

我的目光聚焦在那个稻草人身上，突然想起了什么。因为我记得周彤跟我描述过当时案发现场的样子，特别是稻草人的特征让人印象深刻。

"打扰一下，周警官，你能不能过来一下？"我打断了周彤和凌东的对话。

周彤闻言，放下手头的记录本走了过来。

"你看墙上这幅画，是不是跟这一次的案发现场有点像？"我低声问道。

周彤转过头来看着那幅画，顿时眼睛一亮，情不自禁地走近了一步仔细端详："你说得很对，的确跟那里很像，无论是稻草人的外形、空地的大小、草的高度，还是稻草人的位置。"

这件事也太令人匪夷所思了，凌东的办公室里怎么会有一幅跟案件现场如此相似的画作，难道凌东会傻到作案之后还把案发现场描绘出来挂在办公室里？这之间的联系，一时间让人想不明白。

周彤重新回到座位坐下之后，盯着凌东问道："凌先生，那幅画是哪儿来的？"

凌东回头望了眼那幅画，又望了望我们，显得有点不知所措："哦，这个啊，是我们公司的一个员工画的，我觉得很有意思，画面似乎在表达一种很特别的心理暗示，有点艺术心理学的味道，于是我就把它挂在办公室里了。怎么，难道这和案件有关吗？"

"那位员工，方便让我们见一见吗？"周彤决定对这件事深挖到底。

"好啊，小姚，你让姗姗进来一下。"凌东稍微迟疑了一下，然后招呼他的秘书叫来了一名读心科技公司的员工。

　　进来的是一名二十七八岁的女孩子，外表清纯可爱，但是脸蛋似乎有稍微整过，听说是读心科技有限公司心理FM的女主持。据凌东介绍，心理FM是他们公司新开拓的互联网项目，就是在网上放一些引导听众积极思维的播音节目，而且每周还会定期开声音直播和听众互动，目前看来，市场反响挺不错的。

　　"姗姗，你好，那幅画是你画的吗？"周彤问道。

　　听到警察要询问自己，姗姗略显紧张，呼吸很急促，这大概是她人生中第一次接受警察的问询吧。

　　"不要紧张，我们只是对那幅画感兴趣。"周彤安抚了一下她的情绪。

　　"是的，警官，那是我画的。"陈姗姗鼓起勇气回答。

　　"你到过那个地方吗？"周彤指着画上的场景问。

　　"没有，从来没有，我根本不知道世界上有这样一个地方。"陈姗姗摇摇头。

　　"那你为什么要画这样的画呢？"周彤更加好奇了。

　　"是这样的，周警官，我平时很喜欢画画，但是因为工作忙碌，我没有太多时间接触新鲜的事物，所以，我画画的灵感通常来自我的节目。凌总应该跟你提过吧，我是一款心理类播音节目的主持人，每逢周六日都会有直播互动的环节，我会帮助网上的听众提供心理调节、情感问题咨询，还有解梦服务。有一次，有一个人向我描述他的梦境，描述得很详细，我觉得那是一个不错的灵感，于是就把它画了下来。"

　　"有人说他梦到了这样的场景？"

　　"是的。我是个灵感比较匮乏的人，每当我听到一个画面感很强的梦境，就会把它用画的形式记录下来，这也算是我保持对画画的热爱的一种方式吧。"

　　"向你描述梦境的人，是你的朋友吗？"

　　那个神秘人的身份似乎呼之欲出了，但是下一秒钟，这种希望又落空了。

　　"不认识。"陈姗姗摇摇头，"他只是直播间的一位网友，我不知道他的身份，因为他没有注册会员，只是临时进来看看，账户权限是guest（来宾），所以我看不到他的资料。从声音上可以辨别得出是位男性，其他的一概不知。"

周彤看起来有些失望，但是陈姗姗接下来的话让我们吃了一惊。

"不过当我问他怎么称呼的时候，他没有跟我说他的真名，只是告诉我，他的英文名叫Fear。"

我听到这个名字，心里咯噔了一下，赶紧望了一眼周彤，结果发现周彤也在望着我，大概她也是感到有些吃惊吧。

此"Fear"和彼"Fear"是一个人吗？案件真是越来越错综复杂了。

"Fear？这个名字很特别啊，他有没有说自己为什么叫那个名字？"周彤不动声色地追问。

"有啊，因为我也觉得很特别，所以还特地问了他。他说，他有一些害怕的东西要去克服。他很害怕像这种周围长着高高的草又很空旷的地方，想要努力去克服那种恐惧，所以才给自己起了这个名字，就是时刻提醒自己要克服它。"

"难道是'荒野恐惧症'？"我喃喃自语。荒野恐惧症指的是患者在经过空旷的地方时就会产生恐惧心理，并伴有强烈的焦虑，甚至会出现暴力倾向。原本这种病症出现的概率是很低的，但是随着互联网和手机的普及，不少年轻人的身上也开始出现这种症状了。

"这位是？"陈姗姗这才注意到旁边的我，一愣。

"哦，这位是知名的心理医生，姓高。"凌东赶忙介绍道，还很世故地用上了形容词"知名的"。

"高医生，你说得很对，我觉得这位网友描述的情形很符合荒野恐惧症的症状，他还告诉我，克服这种恐惧症最好用行为疗法，要勇敢，明知山有虎偏向虎山行，在梦里，他还会拿荒野里的稻草人练习。"

"练习，练习什么？"周彤对这个网友愈来愈感兴趣了。

"把那个稻草人当作敌人，去袭击它，把自己的暴力倾泻在它身上，据他说，这样可以提高自己对荒野恐惧的免疫程度。"

"那位网友，哦不，听众，是什么时候跟你说这番话的？"

"大概是一周以前吧。"

"好了，谢谢你，姗姗。"周彤问完了话，又转向凌东，"凌先生，这幅画我能带走吗？"

"可以可以，你带走吧。"凌东急忙摆手道。看他的样子，我猜就算我们不拿走，大概他也不打算把这幅画挂在办公室里了。

离开了读心科技有限公司，周彤问我："你觉得凌东这个人怎么样？"

我摸摸鼻子，说："我觉得他没必要撒谎，那个讲座那么多人，查一查就知道他在不在场了吧，而且F大离案发现场太远了，去一趟得一个小时呢。"

"不会是因为你们是同行，所以你才觉得人家没问题吧？"

"当然不是，怎么会？"

周彤旋即点点头："我也是这么觉得的，可是那个犯罪嫌疑人的画像的确跟他很相似。"

我思索道："其实那个画像里的人主要有三个特征，一是个头不高，二是微胖，三是戴着黑框眼镜。我想其实有这些外貌特征的人也不少。"

"暂且不说凌东了，你认为那个叫Fear的网友和这个案子有没有关系？"

"相比凌东而言，那个人更加可疑了，怎么可能这么巧？附近有稻草人的荒野不多，他刚好就在那里出现，而且还带有暴力倾向。"

"假设啊，我只是假设，那个叫Fear的网友真的是一个荒野恐惧症患者，当天又刚好经过那个荒野，突然间，他的焦虑达到了某个临界点，他发疯了，然后把廖恬恬当成稻草人袭击了，这有可能发生吗？"周彤想到了一种犯罪的可能性。

"理论上是成立的，但是在没有见到那个人之前可不好下结论啊。"我摸摸下巴，心里思考着：这是一种不寻常的心理疾病，如果真的因为这个而杀人的话，该如何定义这种行为呢？重点是，他自己是有意识去做的吗？

"还是要先想办法找到那个人，不过啊，像这种网络寻人，又是一次大海捞针。"周彤叹了口气。

考虑到这个"Fear"有可能是荒野恐惧症患者，我突然灵机一动："周警官，我对于找到这个神秘的'Fear'有一个小小的办法，你要听吗？"

"当然啦，有好计策别藏着掖着，赶紧说来听听。"

"既然这个'Fear'懂得要用行为疗法来应付自己的荒野恐惧，也留心关注一些心理FM类的节目，说明他正努力通过心理学的方法来改善自己的症状，所以我据此推测，他大概率是有求助过心理医生的。"

"很合理，请继续。"

"在这个自媒体发达的时代，很多信息共享平台的影响力都很大，覆盖面也很广，而且有些是面向特殊人群的。比如我们本地的心理工作者，百分之八十以上都会关注心理协会的公众号，而这个公众号每周都会搞一个小论坛，大家会拿出一些棘手的案例来互相讨论，互相帮助，我想如果我把这个荒野恐惧症和这幅画当作一个案例投稿进去，假如有哪个心理医生接触过'Fear'的案例，可能会留意到并且回复我。不过，这法子有点运气的成分，如果实在找不到也没办法。"我对自己的灵光一闪并没有十足的把握，但总比靠大海捞针似的网络追踪强。

"医生，这办法很好，这是你的领域，画放你那儿，这个活就交给你了。我还要赶回警局，今天我们要传唤廖恬恬的那个闺密胡晴，看看从她那里能不能得到什么线索。"周彤巴不得把这烫手山芋扔给我。

"胡晴，是不是就是和她一起参加沙龙的那个女性朋友？"我想起那个沙盘沙龙上时不时在廖恬恬背后戳她背脊的人。

"对，上次你让我留意她，我们深入调查了一下，发现那个胡晴和陶伟也保持着长期的暧昧关系。"

"怎么说呢……这群人有点乱啊。"我听得头都大了。

"可不是吗？我们的黑板连人物关系都快画不下了，好了，回见。"周彤无奈地说完，随即行色匆匆地消失了。

"广告……"

"广告……"

"又是广告！"

向公众号进行个案投稿，并附上那幅稻草人荒野图的第二天中午，我深吸了口气，以忐忑不安的心情打开了邮箱，发现邮箱里一下多出了几十封未读邮件。看到自己的个案讨论有这么好的反响，一开始还有点窃喜，但很快又大失所望，因为未读邮件中基本都是广告，比如说这条："青青草地心理咨询室，权威心理咨询机构，擅长职场、人际关系、婚姻家庭等问题，心理一对一指导，解开心结，让你更了解自己……"又如这条："我心向阳心理研究所成立于2003年，是本地第一家拥有心理咨询与心理培训业务资质的心理咨询研究机构，一直致力于心理咨询、企业EAP（Employee Assistance Program，企业员工心理援助计划）的开创性研究与实践。在专业方面，本机构所有心理咨询师均为心理学本科以上学历，国家二级心理咨询师执业资格，专业负责、经验丰富。"

邮箱里几乎全是广告，只剩下三封没打开了，我顿时有一种大势已去的感觉。看来这自媒体时代，技术论坛什么的也变味了，变成了各类广告的温床。

"凡哥，看你这么烦躁的样子，是不是遇到棘手的案子了？"这时候，钟兰妮哼着小曲从外面进来了。她今天穿的是一件浅绿色的修身针织衫，自从开始约会之后，她打扮的花样是越来越多了。

"一言难尽啊，都是这广告邮件害的，咦，兰妮，你今天不是请假去约会了吗？怎么这么快回来了。"我突然想起来，今天是兰妮的第二次约会。

"对啊，因为约会地点离这里近嘛，所以搞定之后我又回来上班了，很敬业吧？"兰妮朝我挤挤眼。

我看看时间，现在才午后两三点，说明地点离这里真的不远，于是我好奇地问道："你们到底在哪里约会啊？"

"楼下的麦当劳啊。"钟兰妮出其不意地回答。

"什么？"兰妮的选择再次令我跌破眼镜，"为什么去那儿？作为约会地点，不嫌太简单了吗？"

"凡哥，这你就不懂了，从心理学的角度讲，麦当劳可是一个拍拖圣地呢。"钟兰妮神秘兮兮地说。

"为什么这么说？"我有些不解。

"凡哥，我先来考考你，麦当劳的标志是什么？"兰妮又卖起关子来了。

"是一个大写的M啊。"我立即回答。

"那麦当劳的广告词呢？"她继续追问。

"I'm lovin' it.（我就喜欢。）"我想了一下，还是答出来了，但是依然不知道她葫芦里卖的什么药。

"那么，凡哥，你应该也知道'阈下知觉刺激'吧？"兰妮终于切入了正题，我想起上一次她似乎也对我提起过。

"知道啊，'阈'不就是指阈限嘛。日常生活中，对于人的外界刺激必须要达到一定的强度，才能被人们意识到，才能让人听清楚、看明白，这个刺激的强度就是'阈限'。而阈下刺激，就是低于人类意识阈限的刺激。心理学研究表明，对于这种强度的刺激，人们虽然并不能清楚地意识到自己听到或看到了，但是它仍然会对人的行为倾向有一定的影响，这种现象就被称作阈下知觉刺激，是一个潜在的无意识的心理加工过程。说白了，就是那些'不知不觉改变人的心理'的外界刺激。"一口气说完这个，我好像明白了什么，上次这小丫头也提起过约会时要用阈下效应来着，"哦，兰妮，原来你到麦当劳约会是这个意思啊。"

"凡哥，你现在才反应过来啊，阈下知觉刺激可是广告心理学中的隐形广告的理论基础哦，世界上许多著名的品牌都擅于利用这种潜意识武器对消费者进行洗脑，从而巩固他们的品牌效应。而麦当劳嘛，就是这一理念最好的贯彻者。

"我之所以选择麦当劳作为约会地点，是因为其设计的全部元素，都很好地贯彻了这个利用阈下刺激影响顾客情绪体验的原理，更容易唤起顾客对于爱情的体验。比如说它的标志是大写的M，其实很像一个爱心，从而给人一种爱的感觉。标志在麦当劳的广告牌、食品袋、餐纸等上面反复地出现，也许你意识不到，但是它在潜意识层面影响着你，比如它的主色调黄红两色，是让人感觉暖和的颜色，黄色代表温暖，红色代表热情，跟爱情的体验是吻合的。还有，麦当劳的主题曲，也是一首体现爱的歌曲。这一切的元素结合起来，在麦当劳的环境里反复、频繁地出现，从而影响到顾客的情绪和心理，所以，在麦当劳拍拖的男女，更容易擦出爱情的火花。"

"兰妮，你真是煞费苦心啊。"我惊叹于兰妮对于心理学使用的执着。阈下知觉刺激、隐性广告是广告公司的一大利器，兰妮能把它创造性地应用到情场上，小小发明家的头衔是跑不掉了。

"可不嘛，台上一分钟，台下十年功啊，不过下次又得重新想地点了。"钟兰妮轻轻地叹了口气，不过神采里的兴奋却没有退去，明显这次约会的结果不错。

我们聊了没多久，周彤风尘仆仆地过来了，看样子是过来问我找人的进展。

"医生，你那边进行得怎么样？"她的声音一扫之前的疲态，显得干劲十足。

"我已经向那个心理协会的论坛投稿了，公众号也放上来了，不过回复还在收集当中，还需要点时间。"我对于这个办法还保留着最后一线希望。

"嗯，你就放手去做吧。我来是想告诉你，我得到了一个新的线索，据胡晴反映，原来廖恬恬平时也开直播。"

"直播？"我有点错愕。

"是的，就是网络直播。"

"她不是空姐吗？"

"是，这只是兼职罢了，赚外快。"

"现在直播行业可真火爆啊，什么人都想去分一杯羹。"我想起了在网络上从事占卜的张鲁山，敢情主播里什么人都有，那我是不是也应该去开一个直播间，好跟上时代的步伐呢？

"廖恬恬因为长得漂亮，也会活跃气氛，虽然是个兼职主播，但是收到的礼物居然比不少专职主播还多。据廖恬恬的同事说，她最近一段时间常说当空姐太累，正准备辞职专职从事直播行业。这里头少不了土豪的支持，有个ID叫头号玩家的粉丝给她刷了上百万的礼物，还曾专门跑去航空公司看她，廖恬恬有同事曾经见过那个人，说是个中年男人。"

"这么说，她和粉丝在线下见过面了是吗？"

"是，不仅如此，我们发现那个粉丝和廖恬恬也保持着暧昧关系，之前廖恬恬的手机里面就有他们俩的一些聊天记录，非常露骨，看起来关系非同一般。"

"看来那沙盘分析还真不是一般的准。"我也是服了，原来廖恬恬竟然同时和三个男人交往，而且其中一个是富二代，一个是大款，还有一个是帅哥，算是"三哥鼎立"了。

"这件事但斌和陶伟知道吗？"

"他们在被问询的时候没有提到，也有可能是装作不知道。现在我们准备重点调查那个叫头号玩家的粉丝。如果本案和情感纠葛有关，这个人应该也在嫌疑范围之内。"

ID为头号玩家的是一个四十多岁的中年人，叫闫福才，职业是自由投资人，说白了就是炒房客，既有钱又有闲工夫，所以在看直播上耗费了大量金钱。此人外貌平平，年纪不大却已秃顶，脸上有种志得意满的得意。眼睛有些浮肿，给人一种纵欲过度的感觉。

找到他之后，一名警察对他进行问询，另一名做着笔录。

"你认识廖恬恬吗？"警察问道。

"认识。"他毫不犹豫地回答。

"怎么认识的？"

"看直播认识的呗，觉得她漂亮，说话又风趣，就一直给她送礼物，后来双方加了联系方式，慢慢就熟络了。"

"她被人谋杀了你知道吗？"

"一开始不知道，现在知道了，媒体都在传这件事嘛，不知道也难。"

"你对此有什么看法？"

"没看法，我跟她不熟，就是在网络上玩玩，关系很浅，听到这样的消息我也很遗憾，但是无法提供更多的信息了。"

"你们只是网络上玩玩这么简单吗？在线下也见过面吧？"

"是见过一两次，这年头主播和粉丝见面很正常啊。"

"我们查到用你身份证登记的开房记录，而且摄像头显示你是和廖恬恬一起去的。所以你们的关系不只是主播和粉丝吧？"

"好吧，就算是那样又如何呢？都是你情我愿的事情，顶多算一夜情。我有家庭，我们夫妻感情很好，我在廖恬恬身上刷了上百万的礼物，她只是用这种形式报答我一下而已。"

"四月六日下午五点到六点，你在哪里？"

"我啊，我当时一个人在家里看电影。"

"这个时间段看电影？"

"是啊，不行吗？我是自由职业，心血来潮想看就看了。"

"有人可以证明吗？"

"没有，我老婆出去了。她有病，去医院治疗了，那个时间还没回来。"

"今天就问到这儿，有什么新的问题我们会再找你的。"

闫福才的语调很油腻，让人听了很反感，被盘问时也摆出一副满不在乎的样子，而且他的不在场证明也无法验证。

咨询室这边，在承受了广告邮件的一阵狂轰滥炸之后，我屏住呼吸打开了最后三封邮件。

令人惊喜的是，除了其他两封不靠谱的之外，其中有一封是真正的技术支持，信的内容很简短："高医生你好，关于你在心理协会论坛上提出的心理病症，我做过类似的个案，而且那幅画我也有点印象，不知道是否能帮到你，欢迎致电×××××××讨论。"

对方不仅很热心，还很周到地留下了可供联系的手机号码，于是我迫不及待地第一时间就拨打了，电话响了很久才有人接。

电话接通后，我先是友好地打了个招呼："你好，我是昨晚在心理协会公众号提出个案讨论的高医生，请问您怎么称呼？"

但是，从电话里传出的男人沙哑的声音让我起了一身鸡皮疙瘩。

他说："我叫Fear。"

第3章
突破：嫌疑人现身

在那个小房间里，咖啡色的窗帘布挡住了射进房间里的阳光，显得有些阴暗。

没有风，唱片机里播放着小野丽莎的爵士音乐，有点慵懒。

眼前的男人，有着一双深邃的眼睛，留着半长的头发，样子非常英俊，但是他苍白的脸色看起来有些忧郁。

"对不起，最近感冒了，鼻子塞得厉害。"他揉揉鼻子，抱歉地说。

这个男子就是给我发来邮件的那个心理医生，他的名字叫费义，由于发音和Fear相近，再加上我对那个词有点敏感，就听成了Fear。

弄清楚真相之后，我也暗骂自己捕风捉影，在电话里头，我只知道费义有对付荒野恐惧症个案的经验，但是电话说不清楚，于是我决定登门拜访。此处便是费义的心理咨询室，由于在中心市区，地方很小，而且附近正在大搞基建，所以环境不是很好，放一点音乐也是为了消解外部环境带来的烦躁感。

"对了，费医生，在邮件里，你说你接触过类似的个案是吗？"寒暄几句之后，我快速进入了正题。

"对，那是在一次义诊中。"费义点点头，伸手探进自己的牛仔裤口袋，摸出一个被压得有点瘪的金黄色的烟盒，从里面抽出一根烟来，然后抄起桌上一个轻便打火机点着了烟，吸了一口，问我，"来一根吗？"

"谢谢，我不抽。"我摇摇头。

"不好意思，烟瘾犯了，就算是喉咙发炎也忍不住，唉，戒了一段时间，但有段时间遇到的个案压力太大，又放不下了。"他为自己辩解了几句，然后又心安理得地抽了起来。

我注视着他烟的牌子，我记得周彤说过现场掉落的烟头是芙蓉王，而他抽的是七匹狼。这个怀疑的念头只在我脑海一闪而过。

"没事，你说的是什么，义诊？"我重新回到收集信息的思维上。

"对，就是不用收费的那种，是本地心理协会组织的一次'心理学走进生活'的公益活动，举办地点就在正大广场那边，有几十名心理医生参与呢。"

"是什么时候的事情？"

"三周前吧，那时候媒体也有报道过，说真的，那次活动的规模空前的大，连我都是第一回参加这么大的心理义诊活动，而且当时的会场布置也很人性化，每个心理医生都有一个小小的建议咨询隔间，可以尽可能地保护咨询人的个人隐私。"

"哦对了，我有印象。"我想起似乎在公众号上看过当天活动的图片，"然后你就遇到了那个患者。"

"对，因为这个患者的症状非常特别，不，可以说十分罕见！如果我的诊断没错的话，他应该是得了荒野恐惧症，但不是所有的开阔地方他都会恐惧。他只要到了空旷的地方，尤其是那种四周长满草的地方，就会感到特别焦虑、恐惧，甚至眩晕。从症状来看，他算是比较严重的。"

"所以你当时给了他一些建议吧？"

"是的，因为是第一次接触，我没有给他很具体的建议，只是提供了一些治疗这种病症的思路。"

"去那个有稻草人的荒野的做法，是你告诉他的吗？"

"没有没有，当然不是。"费义似乎担心被我质疑他不够专业，很快否认了，"是他自己提起来的。他向我很仔细地描述了那个地方，说他经常梦到那里，他还说那个地方是他最恐惧的，也可以说跟他病症的来源十分相似，我可没让他去那里，我只是告诉他恐惧症是可以克服的，要从认知上慢慢修正对那个地方的认识。"

我心想，也许是这名患者误解了费义话里的含义，以为只要靠自己的意志力，直接去啃那块最难啃的骨头，就可以克服荒野恐惧症，但这样往往容易适得其反。

"后来这名荒野恐惧症的患者还有没有再出现？"

"没有，那天他只是进行了简短的咨询，在咨询结束的时候，我建议他来我的咨询室进行进一步的治疗，但他似乎并不愿意来。"

"你觉得他为什么不来呢？"我决定打破砂锅问到底。

"也许是担心收费太贵吧，不值得，因为不少人都这么想，觉得心理咨询是可有可无的，但这也只是我的猜测。"费义说到这里，脸上的疑惑之情变得很浓，"不过，高医生，我怎么感觉你对这个人的兴趣要比解决个案的方法大很多啊，你真的是来讨论心理咨询个案的吗？"

"对不起，其实事情是这样的。"事到如今我只好一五一十地把事件的来龙去脉告诉了费义。

"原来如此，我一直听说，本地有个心理医生协助警察破了几个案子，原来那个人就是你啊。真是久闻不如见面，幸会幸会！"费义用十分钦佩的口吻对我说，望着我的眼神多了几分羡慕。

听到自己居然声名在外，我有些不好意思："哪里有，其实只是提供了一点点建议，传闻大概是夸大了我发挥的作用，主要还是警察同志们英明神武。"

"说起来，其实我也是个推理小说爱好者，像东野圭吾的推理小说，国产的《心理罪》系列，我都很喜欢看，看多了总觉得自己也有那种能力。如果有机会，我也希望自己能够参与到某个案子中去呢。"费义似乎有点跃跃欲试。

"行啊，费医生，那请你帮忙好好回想下，那个人长什么样子，有什么特征？"我下意识地模仿了一下周彤的语调。

"高医生，你现在的口吻很像警察呢。"费义哈哈大笑。经这一番交谈之后，我们俩熟络了不少，费义也展露了他幽默的个性。

"是吗？哈哈。"我用尬笑掩饰了自己的尴尬。有时候的确是耳濡目染，不自觉地就代入了角色之中。

"跟你开玩笑来着。"费义露出爽朗阳光的笑容，"如果真能帮到警察破案的话，那是我应该做的。"

"谢谢你。我也是因为这个案子和心理学有关，所以才被拉着协助调查，你肯提供这些信息，我已经感激不尽了。"

"不用客气。因为那天参加活动的人也是人山人海，关于那个神秘人，我也只是匆匆一瞥。"费义努力回忆了一下，"他告诉我他今年二十五岁，目测身高大概一米八，身材偏瘦，剪着平头，单眼皮，还有，他跟我说过他在生鲜店打工。"

因为担心记错，我及时掏出随身的迷你笔记本小心翼翼地记录了下来。

"高医生，你的样子越发像警察了啊，有没有考虑转行呢？"费义再次半开玩笑半认真地问我。

"见笑了，还有一点请教，你觉得那名患者有没有什么特别之处，比如说暴力倾向之类的？"

"以我的观察是没有的。"费义最后回答道。

离开了费义的心理诊所，我挺直腰板，大大地伸了个懒腰，心想自己这回也是打了个漂亮的翻身仗，虽然没有直接查找到那个人的身份，但也算向前迈进了一大步。

我打电话给周彤，语气带点沾沾自喜："周警官，这一次我也算不辱使命，我已经打听到了，那个荒野恐惧症患者的一些外貌特征，他二十五岁，高高瘦瘦……"

"剪着平头，单眼皮，职业是生鲜店打工人员。"周彤不知道突然间得了什么神通，竟然把话接了下去。

"咦？周警官，我还没说呢你怎么就都清楚了，难不成你也会算命？"我听得下巴都要掉下来了。

"算命不会，我只会看档案。"周彤淡淡地说。

"档案？"我听得一头雾水。

"因为那个人来自首了，所以他的资料现在就在我手上，我就算从头到脚给你描绘一遍也不是什么难事。"周彤调侃道。

"什么？自首了？"周彤的话让我有些哭笑不得，我眼睛连同下巴都差点一起掉下来了，忙乎了这么久，居然给我这么个结果。好不容易想出个找人的点子，这跟什么都不做岂不是也没区别吗？

"今天这个案子有不少事要处理，明天跟你细说。"周彤匆匆地挂掉了电话。

案件的发展在我的意料之外，让我有种翘首期盼的感觉。

第二天，我终于见到了周彤，了解到这起案件的巨大转折：凶手自首了！

周彤告诉我，自首的人叫许奕夫，一个二十五岁的单身男性。如我之前假设的一样，他自称患有荒野恐惧症，所以那天他到荒野去，是为了去克服自己的心理障碍的。但是很不巧，当他来到那个稻草人荒野的时候，扛不住晕了过去。当他醒来的时候，他发现稻草人下躺着一具尸体，自己手上拿着凶器。他知道自己在极度恐惧之下杀人了，感到十分害怕，所以从现场逃逸，顺便把凶器也藏了起来。但是整个作案的过程，他是完全不知情的。

"为什么呢？"听了周彤对案件的描述，我一时间还无法理清头绪，不，应该说是更乱了。

"据他供述，他的荒野恐惧症伴随着暴力倾向和记忆断层，暴力倾向他自己说了，会经常找一些东西作为攻击对象来发泄，关于记忆断层，经过我们精神鉴定，我们确定许奕夫的确失忆了。"

"也就是说，他根本就没亲眼见到自己杀人。"我思考着，案件过程听起来貌似还算合理，但总觉得有什么地方不对劲。

"是的，他说这种情况以前也发生过。恐惧上升到顶点，就会失去意识，不知身在何方……反正他，一口认定是自己干的。但是，我老感觉这案子还没破。"

虽然有凶手自首，但是周彤紧绷的神情丝毫没有放松下来的意思。

“为什么？”

“我们从凶器上只提取到了许奕夫一个人的指纹。”

“既然他是凶手，那不是很正常的事吗？”

“就是太干净了，才不正常。更像是别人作案之后把凶器上的痕迹擦掉，又被许奕夫捡到。当然，这也只是我们的一种猜测。”周彤和她的同事也是心细如发，从物品中找出了不合理的地方，“所以，高医生，我看这件事又要麻烦你了。”

“要我帮什么？”

“你还记得红丝绸案吧，是你成功帮曾青璇恢复了记忆，这次的案子可以说是异曲同工，丢失的记忆再次成为破案的关键。所以这一次，希望你也帮我们找回许奕夫失忆的那部分。不管是不是他干的，我们想知道他在他失忆的那部分里面，看到了什么，听到了什么，发生了什么。我们希望知道所有的细节，越多越好。”

催眠就如同打开人脑记忆中的潘多拉魔盒，你永远不知道一个人的脑海里藏着多么可怕的念头。

这一次我要面对的，就是许奕夫恐惧背后深藏的东西。

另一方面，审讯室里，许奕夫反复强调自己的罪行：“人是我杀的，没错，虽然我不记得了，但是凶器在我手上。

“我是两周前发现自己开始有暴力倾向的，我很害怕，所以总是找一些东西发泄。荒野里的稻草人，就曾是我发泄的对象。我想我是把那个女人当成暴力对象了，我感到很抱歉，很后悔，但是这样的罪过是我酿成的，我希望法律能给我相应的惩罚。

“凶器？我没有带凶器过去，也许是那个女人自己带的吧，又或者谁放在那里的，我不清楚，我只知道我醒来的时候手里就握着凶器。

“为什么我如此肯定是我杀的人？当然肯定，虽然我没有了记忆，但是那种暴力的感觉还在，我感觉在那段时间里我一定是进行了某种暴力行径，不然不会有那种感觉。

“什么感觉？怎么说呢，就像是刚刚剧烈运动过，然后内心有很强的攻击欲望，也有很强的愧疚感，然后我就看到那个女人躺在那里，而凶器在我手里。

"总之你们相信我，那件事确实是我干的。我现在来自首了，感觉一身轻松。你们可能不会相信，过去的几天我简直是在炼狱中煎熬。我觉得再不来我就要崩溃了，那时候我真的什么事都干得出来。你们看，这手就是我自己弄伤的。"

……

警察们遇到这样的罪犯感觉很省心，但是多少也有些不习惯。

"像这样非要承认自己是凶手的人不多吧。"我问周彤。

"不仅不多，甚至还会显得十分可疑。"周彤冷冷地说。

"你是怀疑有人唆使他这么做的吗，或者诱导？"其实我也觉得这个叫许奕夫的年轻人不大像是凶手。据我观察，他是那种自疚型人格，也就是典型的内归因人格，总是将事件不如人意的结果归因于自身，这种人在日常中常常表现为自信心不足，比较敏感，应对环境变化的能力比较弱。

"之前已经有过唐薇的先例，这次也不能不防。必须从他身上复原一下案件发生的细节，缺少这些，并不能直接认定他的罪行。"

"所以，一定要催眠是吗？"我最后确认。

"嗯，我跟上头说好了，这次还是要拜托你。"周彤说道。

我点点头。既然是心因性的记忆障碍，眼下对这个案子而言，催眠也是一个不错的选择。

这一次由于是给犯罪嫌疑人催眠，所以选择的地点当然不能在我的咨询室，必须在警局进行，而且是在警察同志的严密监视下。不过我也跟警察们沟通过了，催眠过程中不能被打扰，附近的人也不要随意走动。因为有了上次的成功经验，他们都比较配合。

催眠开始之前，我留心观察了一下许奕夫。他长相平凡，看不出有什么特别的，也没有撒谎者那种伪装出的镇定或者焦虑。根据咨询师的经验判断，我认为他是真的失忆了，因为他略显惊恐不安的眼神里还带着一丝困惑和希望，大概他也希望那段空白的记忆能被找回来。假如没有受过专业的表演训练的话，这种复杂的情绪是很难装出来的。

“有一点很奇怪。”催眠前，我对周彤说，“你还记得我们去听的那个脑科学讲座吗？钟教授在讲座中提到，记忆是和情绪体验连在一起的，这就是所谓的情绪记忆，人类只会对唤起自己情绪体验的记忆格外深刻。”

　　“对。”周彤很快反应过来，那次讲座她听得格外认真，想必很多内容她还记得很清楚。

　　“但是许奕夫他反复强调，自己拥有那种暴力的情绪体验，却没有相关的记忆。既然没有相关的记忆，那么那些所谓的感觉又是从何而来的？这在情绪记忆关联上是说不通的。”

　　“这一点值得调查。”周彤也露出思考的神情。

　　虽然我在催眠之前就提出了质疑，但是在进入到实质性的催眠环节前，未知的记忆片段还是犹如一张白纸，等待许奕夫的潜意识来涂画。

　　稍微对许奕夫进行了一些安抚性的暗示后，我就开始了例行的询问：“许先生，警方委托我通过催眠的方式，帮你恢复记忆的断层，你觉得有没有问题？”

　　“没有，能想起来最好了。催眠，真的要给我催眠吗？我一直都想去试一试，可惜就是没有机会。”听到要被催眠，许奕夫没有畏惧，相反好像还有点小激动。

　　“很感谢你的配合。好了，在催眠之前，我希望我能先了解几个问题，可以吗？”

　　“好的，你尽管问。”

　　“许先生，你是否清楚自己的病症？就是你自己说的荒野恐惧症，尤其是对那种四周都是高草的荒野。”

　　“很清楚。”

　　“是从什么时候开始的？”

　　“很久了，我觉得这来自我小时候的一次经历。”

　　“当时发生了什么事呢？”

　　“小的时候有一次跟家人去野外玩，爷爷奶奶、爸爸妈妈都一起，还有哥哥姐姐，因为我的年纪是最小的，腿短速度慢，他们都走得很快，渐渐地，我离他们越来越远。于是我奋起直追，根本没注意自己跑到了哪里。后来，我感觉自己追得很累，因为我是光着脚的，那时候的我也就五岁的样子，身体素质也不是很好，所以跑得很吃力。

"于是我决心往回走，去找我爷爷奶奶他们。没想到回头的那一刹那，我吓呆了。身后是一大片空旷的荒野，草很高很高，我记忆里是这样的，高得好像要穿进云里一样，更像是一根根刺。那时候的天还是灰蒙蒙的那种压抑的颜色。左手边的远处还有一潭湖，那种深绿色，好像恶魔的眼睛一样，四周空旷又死寂，一时间如同潮水一样全部笼罩着我。周围还有几棵零零散散的大树，特别茂盛，仿佛里面藏了人一样，所以我感觉案发现场的那个稻草人，给我的感觉跟回忆里的树差不多。那种感觉我现在回忆起来都觉得很窒息，觉得没有安全感，就好像世界上只有我一个人了，孤独和无助瞬间袭击了我全身。我大声地哭喊、求助，但是没有人理我。也许就是那一次的经历给我留下了巨大的阴影。"

"那你是到了所有开阔的地方都会感到恐惧吗？"

"不是，只是到了跟我记忆里类似的地方才会害怕，不然我连门都不敢出了。"

"那你有没有看过心理医生？"

"小时候根本不懂，就知道害怕，后来懂事了，看了一些书籍，才开始觉得可能是心理疾病，之后听说了各种恐惧症后我才知道，原来我是得了一种特别的荒野恐惧症，但是那种深层次的恐惧已经根深蒂固了。不过我还是有打算去看心理医生的，就是费用有点高，我又只是个打工的，收入不高，所以就趁着公益活动的时候才去看了一下。"

"说到这里，你还记得一位叫作费义的心理医生吗？"我想核实一下费义提供的信息。

"记得，记得，我看到了他就诊台那里的牌子。那是一个大型的免费心理咨询活动，我寻思着可以省钱，就去了。"许奕夫这么说就和费义的说辞对上了。

"当时你为什么不去进行后续治疗呢？"

"我感觉他说的方法挺简单，给了我一种'我自己来也能行'的错觉，所以我打算省下这笔钱，因为我认为我克服困难的决心是足够的。"

"说句题外话，以我的经验和判断，关于你的症状，最好还是求助专业的心理医生。"

"好的，如果早点重视起来就好了，就不会闯了这一次的大祸，还杀了人，唉。"

"关于你一直口口声声所说的'杀人'，你能记起来多少？我是说那段空白之前。"

"呃……只有一点……"

"好，那说说看你都记得什么。"

"我走到了那片荒野，但是刚走进去的时候，脑子就一片空白，周围的环境让我很害怕，内心仿佛有一股抑制不住的冲动，我想如果当时有个人站在我面前的话，我是会对他进行攻击的。"

"你为什么会这样想？"

"因为我感觉我的害怕和恐惧，已经转化成了某种暴力的欲望，然后我就失去了知觉。"

"你一直反复说的'暴力的欲望'，能具体跟我描述一下吗？"

"我觉得……它就像一个爪子。"

"爪子？"

"是的，我的脑海里一直残留着如同野兽爪子一样的感觉，就好像我必须得把它伸出去，去抓住某件东西，那是我无法控制得住的。"

许奕夫描述的恐惧感觉很奇妙，让我觉得有点匪夷所思。

"好吧，那我们一起来看看那天你究竟发生了什么。"

然后，我又对许奕夫做了催眠前最后的安抚和暗示，毕竟是第一次，他的紧张情绪很难让他完全放松下来。从心理咨询角度来说，也可以认为那是他的潜意识对于唤醒记忆的一种间接排斥。所以，这个过程进行得格外缓慢。

"好吧，现在开始，你就当自己在休息，不要紧张。下面请按我说的做，首先，把你的身体调整到一个最舒服的姿势，然后放松身体，慢慢地做深呼吸。"

"像这样吗？"

"对，很好，慢慢地呼出来，是的，就这样做，很好，再来一次，深深地吸气，呼气，很好。"

许奕夫的呼吸开始适应了催眠的需要，舒缓、绵长，节奏稳定。

"现在请你告诉我，你喜欢什么样的环境？"

"我不知道。"

"想象一下你小时候最爱去什么地方。"

"嗯，小时候还是比较喜欢去海边吧。"

"好，现在你想象自己正躺在海边。海风阵阵吹来，你感到十分地清凉、舒适。海浪有节奏地拍打着岸边的石头，听到那种声音，你的耳朵也很舒服，你感受到了吗？"

"是的，我现在觉得自己就好像躺在沙滩上，享受着蓝天和大海。"

"很好，那就一心一意地感受海水带给你的舒适。现在想象一下，海水慢慢从海面涌上沙滩，慢慢地浸没你，当你感觉到水浸没你的双脚的时候，脚就放松了；当你感觉到双腿被浸没的时候，腿也放松了，同时，深呼吸，放松你的腹部，呼吸越来越顺畅；当你感觉到双臂被水浸泡的时候，双臂就放松了；当你感觉到你的胸部、背部被浸没的时候，身体就放松了；当你感觉到你的头部也被水浸没的时候，头部也放松了……你的整个身体越来越放松，越来越放松。好，你现在感觉怎么样？"这一部分利用海水作为意象的引导语，是为了让许奕夫交出意识的主导权。

"我感觉全身都十分轻松，就好像整个人都浸泡在水里，无忧无虑。"许奕夫的声音变得舒缓而慵懒，好像说出每个字都要费很大的力气。

"好，你安静地享受一会儿吧。"我安抚道。

五分钟过去了，我觉得是时候了，于是开始了引导："好，现在我会慢慢从一数到十，当我数到十的时候，你的潜意识会带着你穿过一个漫长的隧道，隧道过后便是你到过的那个荒野，当我数到十的时候，你告诉我你看到了什么，好吗？"

为了表示听到了我的话，许奕夫缓缓地点头。

"好，那我们开始。一、二、三、四、五、六、七、八、九、十。"

当我念完数字，我注意到许奕夫的眼球在眼皮下快速转动，这说明催眠的引导完成了，潜意识已经开始提供信息了。

"好了，你现在看到了什么？"

"眼前有个山洞，好像是一条隧道的入口。"

"好，现在你穿过那条隧道。"

"隧道很长，很黑，很长，很黑，我走了很久……"

"然后呢，你看到了什么？"

"从隧道口出来后，我发现我走到了一片荒野，周围的草很高，那边有一块空地，空地上有一个稻草人。"

"紧接着你做了什么？"

"我没有直接走过去，只是躲在草后面偷看，空地上有个女人……"

"女人你认识吗？"

"不认识，从没见过。"

"她在做什么？"

"她在对着稻草人说话。"

"说话？"

"是的，我也感到很奇怪，现在，那个女人从稻草人里拿出了一样东西。"

"是什么？你看清了吗？"

"看清了。"

"那是？"

"是一部手机。应该是她自己的手机，因为我看到她把它收了起来。"

这时候，许奕夫的呼吸猛然变得急促，身体剧烈痉挛。

"发生了什么事？"我急忙问道。

"荒野里的空地又来了一个人。"

"是谁，长什么样的？"

"我看不到他的脸，他个子不高，穿着黑衣服。"

"好吧，他在做什么？"

"他在和那个女人说话。"

这时候，许奕夫的呼吸猛然变得急促，身体发出更加剧烈的痉挛：

"啊！那个黑衣人在杀人，他杀了那个女人。"

"杀人，你确定吗？"

"确定，我看得很清楚，我很害怕，我不敢看了。"

"别怕，你再仔细看看，那是一个什么样的人？"

"我不认识他，从背后看去，是一个稍微有点臃肿的胖子，杀了人就走了。"

"你再看看，凶器到哪儿去了？"

"我走过去，把凶器捡了起来，然后我想走，但这时候，有一只爪子伸向了我。"

"什么爪子？"

"是……是……"

爪子在潜意识世界里有不同的象征含义，有可能代表控制，或者代表某种对身心的压迫，还有可能是来自皮肤的刺激。但还没等我查清楚爪子的意义，我注意到许奕夫脸上出现了挣扎和痛苦的神色。

不能继续下去了，我心想。于是我决定结束这次催眠。

"好了好了，现在我们结束这次经历。刚刚你所看到的一切，已经深深地印在你的脑海中，无论到什么时候，你都能轻易地回想起来，是吗？"

"是吧。"

"还能看到那条隧道的入口吗？"

"能。"

"很好，现在你从隧道原路返回，你的身体和精神在慢慢苏醒。我从十倒数到一的时候，你就会完全醒来。懂了吗？"

"懂了。"

"好，十，海水慢慢从你的头部撤离，缓缓地流回海里，你觉得身心都很放松；九，你的头部也不再浸泡在海水里，你的脖子可以慢慢转动；八，海水已经到了你的胸部，你现在越来越清醒；七，海水到了你的腹部，你在慢慢恢复身体的正常感觉；六，你的内心平静安详，感到很愉快；五，你觉得越来越清醒；四，你的手臂不再浸泡在海水里，手指开始有感觉了；三，你感到浑身都蕴藏着巨大的能量；二，就要醒来了；一，你已经完全清醒了，睁开眼睛！来，持续地深呼吸。"

"原来我没有杀人。"醒来之后，许奕夫一直喃喃自语，然后突然眼睛一亮，抓住我的手臂，说，"医生，我没有杀人。"

"是的，现在我们都知道了。你休息一下，一会儿警察同志还会来询问你，你把回忆起来的事实如实告诉他们即可。"

"谢谢你，医生，那么重要的事情竟然被我忘掉了，我真是太蠢了，一直都把自己当成凶手。"许奕夫捂着自己的脑袋，满脸劫后重生的庆幸。

随后，我把催眠的结果告诉了周彤。

最后，我总结道："看来这个许奕夫是第一目击证人，但是由于荒野恐惧症的缘故，他并没有看到那个凶手的面孔。凶器是他自己捡起来的，后来他失去了知觉，醒来后他以为自己杀人了，所以才逃离了现场。"

"这跟我们现场勘查的结果，还有陈永灿的目击证词都很吻合。"周彤看起来对结果没有感到很意外。

"在给许奕夫催眠的过程中，我发现了一个很重要的点。许奕夫看到廖恬恬从稻草人里拿出了一部手机，应该是廖恬恬有意为之。"

"她当时为什么要这么做呢？看起来毫无意义。"周彤有些不解。

所有的线索，宛如实质般的画面，一个一个飘过眼前，我的脑海浮现出了一个大胆的想法，仔细思考起来，这个念头虽然听起来有些无稽，也有些荒谬，却又是最有可能的答案。

"我想，当时廖恬恬是在直播吧。"我大胆地说出了我的想法。

"直播？"周彤先是一愣，然后眼睛眨了眨，代表她大脑快速运转，旋即她点点头，"对啊，我怎么没想到呢？"

"是的，不然就无法解释了。廖恬恬平时就直播，那一次和陶伟分手，大概是故意直播给别人看的吧，所以才会把手机藏在那里，大概摄像头也是开着的，不过因为距离的问题，我估计看直播的人只能看到图像，但听不到他们在说什么。陶伟不是也说了吗？刚到荒野就发现廖恬恬在稻草人前摆弄着什么，而许奕夫被催眠之后也说自己目击到了廖恬恬在跟稻草人说话，他们看到的应该是廖恬恬在和看着手机直播的人对话。上一次我在沙龙上，也看到张鲁山对着手机说话，后来我才知道那是直播。同理，许奕夫看到的也许是一样的情形。"

"真是如此的话，倒是可以解释很多东西。"周彤眉宇间有种如释重负的感觉，"廖恬恬本来就打算和陶伟分手，正好可以趁这一次机会假装跟男友分手，好跟闫福才索要礼物，可谓一举两得。"

"我也只是猜测，还有待验证。"我想还是保守一点。

"相信这一点很快就能查清楚了，接下来我们会带许奕夫去进行案发过程模拟，催眠是你帮他做的，如果你也能在场就更好了。"

周彤既然这么说，摆明是希望我能去和许奕夫的催眠结果做个比对，再说我对现场模拟也有点好奇，便欣然同意一同前往。

虽然听周彤大概描述过，但这还是我第一次到达案发现场。

还是那片荒野，野草肆无忌惮地疯长着，果然和凌东办公室里的画十分相似，陈姗姗的画作很好地表现了这个地方带给人的感觉——

凄凉，肃杀。

此时，周彤带着许奕夫和其他警察，在荒野的空地里做案发过程模拟，另外一个警察扮演死者廖恬恬，而许奕夫则根据他恢复的记忆，重现他当时的行为动作。

"你当时就站在这里对吗？"周彤指着长草背后的一个位置问道。

许奕夫点点头。

"你当时没有出去，而是站在草后面观察。"周彤再次确认。

"是的。我看到有人，有点不知所措，就想先观察一下，却不小心目击了整个过程，对我来说简直是双重恐惧。"许奕夫显然是心有余悸。

"这时候你看到廖恬恬，也就是死者正在跟稻草人说话，并且从里头拿出一部手机。"

"没错，后来又来了一个穿着黑衣服的、短头发的人。"

周彤向那边招招手，一名年轻的干警走了过来，刚好挡住了许奕夫望向"廖恬恬"的视线，他扮演的就是那个黑衣凶手。

"不，那个黑衣人没有那么高，他比廖恬恬要矮好几厘米。"许奕夫喊道。扮演廖恬恬的干警是中等身材，而扮演凶手的干警稍高一些。

"小姚，麻烦你蹲下一点点。"周彤朝那名警察喊道。他点点头，下蹲了十厘米左右。

"现在呢？"周彤又问。

"现在看起来差不多了，就是这种感觉。"许奕夫说道。

案发过程模拟进行到一半，周彤的电话响了。

"好，我现在过去。"

接完电话的她，神色有些凝重。

"有个坏消息。"周彤对我说。

"周警官，我发现你最近的消息特别多，每一个都令人胆战心惊。是什么消息啊？"我屏住呼吸，心情就像是在等待一个重磅新闻。

"张鲁山被杀了。"周彤沉声道。

"啊？"我感到十分震惊，没想到张鲁山会是下一个受害者，我马上想到了一个问题，"张鲁山的死和廖恬恬的死有关吗？"

"现在还不能确定是不是连环杀人案，不过，我们的同事在那里发现了重要的线索。"周彤透露了新的发现。

"是什么线索啊？"我好奇地问。

看着我好奇的样子，周彤刻意卖着关子说："先不告诉你，我现在就要去现场，要不一起去瞧瞧？"

禁不住好奇心的驱使，我决定跟随周彤去看看张鲁山被谋杀的现场。从稻草人荒野到张鲁山的别墅有很长一段路要走，开车也开了近两个小时。

再次回到这个中式风格极为浓厚的地方，再看那些园林、小桥流水和中式府邸，感觉只有两个字：阴森。

精心雕琢的画作和独具匠心的布置失去了初见时的神采，给人一种慢慢凋零的错觉。

虽然我不太懂风水，但是给外界最强烈的感觉的，终究是屋内的人。景观的布置最终还是依托于人而存在，围绕着人来设计，也许这才是风水的精髓吧。

张鲁山是在家中被杀的，就在他那个充满古典韵味的别墅中。据周彤介绍，他的死亡时间是昨天上午，是在屋内被人刺杀而死，屋内一片狼藉，幸好警察的勘查工作也已经告一段落，所以没有那么嘈杂。

"张鲁山一直宣称住宅附近不能安装监控摄像头，说这样会破坏他住宅的风水，所以附近都没有监控录像，这给我们找寻凶手制造了很大麻烦。"周彤无奈地摇了摇头。

"这样一来，我们无法知道他占卜的秘密了。"我叹了口气，老实说我心里还挺好奇的。张鲁山这个人很怪，有时候觉得他是在忽悠人，有时候又觉得他说的似乎隐含着深意，总给人一种捉摸不透的感觉。

"那个秘密就由它去吧。不过我们倒是发现了张鲁山的其他秘密，足以证实他之前对我们撒了谎。"周彤淡淡地说。

"撒谎？"

"他不是告诉我们他选择给廖恬恬占卜是完全随机的吗？我们的刑侦人员发现并非如此，张鲁山和廖恬恬之前就认识。"

"太可恶了，我就说嘛，哪儿有那么巧的事。"我用拳头捶了捶手掌。

"对，那只是人为制造的巧合，我们从直播平台公司递交过来的数据发现，张鲁山和廖恬恬的直播间之前就有过频繁的互动，张鲁山还给廖恬恬打赏过不少礼物，之前他对我们隐瞒了这一层的关系。这样看起来，两个案子之间是有关联的。"

"凶手会是同一个人吗？"

"还不好确定，不过经过法医鉴定，从用刀的方式和力量看，有点像是一个人所为。"

"张鲁山这么心虚，一定有原因吧，是担心自己跟命案扯上关系吗？又或者……"我突然灵光一闪，"又或者他其实知道凶手是谁，但是又不愿意说出来。"

"总之，不管如何，他在这个案子中所占的分量应该比我们想象中的要大。"

"谋杀张鲁山的凶手呢？有眉目吗？"

"眉目还不能算，但是有几个疑点已经引起了我们的重视：一是张鲁山死时穿的是家居便服，而非我们当天见到的唐装。据我们了解，张鲁山如果是会见预约来占卜的客人，一般都会穿上他的龙纹法袍，而这一次只穿了便服，说明这个凶手不是他预约的顾客，而且甚至有可能是突然来访的，让他有点猝不及防。第二个疑点，就是之前我说的那个重要线索了。”

“啊，周警官，我都伸长耳朵等着呢。”我都有点迫不及待了。

“虽然说这宅子附近没监控，但是我们通过调取附近商户的摄像头，却在案发时间段发现了一个熟悉的身影。”

“谁？”

“廖恬恬的头号粉丝闫福才。”

“闫福才，他怎么会出现在这里呢？这两人好像……没啥交集啊。”我歪着脑子想了想。

“那要找他来问问才知道了。不过医生，你猜中了一点。”

“哪一点？”我有点小兴奋。

“我们同事去直播平台查了廖恬恬的直播记录，四月六日下午她确实有开直播的记录，而且，当时直播的房间里面只有一个粉丝在观看。”

“只有一个粉丝，怎么回事？”

“这是直播平台提供的一种模式，叫作私密直播，意思就是说房间里只有贵族以上的粉丝才能进入。”

“也就意味着，大概只有闫福才一个人观看吧。”

“没错，当天的直播就是一对一的，可以理解为有目的性的直播。”

“很诡异，他到底在想什么，竟然想看别人分手的过程？”

“也许是廖恬恬故意给他看的呢？”

“那就更奇怪了。闫福才是廖恬恬的暧昧对象，现在又很偶然地出现在张鲁山被杀时的案发现场，不像是巧合，这里面似乎有着什么联系。”

“明天应该就知道了，有了这些证据，相信他也不敢再隐瞒什么。”周彤胸有成竹地说。

我本来认为，既然有了直播平台的数据作为铁证，闫福才应该会承认案发当天下午他并不是在家里看电影，而是用手机看廖恬恬的“分手直播”，但是事情的发展总是出乎我的意料，大概就连周彤也想象不到。

还没等警方第二次传唤闫福才，闫福才倒是主动来向警方求助了。

“救救我，警察同志，快救救我！”

闫福才到警局的时候，神情惊慌，语无伦次，似乎受到了不小的惊吓。

原来闫福才收到了一封死亡威胁信，信是直接寄到他家里头的，没有署名，信纸上只有几个似乎是用鲜血染成的字，触目惊心：下一个就是你。

短短几个字充满了恐吓的味道。

这封信给闫福才的心理造成了极大的恐慌，他颤悠悠地说："恬恬死了，大师张鲁山也死了，他说下一个就是我。警察同志，凶手要对我下手了！而且他知道我家的住址，你们要保护我啊！"

"信你带来了吗？"

"带……带来了。"

"死亡威胁的事先别着急，我们马上会派人着手调查，但是，你要把所有事情都交代清楚。"负责问询的警察注视着他，冷冷地说道。

"好好好，我什么都说，你们尽管问吧，只要你们保护好我。"看样子闫福才为了自己的生命安危，也是豁出去了。

"廖恬恬被杀当天，她是不是开着直播？"

"是。"

"看的人是不是你？"

"没错，是我。"

"直播内容是什么？"

"当时我正在看她直播和那个男的分手。但是因为距离太远，只能看到图像，没有声音，看样子的确是在分手。"

"那你有没有看到杀廖恬恬的凶手？"

"没有，廖恬恬关直播的时候还好好的，这点你们可以去调查。"

"你们是约定好的吗？为什么要在那个时间、那个地点直播？"

"警察同志，说起来话长，这都是因为那个破活动害的。"

"什么活动？"

"这段时间，廖恬恬所在的那个直播平台公司要举办一个主播大赛，说是直播比赛，其实就是刷礼物大赛，单纯就是看谁拿到的礼物多，廖恬恬因为想转型成为专职主播，所以很想拿到一个好名次，为她以后的转型奠定基础。于是她缠着我给她刷大量的礼物，这样她的名次就可以靠前。我禁不住她软磨硬泡，答应给她刷礼物，但是条件是：她必须先跟男朋友分手，而且必须直播整个过程让我瞧见。"

"你为什么要提这样的要求呢？"警察对闫福才的这种奇怪的要求也感到无法理解。

"因为这个女人就像一个无底洞，怎么填也满足不了，我都给她这么多东西了，她还是总向我伸手，而且，她从来没打算和我在一起。我不甘心，所以我要她和那个男的彻底断绝关系，这样我才肯给她刷礼物，她想了想就答应了。后来她约了那个男的出来，又把手机藏起来开着直播，让我目睹了整个直播过程。不过，我没想到的是，那个男的只是她的一个备胎，她还有另外一个男朋友，那天的直播纯粹就是做戏给我看，还可以甩掉一个累赘，这个大骗子！"说到这里闫福才还是有点愤愤不平，看来陶伟所说的有不少人恨廖恬恬的话的确不假。

"这么说，目击者目击到的，案发当天廖恬恬在和稻草人说话，其实是在和你说话。"

"是的，但是我没有看到她被杀的过程，也是千真万确。"

"好吧，现在问你，昨天上午，你去张鲁山家里是为了什么？"

"占卜，我找他是为了占卜，我是他的占卜客户，已经去过好几次了，每次都很灵验。但是我去到他家的时候发现大门紧闭、毫无声息，以为他出去了，我就当场离开了，并没有进去。"

"你也找他占卜？"

"是，我告诉过你们吧，我是搞投资的，投资有风险，当然得测吉凶啊，况且他算得也很准，帮我躲过了不少灾祸。"

"你找张鲁山占卜这件事廖恬恬知道吗？"

"我不知道她知不知道，但是我知道他们之间有点暧昧，在直播间还连过麦，关系应该是不错的。反正啊，廖恬恬她到哪儿都能跟男人搅和到一起。"

"那这次张鲁山被杀，你有什么线索？"

"有，警察同志，自从我收到了死亡威胁之后，我反反复复地思考后，想到了一个人，这个人的嫌疑是最大的。"

"谁？"

"他的网名叫飞羽，也是廖恬恬的粉丝，这个人啊，对廖恬恬特别痴迷，甚至一度还跟踪过她，是一个疯狂粉丝，也是一个穷光蛋，我看他什么事都做得出来，得不到她就毁了她，我想一定是这样的：那天他跟踪了廖恬恬，等到其他人都走了，他跳出来要求廖恬恬答应他的追求，结果没得逞，他就把人杀了。"

"这个人是谁你知道吗？"

"我不知道他的名字，但是我知道他那个公司叫什么读心科技。"

"为什么你会知道这个？"

"廖恬恬不是去参加了一个沙盘沙龙吗？就是那个人介绍去的。那个人还加了我微信，威胁我离开廖恬恬的直播间，要不然就对我不客气。警察同志，快点去抓他吧！"

围绕在廖恬恬身边的几个男人：陶伟、但斌、闫福才，都不约而同地把矛头对准了其余的情敌，指认其他人为凶手，这其中难以排除有私仇的成分。但是，这一次闫福才的事件，却让人感觉十分蹊跷。

"凶手既然要杀他，为什么还要发出恐吓信呢？这在之前的案子里面都是没有发生过的。"我有点不解，"难不成凶手是另外一个人，又或者那恐吓信的事件只是闫福才自编自导自演的？"

"你的猜测不无道理，但是，闫福才那副受惊吓的样子不像是装出来的。"周彤很婉转地否认了我的判断，"这个闫福才也真是个老油条，居然藏了这么多线索，如果不是这一次吓得够呛，哪儿会这么爽快地把这些信息一股脑地倒出来。依我看，最重要的还是读心科技这条线，之前我们忽略了廖恬恬为什么会参加沙盘沙龙这个点，现在由闫福才给解答了，这条线索不能放过。"

因为要去读心科技有限公司，周彤又叫上了我。

这是我们第二次来到凌东的公司了，正好是上班时间，公司里忙忙碌碌的，周围都是年轻人，即使是熬夜加班脸上依旧带着笑容，不难让人感受到创业公司的朝气蓬勃，倒是凌东看到我们再次出现有点吃惊。

"警官，请问上次那幅画，帮到你们了吗？"凌东十分谨慎地问道。

"还好，感谢你们的支持，这一次来，是想你打听一下，你们公司是否有一位网名叫飞羽的员工？"周彤问边边左顾右盼，大概是职业习惯，看看是否有人偷偷溜走或者去通风报信。

"飞羽？我没听说过。"凌东皱了皱眉头，"怎么，他犯事了吗？"

"他和案子有些关联，我们想找他了解一些情况。据我们了解到的线索，他是你们公司的员工。"

"既然如此，我去问问吧。"凌东也是十分配合。

只见凌东大跨步走出办公室，朝着整个公司喊道："喂，你们知道公司里谁的网名叫飞羽吗？"

凌东的声音之大，几乎整个公司的人都听到了。在电脑前打字或是走动着的人都停了下来，时间仿佛突然静止了一般。

见没有人反应，凌东又重复了一遍："公司里谁的网名叫飞羽，知道的人告诉我。"

这时候，有个女孩，用怯生生的声音回答道："凌总，我记得王若鱼的网名就叫飞羽。"

凌东继续扯着嗓门问道："王若鱼呢，他今天来了吗？"

远处另一个戴着眼镜的男子指着旁边空空的座位回答："今天他没来上班。"

"这……"凌东额头上冒出了汗，他又叫了人事部的经理拨打王若鱼的电话，结果对方的电话关机。

随着王若鱼的无故失踪，公司的气氛突然变得紧张起来，因为不知道发生了什么事，其他员工也开始交头接耳。

"凌先生，你知道你的员工住在哪里吗？"周彤问道。

凌东望着我们，脸色变得很难看，如果他公司的员工犯了事，想必公司声誉也会受到影响。尤其他们还是一家以积极心理学为商业方向的公司，这样的事件经媒体传播之后，对公司的打击无疑是巨大的。

但幸好这时候，一个救命稻草似的声音响了起来："对不起，我迟到了。"

众人望去，只见公司门口走进来一个头发杂乱、不修边幅、浑身酒气的年轻人。

"王若鱼！你早上去哪儿了？"凌东生气地大声喊道，不过明显稍微松了口气。

"不好意思，凌总，我昨晚喝大了，今早起不来，手机没电了，路上又塞车了，结果现在才到。"王若鱼的额头上有个包，想必是喝醉之后在哪里摔了一跤。

"快过来！"凌东朝他生气地喊。等他走到身边的时候，凌东才小声对他说，"这位警官找你了解情况，好好回答。"

但是从他眼神中射出的犀利的光芒却是在说：别给我惹事。

"警官，找我？"王若鱼一脸愕然。

在读心科技公司的一个小型会议室里，王若鱼连着喝掉了三瓶矿泉水，看样子人清醒了许多。

周彤还没开口呢，他倒是主动挑起话来："是不是闫福才告诉你们我有嫌疑，让你们来查我？"王若鱼用他小小的眼睛打量着我们。

"你为什么会这么觉得？"周彤直接反问道。

"我的直觉，因为我知道警察一定会调查他，而他也一定会把火引到我这边来。他讨厌我！"王若鱼愤愤不平。

"你们俩之间究竟有什么恩怨？"周彤顺着他的话往下问。

"他仗势欺人，总是打肿脸充胖子，在直播间里装成大V摆阔气，我最看不惯这种人，所以经常和他针锋相对，他恨我是正常的。"

"你说他打肿脸充胖子？什么意思？"

"这个闫福才，就不是个好东西，我私底下调查过他。你们别以为他表面风光看起来像是个有钱人，实际上他就是穷光蛋，比我还穷。"

"调查，你怎么查？"周彤觉得王若鱼的用词有点好笑。

"不瞒你们说，我是个黑客。我利用了直播平台的漏洞，获得了闫福才的IP信息，入侵了闫福才的电脑。"明明是不光彩的事情，王若鱼的口气却隐约有点得意。

凌东告诉过我们，王若鱼是读心科技有限公司网络部的技术人员，他这么说应该不假。

"你这么做是违法的你知道吗？"周彤严厉地责问。

"知道，但是我不在乎。只要能揭露那家伙的丑恶嘴脸，我愿意冒这个风险。"看来王若鱼一直咽不下这口气。

"说说你从闫福才的电脑上看到了什么吧。"周彤没有过多追究电脑入侵的事，毕竟眼下当务之急还是调查案子，这件事可以押后再处理。

"我入侵了闫福才的电脑，经过一段时间的观察后，他的财务状况对我来说就一览无遗了。闫福才是搞房地产投资的，前些年因为房市火爆大赚了一笔，但是他不断加大杠杆，楼市行情下滑之后，他就因为杠杆过大导致资金链断裂、一败涂地了，基本上是一无所有，只是对外才装出一副有钱人的样子。"

"你是说，闫福才根本没钱？"

"当然没有，他现在是负资产。我说过了，比我还穷。"

"那他哪儿来那么多钱去给廖恬恬直播间打赏？"

"他打赏主播那些钱，压根就不是他自己的钱，是通过各种银行借贷、高利贷，甚至还挪用他老婆账户里的钱去打赏。要知道，他老婆得了肾炎，现在都没钱化疗了，他自己却逍遥快活，你们说这种人是不是该死？"

"这么说，那封恐吓信是你寄的？"

"恐吓信？我不知道什么恐吓信。"

"关于你说的这些，你有证据吗？"

"有，当然有，原本我是打算上传到网上，让世人都看看这个闫福才的真面目。当他查看银行账户的时候，我也能看到，所以我还截了图，但是现在看来也没有这个必要了。"

"你认为是谁杀了廖恬恬？"

"是闫福才！肯定是他！他承诺给廖恬恬买什么礼物，其实银行给他的授信额度已经用完了，房子抵押的贷款也都用完了，他哪儿来那个钱，于是廖恬恬就和他闹了起来，最后他狗急跳墙，就把廖恬恬给杀了呗。"

"据我们了解，案发时，闫福才正在家中观看廖恬恬的直播。"

"直播一般都是用手机看的，在哪里看都行，他完全可以假装自己是在家里，实际上人早已经偷偷跟了过来，这样一来，甚至可以选择在最适当的时机下手。警官，相信我吧，一定是他。"跟闫福才一样，王若鱼也是信誓旦旦，一口咬定闫福才的作案嫌疑。

就在此时，周彤的电话响了，电话那头的人嗓门很大，坐在旁边的我依稀听到"信""电脑""找"的字眼，我猜是调查闫福才那边的干警有了新的进展。

"今天就到这里吧，你暂时不能离开本地，我们随时会找你。"末了，周彤对王若鱼说。

第二次来读心科技有限公司收获的信息量很大，所有的线索逐渐形成了一张网，上面布满了密密麻麻的信息点，但是我一直最在意的，还是那个点……

"闫福才人不见了，家里，还有他常去的地点都找不到他，打电话给他老婆也说不知道。我的同事正在寻找他的下落。而且，他们从闫福才家里搜出了跟恐吓信一模一样的信纸和信封，我现在怀疑那封恐吓信是他自导自演的。"离开了读心科技有限公司，周彤把刚才的通话内容告诉我。

听完了周彤提供的新线索，我沉思良久，又打开了手机里的照片夹，盯着其中的一张照片出了神。

周彤开着车，发现我看得如此专注，忍不住好奇道："你在看什么呢？"

我回答道："我在看廖恬恬一开始在沙龙上摆的沙盘照片。"

"沙盘？"周彤一愣，"那个沙盘有什么问题吗，你不是也已经分析过了？"

"是，但是我觉得之前对廖恬恬的沙盘分析缺少了最重要的一点，同时也是对这个案件来说最重要的一点。"我抬头回答道。再一次仔细研究这个沙盘，我突然有了更全面的理解。

"你指的是什么？"周彤马上流露出专注的神情，她把车在路边停了下来。

"你看啊……"我把沙盘的照片递给她看，"之前我们的分析重点放在了廖恬恬山水树蛇中蛇的摆放位置，也就是她对于人际关系的处理比较混乱，蛇代表诱惑，同时也代表一种潜在的威胁，从案件的进展来说，廖恬恬的性格也很符合沙盘呈现出来的特征，是一个周旋于男人之间的交际花。于是，案件调查的方向一直放在她的人际关系上，我们发现，和她有密切联系的男人似乎都有嫌疑，案件的调查也一直围绕着这几个人转，但是仔细想想，真正最恨廖恬恬的人是谁呢？"

"医生，你继续说。"

"再回来看看廖恬恬这个沙盘，虽然蛇是放在树上的，说明男女关系对她的诱惑很大，但是从整体上看，无论是树还是蛇，都是停留在水上，这才是这幅沙盘最大的特征。水在山水树蛇游戏里代表的是金钱、财富，也就是说，表面上看是廖恬恬复杂的人际关系，实际上不变的是她对金钱的渴求，这才是沙盘分析的重点。所以，将这个沙盘分析的结果运用到案件中，我们最关注的应该是水，即财富，廖恬恬的存在，到底对谁的损害最大呢？"

"很有道理，我也忽略了这一点。"

"周警官，你的同事是不是还在闫福才家里？"

"应该还有人在。"

"能不能让他们把闫福才家的一张照片发过来一下？"我提了一个请求。

周彤心领神会，她打了一个电话，隔了一会儿，那边就把我们要看的照片发了过来。

"果然如此。"看到照片的我突然想到一件很重要的事，叫道，"哎呀，不好，闫福才可能有危险。"

第4章
委托：迟到的治疗

　　桌子上摆着的是一杯香气袭人的龙井茶。

　　细看之下，只见杯中茶叶芽芽直立，汤色清冽，幽香四溢。

　　"兰妮，这个茶可是比平时的茶更香啊。"周彤嗅了一口茶香之后说道。

　　"彤姐，你真是识货啊，这种茶叫作明前茶。在我们那边，龙井的采制，春季分四次，品质因采摘鲜叶的早晚而定，以早为贵。惊蛰初过，是茶农采制首批春茶的最佳时机，至清明前采头茶，称为明前茶，嫩芽初进状似莲心，所以也叫作莲心。"

　　"好茶啊，还是要在案子破了之后喝才更香。"周彤端起茶杯细细地品尝，嘴角露出一丝微笑。

　　"彤姐，你们的案子我也有听说一点，结果到底怎么样了啊？"钟兰妮开始竖起耳朵打听。

　　"这一次的案子真的好险，幸好我们及时赶到，要不凶手就和闫福才同归于尽了。"周彤感慨道。

　　"案子的凶手是谁啊？"

"闫福才的妻子王铁梅，两宗杀人案的元凶都是她。"

"啊，是她？一直都没听说她有在调查范围之内啊。"

"是，都是我们太疏忽大意了，之前我们之所以会忽略掉王铁梅，是因为她的照片一点都不像两个目击者陈永灿和许奕夫描述的那个人。王铁梅在得了肾炎之后就没有再照相了，之前是长发，生病后剪成了短发，因为激素治疗，身材有些臃肿，再加上她还戴上了黑框眼镜掩饰自己眼睛的浮肿，所以整个人大变样，不仔细看的话，背影看起来真有点像个男的。"

"想必是有很深的恨意，才会让她做出这样的举动来吧。"

"说起来王铁梅也是挺可怜的，她老公不仅和其他女人有染，还把她治病的钱拿去打赏女主播廖恬恬了，这让饱受病痛折磨的她异常愤怒，她恨廖恬恬，也恨闫福才。她觉得自己的病也没希望了，打算在医院里先杀了闫福才再自杀。包括那封恐吓信，也是她的手笔，目的是在廖恬恬和张鲁山的先后丧命后加上这么一记重锤，让闫福才彻底乱了方寸，然后去报警，顺便供认其他嫌疑人，彻底把水搅浑。"

这时候，周彤杯中的茶已经喝到了一半，钟兰妮立即给茶杯续水，这在龙井茶里叫作品饮。

"杀廖恬恬还可以理解，她为什么要杀那个替人家算命的张鲁山啊，这两人不是风马牛不相及吗？"钟兰妮一边往周彤的茶杯里加水，一边问道。

"这点我也一直想不通，后来，经王铁梅供述之后我们才知道她杀张鲁山的原因，如果她不说，我们是怎么猜也猜不到的。"

"到底是什么啊，彤姐？"

"她说，闫福才在房地产投资失败之后，就去找张鲁山算命，希望张鲁山能帮他转运，但是这个张鲁山，好的不说，竟然告诉闫福才转运的关键是要找一个心仪的年轻女子，在她身上花钱，这才间接导致了闫福才迷恋上廖恬恬。知道张鲁山也是导致自己没钱治病的罪魁祸首之后，王铁梅趁机把张鲁山也杀了。"

"原来如此，说到底都是钱惹的祸啊。"钟兰妮也是有点感慨。

"可不是吗？最后还是沙盘游戏给了我们启发，原来重点不在于错综复杂的人际关系，而是在于水，也就是金钱。因为廖恬恬的贪心使得闫福才无休止地给她刷礼物，最终导致王铁梅的恨意到达了顶点。"

　　沙盘游戏案终于被侦破了，在连续几天的紧张气氛之后，难得放松了几天。我又开始忙碌于咨询业务，同时也在公众号论坛上参与了几次个例的讨论。关于案子的事情，我都已经开始淡忘了。

　　"那件事啊，我还是有点不明白。"咨询室里，钟兰妮依旧皱着眉头，苦苦思索着什么。

　　"兰妮啊，案子的事你就问彤姐去吧，已经没我什么事了哦。"我一边看着最新一期的心理咨询期刊，一边回答。

　　"不不不，不是关于案子的，是关于塔罗牌的。"

　　"塔罗牌？"

　　说到这个，钟兰妮走到我面前，在我面前摊开了九张塔罗牌，分别是国王、战车、祭司、恶魔、爱人、魔术师、隐者、愚人、倒立男。

　　我一看，这不是我应付谭芷青的时候用的吗？

　　"兰妮啊，这个塔罗牌有什么问题吗？"

　　"凡哥，我就想知道，那天你说用心理学和塔罗牌给谭芷青占卜，是不是忽悠她的啊？"兰妮说得很直白。

　　"原来兰妮你是在纠结这件事啊。"我不禁莞尔。

　　"是啊，我都研究好几天了，还看不出个所以然来，这可不符合我发明家的身份啊。"对这些事，兰妮一直有着一股探究奥秘的执着。

　　"其实算是取巧吧，我利用的是你很熟悉的一种性格测试，将之套用到塔罗牌里头。所以啊，这个表面上看起来是塔罗牌，实际上是一个人格测试。"

　　"我很熟悉的？"兰妮皱了皱眉头，"凡哥你还是直说吧，到底是哪个啊？"

　　"是'九型人格测试'啊，这塔罗牌的壶里，装的可是心理学的酒。"

　　"啊！"兰妮一拍额头，"我怎没想到呢！我明白了，这九张塔罗牌，国王、战车、祭司、恶魔、爱人、魔术师、隐者、愚人、倒立男，因为它们的联想和象征意义，分别对应了九型人格中的完美主义者、给予者、实干者、悲情浪漫者、观察者、怀疑论者、享乐主义者、保护者、调停者。"

"对啊，虽说不够严谨，但是再结合一些咨询手法的话，在实践中是可以勉强用得上的。因为在当时的环境下，能和塔罗牌结合的，也只有这个了。至于哪张牌是对应哪个性格，相信兰妮你一想就知道了。"

　　心理学中的九型人格理论是一门有着两千多年历史的古老学问，它根据人们习惯性的思维模式、情绪反应和行为习惯等性格特质，将人的性格分为九种。这种人格理论虽然有一些瑕疵，但胜在简单易用，便于理解，所以经久不衰。除此之外，目前世界上应用广泛的性格测试还有MBIT测试（迈尔斯布里格斯类型指标，它将人格分为四个维度——外向和内向、感觉和直觉、思考和情感、判断和知觉，广泛应用于职业方面人格评估，比如测试者对什么事情感兴趣、适合干什么工作等）和五大人格测试（也叫"大五人格"，它将人的特质分为五种，分别是：开放性、责任心、外倾性、宜人性和兴趣稳定性），但这两种人格测试均需要测试者填写详细的量表再进行评估，过程复杂且耗时，所以在一些比较轻松而又不需要追求详细结果的情况下，九型人格理论无疑更为适用。

　　"凡哥，你这个属于活学活用的典范啊，心理学普及化的水平也不输给那个什么凌东嘛！"兰妮有点佩服地说。

　　"别夸我啊，我会骄傲的。"我扬了扬眉毛，有点小得意。

　　接下来的几天也都在忙碌中度过。那天上午，我到咨询室的时候，发现门口站着一个人，是一个留着半长头发的帅哥。我定睛一看，不是别人，正是提供关于许奕夫线索的费义。

　　"费医生，是你啊？进来坐啊。"

　　"不用了，就说几句话，我来是想拜托你一件事。"

　　"什么事啊？"

　　"就是希望你能帮许奕夫把荒野恐惧症治好。据我所知，催眠是治疗荒野恐惧症最好的手段，而非认知疗法。催眠我是不行的，我知道你是这方面的高手，所以特地来拜托你。如果需要任何费用的话，由我来承担吧。"

　　"费医生，你为什么会提出这种请求？"我感到十分奇怪，也有点突然。

"也许是因为我感到有些愧疚吧。"他叹了口气说。

"愧疚？"

"是的，当时如果我再执着一点，坚持把他的恐惧症治好的话，也许就不会令他成为那件案子的疑凶了。"原来自从知道了许奕夫被当成杀人案的犯罪嫌疑人之后，费义一直对这一点耿耿于怀。

"不，你搞错了。"

"什么？"

"如果你当时真的把许奕夫的恐惧症治好了，那他也不会出现在案发现场，那警方也就少了一个重要的目击证人，可能也搞不清楚廖恬恬当时究竟在做些什么了。所以我觉得对于这件事，你不用自责，只能说冥冥之中自有天意吧。"

"你这么说我感觉好多了，我就当事实也是这样了，哈哈。"

"对了，费医生，关于许奕夫的病症，我还有一点很在意，想请教下你。"

"你说吧，在下知无不言。"

"在提到自己的恐惧症时，许奕夫反复提到了一个关于爪子的意象，我不是很理解。你对此有什么看法吗？"

"没有。"费义思索了一下，疑惑地摇摇头。

"好了，你说的事情我记下了，没问题，包在我身上。"我欣然答应。

"那就太感谢了。"费义连连道谢。

那是一座寺庙，虽然冷冷清清，但总是佛音袅袅，轻轻敲打木鱼的声音像一曲清乐，余音绕梁，宛如一个洗涤心灵的世外桃源。

男人眼前还是那个宛如圣人一般的老和尚。

"大师，我最近感觉到自己的内心很宁静，就好像身心都被海水浸泡着。"

"是的，我能感觉到，你心中的恐惧已经远离了你。"

"谢谢你，大师，一直以来，我都把这里当成我心灵的避风港，你一直不厌其烦地开导我，我都不知道该怎么感谢你！"

"当你内心真正地平静下来，老衲的使命也就完成了。"

寺庙突然间十分寂静。男人感觉很奇怪，当他抬头望去的时候，和尚和寺庙都消失了。

眼前是空旷的荒野，但是这荒野不再令他感到恐惧。

这时候，他听到一个声音："你的身体和精神在慢慢苏醒。当我从十倒数到一的时候，你就会完全醒来。"

他睁开双眼，发现自己躺在咨询室的催眠椅上。

这个人便是许奕夫，在接受了费义的托付之后，我决心将许奕夫的荒野恐惧症治愈，经过多次催眠治疗，已经取得了很大的进展。

"根据你的康复情况来看，我觉得这次催眠之后，这个疗程就可以告一段落了。"我一边翻看着诊疗记录，一边对许奕夫说。

"太好了，太感谢你了高医生，催眠的价格这么高，我从没想到自己可以享受到这样的医治服务。"许奕夫激动地说。

"放心吧，除了这几次的催眠是免费的之外，以后如果有新的症状来找我，也是随时欢迎的。而且，我们以后会多搞一些义诊，让更多的人享受到心理咨询。不过我有个问题想请问你，你刚才在被我催眠的时候，一直在对一个大师说话，那是什么人？"

"哦，高医生，是这样的，我因为小时候的经历得了恐惧症之后，一直都心神不宁。有一次我偶然间去了一座寺庙，那里面有个老和尚很和蔼，跟我说了很多佛理。虽然完全听不懂，但我感觉内心很宁静，于是之后我每次感到恐惧加剧的时候，就会努力想象自己就在那个寺庙里，正在听那个和尚说话。"

"我明白了，那是你假想的求助对象，一直在你的潜意识里对自己的恐惧进行安抚。当你的病症完全康复的时候，他就会慢慢消失。"

许奕夫离开之后，兰妮哼着小曲进来了，看起来心情相当不错。

听说她跟那个约会对象已经发展为情侣关系了，从兰妮拿给我的合照上看，两个人的脸上写满了甜蜜，扑面而来的满满都是青春爱情的味道啊。

不过，今天我却发现了奇怪的一件事：钟兰妮约会前带上了塔罗牌。于是我忍不住好奇道："咦，这个不是我的塔罗牌吗？"

"是啊，凡哥，不过我带的只有九张哦。"她特地强调了一下。

"约会你带这个去干什么？"我茫然地望着她。

"凡哥，你猜。"她还是古灵精怪的。

"肯定又是什么古怪的心理实验吧。"我斜着眼睛望着她，对这个小丫头的执着也是觉得好笑。

"这个可不是古怪的实验啊。自从凡哥上次跟我说过那个塔罗牌心理学的原理之后，我就开始研究了，我发现这可真是个好东西啊。"

"你也想用它来占卜？"

"当然不是，我也要用心理学加塔罗牌，简称为塔罗牌心理学，来测定人际关系的和谐性。"

"人际关系的和谐性？"我听得一头雾水。

"简单来说，就是男女之间，哪种性格跟哪种性格的人在一起搭配，相处过程中会有最合适的共同点，嘿嘿。"

"哦，塔罗牌心理学还能用来做情感配对测试啊？"我不禁对兰妮所说的这个测试起了兴趣。

"凡哥，你看。"兰妮边说着边拿出了一张表格，"这是我设计的塔罗牌心理学情感象限图，我通过对九张塔罗牌进行分类，将其中一种爱人进行剔除，因为这个跟要测试的主体太过接近。剩下的八张牌，分成了四个维度，分别是控制—自由、目标导向—随性、理智型—多变型、传统保守型和浪漫型，而投射到关系上，则有两个维度，分别是外在、内在和稳定、多变。"

我盯着图看了好大一会儿，皱了皱眉头说："这图我是看懂了，可是这个怎么来测试两人的匹配度呢？"

兰妮看我捉摸不透，有点得意地说："凡哥，这个测试的重点不在于测量匹配度这个变量。你别急啊，先听我说完。刚才说的只是我这个情感测试的标准体系，在实际测试的时候，还有一个很重要的概念，叫作太阳面和月亮面。"

"钟大发明家，愿闻其详。"这时候我只好耐心地听兰妮的讲解了。

兰妮像模像样地戴上了一副眼镜，解说道："这个想法是我从星相学中得到的灵感，我们常说的星座不是有太阳星座和月亮星座之分吗？同理，其实恋人的合拍与不合拍，也有太阳和月亮之分，也就是外显性格的匹配度和内在性格的匹配度，所以在测试前，参与测试的人必须选择两张牌代表自己的太阳面和月亮面，这个其实也是我从凡哥你那个塔罗牌占卜里得来的灵感。"

"很合理啊，让恋人思考自己的内外两面，其实也是提供他们的内省程度。"我点点头，不得不说兰妮还是很有想法和天赋的。

"后面的结果就简单了。举个例子吧。有一对恋人，A和B，A的太阳面是魔术师，B的太阳面是愚者，我们可以在塔罗牌心理学的象限里面找，发现这时候两个人的重合点在于第四象限。重点来了，两个人在外显性格上需要找的公共点是需要沟通、需要生活中的情趣，我已经在每个象限的下方用文字做了些小总结：第一个象限是'目标明确、保护支援'，第二个象限是'追求完美、坚持自我'，第三个象限是'精神交流、和谐共处'，第四个象限是'活跃精彩，沟通成趣'。"

"这么说，这个测试的重点是在于寻找不同象限情侣的共同点？"我也被兰妮勾起了兴趣。

"对，我的想法与那些星座速配理论不同，其实无论什么类型的情侣都是可以相处的，关键是找到彼此之间性格的交集，这个测试的重点就在于此，所以说，是为了人际关系的协调而设计的。"兰妮最后做了总结。

"很好的设计，我看你也不比凌东差嘛。"我也学着她的口吻恭维道。

"我一开始也是为了自己的恋爱需要，就顺便想了个点子，慢慢地觉得可以扩充一下，最后就变成这样了。"兰妮倒是很坦白。

这时候我手机响了，一看号码我感觉有点头大，又是那个酒吧女老板谭芷青打来的，她该不会又是喝醉了叫我去帮她算命吧，我可没有那么多心理学奇招可以用了。

不过再不情愿，最后我还是无奈地接起了电话："喂，你好。"

那边传来谭芷青慵懒的声音："医生，原来你还能协助警方破案啊，我要对你刮目相看了。"

"破案？你从哪儿听说的？"我心一惊，我可是从来没跟谭芷青提到过一丝一毫有关案子的事情。

"现在网上都在流传一个帖子，火得很，很多人都在转，里面讲的是一个本地的心理医生利用心理学协助警方破案的故事，帖子里虽然没写名字，但是我一看就感觉是你啊。难道我猜错了？"

"我怎么不知道有这种事？我先去瞧瞧再说。"

挂掉电话，我立马让钟兰妮上网印证了一下，果不其然，无论微博还是微信，都流传着一篇关于心理医生协助警察侦破案子的文章，标题叫作《活跃在你身边的读心师——那些年你不能错过的案子》，文章是用纪实的风格写的，里面所讲的内容非常详尽，基本上我参与的案子都有涉及，红丝绸案、读心案、双胞胎案、阴影案等，写的就是我，只是帖子里面隐去了我的个人信息，因此外人看不出来，可是了解情况的人还是一眼就能够看出写的正是我。

"这说的都是凡哥你参与过的案子啊，描写很到位，很扣人心弦啊。"钟兰妮看得津津有味。

我看着这个帖子大皱眉头："这到底是谁写的，怎么对案件了解得这么详细？不过对我的作用介绍得太过夸张了。"

"一定是某个知情人吧。"

"哪种知情人？"

"比如说参与过调查的警察啊，或者一些专线报道司法的媒体记者啊。"

"那他为什么要匿名呢？"

"可能是你的粉丝，又因为怕表露身份丢了饭碗。"兰妮就是瞎分析。

"不像，我感觉这里面有其他原因。"我摇摇头。

"凡哥，不管如何，你火了啊，你看网络上大家都在找你呢，大家封你为读心神探，对你的兴趣非常浓厚啊。现在你就是一个网络红人啦，真是想不到啊。"兰妮很是兴奋。

对这件事我没有兰妮那么乐观，反而感到十分不安，现代手机互联网的人际传播功能非常惊人，如果任由其继续传播的话，公众会被严重误导的。不行，我得想个法子。

"高医生你好，很高兴这次你能接受我们'深度访谈'的采访。为了节省时间，我就开门见山了。你知道自己现在在网上有很多粉丝吗？"

说话的是一位短头发，身着红色正装和黑色职业短裙，戴着咖啡色眼镜的年轻女子，她坐在我对面的椅子上，说话的语气轻快干练，声音清澈洪亮，脸上挂着职业媒体人特有的微笑，手里拿着一本笔记本，随时准备进行记录。

她叫纪巧盈，是公众号"深度访谈"的女记者。"深度访谈"是本地大型传媒集团旗下的一个自媒体。在纸媒发达的时代，该集团的报纸就办得相当不错，垄断了市场。而到了自媒体时代，他们所经营的公众号和微博也因为报道的专业性和广泛程度深入人心，在激烈的公众号大战中脱颖而出，继续受到网友的追捧，拥有大量粉丝。

幸好此次专访只是文字报道，不用直接面对镜头，所以我的表现没有想象中那么拘谨。但是听到纪巧盈的问题，我还是尴尬地点点头："知道。"

纪巧盈露出一个职业性的会心笑容，又做出好奇的表情，配合着手势问道："你对此有什么感受吗？我的意思是说，成为网红的感觉怎么样？"

我耸耸肩，苦笑道："这种情况真的出乎我的意料，我一点心理准备都没有。"

自从"阴影"一案完全破获之后，因为牵涉的案件多、情节复杂，引起了社会各界的关注，媒体做了不少专题报道，但在我的强烈要求下，警方提供的材料里，有关我的部分都被简化甚至删除了。文字中，我只是作为心理学从业人员存在。但是，在那之后，不知道是哪位好事者把我参与案件的一些细节曝光到了网络上，让广大网友知道了，引起了大家的兴趣，关于读心的讨论有一段时间还上了微博的热搜。

到底是谁呢？那个人对我参与案件的过程十分了解，仿佛亲眼看见了一般，这让我有些隐隐的恐慌。我通过大量的搜索，也没有找到帖子的原始出处，所以对于撰文人的身份，我毫无头绪。因为本地的许多警察对我的事或多或少有一定的了解，我猜测是某位警察同志告诉了身边的亲朋好友，又被有心的分享者发到了网络上，偶然之间成了热门话题。

就这样，没有一丝丝防备，我稀里糊涂地成了网络红人。同时，一些意想不到的烦恼也随之而来。所以我才接受了这次采访，希望通过这个权威媒体，澄清一些问题。

"现在网友们都封你为读心神探，你知道吗？"纪巧盈看了一眼笔记本，又笑着抬头问道。

"知道，我看过那个热搜帖子。"我点点头。

"那你知道这个外号的由来吗？"纪巧盈很熟练地引导着话题的走向，显然一切都在她的采访大纲里。

"我知道有一部香港连续剧叫作《读心神探》，这大概是网友给我起这个外号的原因吧。不过，我想大家可能有一种先入为主的想法，所以下意识将我等同于电视剧中的读心专家。实际上，我跟电视剧里的心理犯罪专家从事的是完全不同的职业，我对犯罪心理的了解只是皮毛，对于刑侦更是一窍不通。我的本职只是一名心理学从业者，更主要的工作还是从事心理咨询，为来访者解决一些心理上的困惑和焦虑。"

"不管如何，高医生你对案件侦破的帮助是实实在在的，不是吗？"

"可以这么说吧，但是……"

纪巧盈话锋一转："读者对你的真实身份也很感兴趣呢，甚至有人说要人肉你。"

听到这里我忍不住双手合十，做出了一个"拜托"的表情，说道："我希望网友们能高抬贵手，我压根就不想出名。我觉得我一直以来所做的事情，无论是咨询也好，还是提供一些专业意见也好，都只是在尽我的本分。之所以会参与到一些案件的破案过程当中，都是机缘巧合，刚好能提供一些帮助，我当然非常高兴，但也仅此而已。"

纪巧盈用笔点点下巴，说："你太谦虚了。不过听高医生的意思，是打算不再参与刑侦方面的工作吗？"

我心里想说"如果可以，当然最好不要"，但是太过耿直又有所不妥，只好模棱两可地回答道："如果需要我的话，我会无保留地贡献出我的智慧的。但是参与太多的话，我担心会由于我的不专业而显得碍手碍脚。"

纪巧盈听出了我话中的意思，感叹了一声："太可惜了医生，我觉得你是有这方面的天赋的。我有点不太同意你的观点，警察在刑侦手段方面是非常专业的，但是在某些案件上，吸收各个行业的不同观点对于破案很有帮助。"

我不想在这个问题上做过多的纠缠，敷衍道："总之，我希望网友们不要再追究我参与案件的一些细节了，如果真的对破案感兴趣的话，应该更多地留意我们人民警察的英雄事迹，他们才是真正值得关注的人物。"

纪巧盈会心一笑，轻轻摇了摇头说："高医生你的心情我能理解，人怕出名猪怕壮，但是按照我从事新媒体行业的经验来看，网友的好奇心是没那么容易被扑灭的，如果一味地想截断信息流，不仅不会让许多对你感兴趣的网友失望，反而更有可能会激发他们深挖的热情哦。"

纪巧盈朝我挤挤眼，似乎很期待我的反应。

"这个我也想到了，所以我想出了一个折中的办法。"我耸耸肩，既有点无奈，又有些释然。

"什么办法？"

"我让我的助手开设了一个微博，如果网友有什么问题，可以直接私信给我，我在工作之余的闲暇时间会尽量回复的。至于我的真实身份嘛，还是留给我一些个人隐私的空间好了。"

"有这样的微博，我想我会第一个去关注的。"纪巧盈双手轻轻拍了拍大腿，像是理解又像是遗憾，"好吧，关于案件的事情我们也不想打听太多，你的意愿我会结合到我的报道中的。放心吧，我想大部分网友还是通情达理的。"

"那就麻烦你了。"听到这里，我心里大大松了口气。

"对了，难得有这次机会，在这里，还有个专业的问题想请教高医生。"纪巧盈放下媒体人的机敏，换上一副虚心的姿态。

"请说。"

"我注意到一个细节，就是在一些案件中，你采用了催眠手法。我以前也曾经关心过中国心理行业的发展，我知道精神分析流派已经不是现代心理咨询的主流了，为什么你还会在这方面做这么多的尝试呢？"

"纪记者，看来你也是很内行的嘛。"

"不敢当，只是因为从事媒体行业，什么东西都要了解一些。"纪巧盈表现得很谦虚，也很得体。

我思考了一会儿，说道："纪记者你说得对，原始的精神分析学流派确实不是主流了，但是如果把精神分析流派和其他流派的东西结合起来，在实际治疗中是很有帮助的。目前国内的心理咨询大概有几种流派，一种是心理动力学取向，也就是传统的精神分析流派延续发展而来，但是摒弃了其中一些比较极端的观点，比如说对性驱力的过分重视；第二种是认知行为取向，也就是认知治疗和行为治疗的结合；第三种是人本主义取向，还有家庭治疗这种分支。为了可以更好、更快地结束一次咨询，更多的人喜欢将多种方法融合起来，用精神分析去精准定位，然后用行为或者认知定向爆破，最后再用焦点或者其他短程的咨询方法夯实基础，这样一次咨询不会耗费太长时间，还可以收到不错的效果。比如说我接触到的一个荒野恐惧症的个案，用一些现在主流的心理治疗手段，收效并不是很理想，但是催眠非常有效，所以我觉得应该综合利用。"

"感谢你高医生，我真是受益匪浅。今天的采访就到这里，感谢你的配合。"

这次对话是在我的咨询室进行的，结束了采访之后，我把纪巧盈送到楼下，那里有一辆采访车正在等她。

"再次谢谢你，高医生。"临行前，纪巧盈又和我握了握手。

"对了，纪记者，请问你知道那个网络爆料人的身份吗？"我看似不经意的一问，实际上是我这段时间一直藏于心中的一个疑问。

"这可被你问倒了，不过，高医生你参与的那些事都那么富有戏剧性，如果有知情者偶尔曝光给身边的朋友，然后再通过网络传开，也是很正常的事。毕竟在这个新媒体时代，每个人都可以是发声者，再小的声音也有自己的舞台。"

看着纪巧盈坐着印有"都市报"字样的报道车离开，我松了口气，心想这也算了结了一桩心事。

叮叮叮……

这时候，手机响了，是一个陌生号码。

"你不是想知道我是谁吗？"我还没打招呼，电话里就传出了一个男子的声音，那声音听起来十分单调，毫无变化，没有任何声调，有点像是早就录好的一样，而且仔细听会发现这是用变音器修改过的声音。

"请问你是？"气氛有点不对头，我压低声音，提高了警惕。

"我是……恐……惧。"他刻意拉长了声音。

恐惧！听到这个名字，我的脑子嗡地一响。

"你不要开玩笑，你到底是谁？"这时候我还无法肯定到底是别人的恶作剧，还是另有所指。

"我就是你一直在找的'Fear'。"

"你，就是唐薇口中的'恐惧'？"我再次确认，心里充满了难以言喻的感觉。

"看来我都不用自我介绍了。你要感谢我啊医生，是我让你变成了网红。这么风光的时刻，不应该如此没有礼貌吧。"他说话带着嘲讽的口气。

"你？"我突然意识到了一件事，"难道那个帖子是你写的？"

"哼，你以为网红那么容易当？如果不是我雇了水军炒红了你的话题，你能拥有这么多关注量吗？"说话的人带有一点鄙夷。

"那些根本不是我想要的！"我忍不住提高了音量。

"那由不得你。"他冷笑。

"这么说这一切都是你安排的？你到底想做什么？"我感觉呼吸都有点停顿了。

"我要做的，和'阴影'要做的没什么区别，只不过，我会用更高级的方式。让你红起来只是一个小小的插曲，这样一来，就会有更多的人关注到我们所要进行的事业，那是一件很棒的事情，不是吗？高凡，你应该懂的，我只是在完成唐薇还没做完的事业。"

"那种事情，能称之为事业吗？不过就是带着妄想的犯罪而已。"我嗤之以鼻。

"当然，那才是足以影响社会，乃至影响世界的事件。"他慷慨激昂地说。

"你和唐薇到底是什么关系？她说的游戏是什么意思？"我巴不得他这时候就告诉我所有的图谋，虽然这种可能性微乎其微。

"唐薇是我的情人、朋友、战友，我们一起为了实现一个目标而共同奋斗。她说那是游戏？也不全是，我觉得那更像是一场关于心理学的战争，只不过大家的阵营不同。话说回来，难道我们做的事情不是一样的吗？让心理学发扬光大。所以我并不介意让你的事情传播出去。我们的目的，从根本上来说是殊途同归的。"他倒是振振有词。

"借着传播我的经历的名义，宣扬你们的理念，那才是你的目的吧！"我怒而指责。我这才想起那篇帖子里面，在介绍一些案子细节的时候，总是有意无意地提到有关生物物理哲学研究会、"阴影"他们的一些理论、理念和所做的实验，因为只关注到了主题，反而把这个忽略掉了，原来他的目的竟在于此。

"我的目的是改变。""恐惧"的语调低沉了下来。

"改变什么？"我冷冷地问。

"改变心理学的未来，把它从一种空洞无用的学科，变成一种真正强有力的武器！你不觉得吗？一直以来，弗洛伊德、荣格、罗杰斯、马斯洛、斯金纳他们的心理学，要么停留在精神层面，要么停留在机械的行为层面，根本达不到影响人类社会的程度，我觉得心理学的作用被严重低估了，因为他们没有找到真正发挥这种武器的方法。剑再锋利，挥剑的姿势不对，也是没有杀伤力的。"

"恐惧"的这种论调似曾相识，我在生物物理哲学研究会刊登在校报上的文章上已经读过类似的观点和态度，从某种意义上来说，"恐惧"是"阴影"的继承者。

"你错了。"我毫不客气地反驳道，"心理学诞生的初衷就是为了帮助人，而不是你们所想的，去控制和影响别人。无论你把你的动机包装得如何冠冕堂皇，但其实你就是为了实现自己的某种欲望，欲望是无止境的，心理学不是实现你欲望的工具，别妄想了。"

"呵呵，医生你真是天真。那样的东西岂是我辈的追求？你感觉不到吗？这个城市上空的焦虑正在聚集，当达到某种程度的时候，就会变成无法抑制的恐惧。"说完这句含义模糊不清的话，号称是"恐惧"的人挂掉了电话。

我一边和"恐惧"通话，一边注视着周围。虽然马路上车辆穿梭，但是在车辆的缝隙间，我隐约看到对面有个身影拿着手机，背对着我不知道在做什么。

我心念一动，那会不会就是"恐惧"呢？人行道一亮起绿灯，我立马三步并作两步地冲了过去。

十米、九米、八米……距离越来越近。

但我没有继续冲刺，因为我发现那是一个长发飘飘、身材高挑、长相标致的女人，完美的五官轮廓说是模特也不为过。因为她刚才背对着我，所以才没有看清她的脸。

"韩依婷，怎么是你？"认出她的同时，我感到有些无所适从。

眼前的女人竟然是我三四年未见的小学同学韩依婷。韩依婷在小学就是班花级的人物，女大十八变之后变得更加可人，读书时就经常参加各种走秀。现在是时尚圈里的人物，经常会拍摄一些街拍、写真什么的，偶尔还能看到她接拍的一些日用品广告。

"高凡，好久不见了。"韩依婷巧笑倩兮，光彩照人，见到我很是惊喜。

"啊，是啊，真的挺久了。"我一时间不知道说什么。

"你怎么知道我这个时候要来？是特意来接我的吗？刚刚打你的手机一直打不通，我还以为是信号不好呢。"韩依婷无奈地说。

难怪她刚才摆出那样奇怪的姿势。

"哈哈，只是凑巧。对了，你怎么会到这儿来？"我好奇地问道。

"当然是来找你啦。"她扑哧一笑，"你现在可是网络红人啊，比我还红呢。"

"什么红人？难道说……"我突然间想起，"你也看到网上那个帖子了？"

"是啊，你火了自己还不知道吧，那个帖子现在本地的朋友圈都转疯了，不过我想大部分人看完都不知道你是谁，我倒是一下子认出来了，也立马分享给其他小学同学了，他们都在给你喝彩，大家的崇拜之情油然而生啊。"

"那个……"我当然不好说出"恐惧"是始作俑者的事，所以只能打了个哈哈，"我们就别站在这里了，去我那里坐会儿吧。"

站在这里总有一种被人偷窥的感觉，特别不舒服。

"好啊，我还没去参观过你的咨询室呢，现在你那里可是多了一层传奇色彩：读心侦探的调查室，网友心中的圣地呢。"韩依婷露出了调皮的一面，又开始拿和我有关的网络段子开涮。

"你就别取笑我了。"我尴尬地笑笑，"来，去楼上坐坐。"

进入大厦之际，我又往四周望了一眼，刚才"恐惧"就在这里的某处，会在哪里呢？

第5章
重逢：紧张的聚会

"小学同学聚会？"

寒暄了几句之后，韩依婷说出了此行的来意。原来她是希望我去参加他们几个小学同学即将举办的一次聚会。

"是啊，大家各忙各的，我们都好久没聚了。其实小学同学能保持联系的人不多，到现在就只剩下这么几个人了，其他的人，有的去外地工作了，有的结婚生子后失去了联系。"韩依婷有点惋惜地说，"其实也就是想找个机会大伙儿一起吃饭喝酒聊聊天，联络一下感情，而且这次刚好是吴立峰的生日，他在山清水秀的青岭山下租了套别墅，邀请我们到那里玩。"

"吴立峰，你是指那个小超人吗？"

"对，就是他，你也很久没见过他了吧。"

"是啊，我还记得大学毕业后见过一次，之后就再没见过了。"

"就是啊，你这个大忙人，走红了连同学都不认了。这次可是你认领回小学情谊的好机会，能来吗？"

"我最近个案也挺多，不知道能不能抽出时间来……"其实我不太适应这种社交活动，但是拒绝又显得太不够意思。

"不行不行，不能找借口哦。不就是一个周末嘛，病人什么的往后推一推就好了。"韩依婷软磨硬泡。

"但是……"

看我还有点犹豫，韩依婷用手指着我，叮嘱道："高凡，你一定要来啊，我就先走了。"

她夹带着一阵香风，飘然而去。

我叹了口气，韩依婷都这么说了，而且同学聚会确实和其他社交活动还是有些不一样的，那就去吧，就是一个周末而已。

谁能想到，这竟是一个"特别"的周末。

要过生日的人名叫吴立峰，这个人可绝对是小学同学里的风云人物。他原本在国外攻读计算机硕士学位，但是，因为敏锐地嗅到了中国互联网所蕴藏的巨大机会，于是毅然地放弃了学业回国创业。六年前，他与曾经的大学舍友、中学同学几个人凑了点钱，在创业科技园租了一套近一百平方米的民宅，连办公带吃住，就这样开启了颇多曲折而又波澜壮阔的创业之路。

经历了几次创业失败之后，吴立峰逐渐找到了感觉，最终他投身于互联网金融，创立了"天天易融"平台，这是一款以消费贷为主打的专业P2P（peer to peer的缩写，指实现借款人与投资人的直接对接的信息平台）、理财投资和信用借贷平台，广受学生、白领的欢迎，听说目前业务已覆盖全国二十多个省，服务超过几百万个精准用户。目前，他们公司正积极筹备在美国上市。他现在可谓志得意满，事业蒸蒸日上，是大家羡慕的对象。

吴立峰所租的别墅在郊区的山脚下，依山傍水的，环境十分优雅。从外表看，是栋看起来还挺新的两层建筑物，全是钢筋水泥制，有种高品质的民国宿舍的风情。建筑物的前方，有一个被树林围起来的停车场。院子的布置让人耳目一新，地方很大，大量使用原木、石头、红砖为元素，院子里还有一个亭子，庭院种满花草，院内有水塘、观景露台和玻璃阳光房，院子前面一片山水风光。空气里弥漫着各种野花的香气，使人心旷神怡。

我到的时候，发现其他小学时代的小伙伴都到齐了。男人有本次活动的东道主吴立峰、张帅、陶钧和卢启华，女人除了韩依婷，还有曹晓华和许芬英，加上我一共有八个人。

吴立峰首先带我去放行李。我住的是二楼的边间，南侧的窗户下面就是停车场，窗户打开还可以看到山景。房间里有两张床和一个小小的轻便型书桌，另外还有茶几和藤椅，有种返璞归真的质感。几间客房，或大红或淡蓝，每个房间都有不同。色彩的大胆运用，令房间既古朴又不失时尚，给人一种不疾不徐的感觉。

在这个地方聚会确实是不错的选择，有种时间倒流的错觉，乍一看大家似乎没什么变化，但是仔细端详还是能看出"杀猪刀"的功力。

吴立峰看起来精力充沛，但是两鬓竟已斑白，创业毕竟不是一帆风顺，充满了艰辛。张帅看起来肚子大了很多，听说是因为应酬多，他现在和吴立峰一起创业，是公司的高管。陶钧是开眼镜店的，生意倒是做得挺红火，不过头发掉得很快。卢启华是一家出租车公司的会计，近年来出租车受到网约车的打击，业务每况愈下，他的收入也受到了影响，面上似乎连皱纹都有了。曹晓华是个家庭主妇，丈夫是导游，她就带孩子兼持家。许芬英是一家教育机构的高级培训师，也算是事业有成吧。

"大家各奔东西这么多年，各自打拼也不容易啊，今天能重聚在一起，为了我们班同学更美好的未来，干杯。"聚会的主要发起人吴立峰举着酒杯站了起来。

大家一齐站了起来，我也举着杯子站了起来，但我这杯子里装的不是酒，而是饮料。

"高凡，听说你是读心神探啊，那现在你能看穿我心里在想什么吗？"张帅喝了口酒，也许是兴起吧，突然向我发难。

在场的同学们眼光都齐刷刷地射向我，就看我怎么应对，其实我从进入心理学行业开始就经常被人问这样的问题，直到成为职业医生也还是一样，所以回答起来也是轻车熟路，顺口就答："哪儿能啊，这就像你骨折了去医院看医生，医生看你一眼就能知道你哪根骨头断了不成？"

在场的同学听完也是哈哈大笑，知道这个问题调戏不了我之后，话题逐渐转到了大家的情感问题上。当然被关心的对象，是寿星吴立峰。

"立峰啊，你都算是事业有成了，怎么还不成家呢？"曹晓华看似关心地问道。其实我知道许芬英对吴立峰似乎一直以来都有那个意思，但是落花有情流水无意。

"我啊，一个人都习惯了。"吴立峰淡淡地说。但是他的微表情出卖了他，这话明显言不由衷。

晚餐之后，大家开始有一搭没一搭地闲聊，聚在一起都有说有笑的。吴立峰租的这房子宽敞得很，而且娱乐设施应有尽有，像游戏机和投影屏幕、小型的高尔夫球练习场、桌球室、电影放映室等。

此时我注意到大厅里摆着一架极其漂亮的雅马哈钢琴，旁边的韩依婷望着那钢琴出神，似乎回想起了什么美好的往事。

"依婷，给我们弹一首曲子吧，应应景也好啊。"

我这么一提议，大家才想起韩依婷以前很会弹琴，还在学校的节日晚会上表演过。周围的人一起起哄："来一首来一首。"

"弹什么曲子好呢？我都好久没弹了。"韩依婷犯了愁。

"《生日快乐歌》吧。"有人提议。

"那也太俗了吧。"也有人反对。

"依婷，就弹你拿手的吧。"最后大家达成了共识。

韩依婷一开始有点害羞，但是在我们的怂恿下最终还是给了面子。她今天穿着很漂亮的紫色晚礼服，坐在钢琴旁边，真像是盛装演出的钢琴家。

她的手轻轻地放在黑白键上，手指灵活自如地跳跃起来，当旋律响起的时候，我不自觉地愣了一下，因为实在太好听啦。她弹的曲目，是经典的《卡农》。悠扬悦耳的音乐犹如有实质般地填满了整个空间，给人非常强又非常舒适的艺术享受。

这时候，我注意到吴立峰的眼神一直定在韩依婷身上，眼神里充满了爱慕，我想那种眼神应该是情侣才有的吧。这么一想，为什么他一直不接受许芬英的爱意，也就完全可以理解了。

弹完了《卡农》，在大家的强烈要求下，韩依婷又加弹了一首《致爱丽丝》，大家一起鼓掌，配合着节拍唱起歌来。

"喝酒喝酒。"

看到气氛很好，张帅兴致勃勃地开了一瓶红酒，又把每个人的酒杯都加满，走到我面前的时候，他瞄着我："这回可不准喝饮料了，要喝酒，不然就不够朋友啦。"

我推脱不过几个人一块劝酒，所以还是喝了，幸好气氛好，又是红酒，也不感觉有多少醉意，我以为是自己酒量产生了质变，就多喝了几杯，哪知道这红酒后劲十足，后面很快就扛不住了，看东西都出现了些许重影。

"干杯干杯！"

在一片觥筹交错声中，突然出现了一些不和谐的声音。也许是喝多了吧，陶钧突然走到吴立峰面前，醉醺醺地问道："立峰，我那些钱，你那个平台是不是都还不上了？"

吴立峰的脸色一下子变得很难看，双手颇为用力地按住他的肩膀："老陶，你喝醉了。"

在旁听到这话的曹晓华有点急了，喊道："你说什么？陶钧，你把话说清楚。"据我所知，她在吴立峰的P2P平台投了不少钱。这几年P2P平台因为回报率很高，每年有十几个点，受到了大量投资者的追捧。我们同学里面，不少人因为认识吴立峰，而选择把钱投资到他公司的平台，也收到了很好的投资回报，一直都非常满意。

"就是资金链断裂，你没听说吗？现在监管变严了，又有不少投资人跑路，导致平台提现困难。"陶钧也不知道是有意还是无意，说到这里突然打了个嗝。

"胡说，你从哪里听来的谣言？我们公司的经营一切正常，资金储备很充足，什么问题也没有。"吴立峰面露怒容，毫不客气地回击了陶钧。

"你啊，平台到底怎么样自己知道，我那些钱可是要拿来养老的，可别给我整没了。"陶钧没有住嘴的意思，而且语气也毫不客气。

"如果不相信我们平台实力的话，可以随时取回去，但是下次来我就不会给你额外收益了。"吴立峰冷冷地望着他。

陶钧还想说什么，可是这时候，砰的一声，天花板上的气球突然爆裂开来，礼花四溅，背景响起了《生日快乐歌》，在音乐声中，韩依婷推着巨大的蛋糕车出来了，原来零点马上就到了。

"大家先不要讨论了，零点快到了，一起给寿星唱生日歌吧！"韩依婷笑着提议道，她仿佛对刚才发生的一切毫不知情，还是笑盈盈地招呼所有人。

"好，今天是你生日，我也不想扫大家的兴，反正你迟早得给我们一个说法。"陶钧似乎还有点愤愤不平，但是总算收住了口。

从其他几个人的表情看得出来，他们对陶钧口中说的消息是否属实还是十分在意，但是既然始作俑者已经作罢，其他人也不想跳出来充当这个黑面人。

此时，我注意到韩依婷脸上的表情似乎放松了下来，看来她刚才恰到好处所做的这一切，都是为了缓解这次不和谐的纷争。

如她所愿，尴尬的气氛得到了缓解，大家又回到了聚会的调子上，准备好的礼花射向天空，漫天飞舞，在欢乐的氛围中，大家齐声唱起了生日歌："祝你生日快乐！祝你生日快乐！祝你生日快乐！祝你生日快乐！"

唱完生日歌，吃完蛋糕，大家也有点累了，这时候纷纷瘫倒在沙发上休息。

"快乐的时间过得好快，又到了我的雕刻时间了。"吴立峰这时候站起来说。虽然是他的生日，但是他的眉头却没有丝毫舒展。

"雕刻时间？"我有点听不太懂。

"高凡，你还不知道吧？我是个重度雕刻爱好者。这个庭院的另一头就有我的一个雕刻室，我常常深夜的时候在里面雕刻，现在作品都摆满了半个屋子了，等一个屋子都是雕像的时候，我大概就会办一个展览吧，到时候会邀请大家来参观的。"

"为什么会喜欢上雕刻呢？"我有些不解，我以为像他这种创业成功人士一般都喜欢打打高尔夫、玩玩钓鱼什么的。

"也许是因为雕刻能让我时刻保持冷静与精准吧，这是我们身为投资人最重要的一点，就是要像《小李飞刀》里面的李寻欢一样，要么不出手，一旦出手就不会失手，这是我自我修炼的重要课题。好了，这里什么都有，你们想玩什么就玩什么，不用经过我的同意。总之，大家开心就好，恕我先失陪一下。"说完这句话，吴立峰就离开大厅前往他所说的雕刻室了。

陶钧好像酒醒了，想玩足球游戏，他兴致勃勃地问道："你们有谁要和我单挑？"我们都知道卢启华是游戏高手，于是都看向他，但是他摇摇头，显然兴致不高。

"我来！"张帅一拍大腿，从沙发上跳起来接战。于是他们两个人斗志昂扬地移步到了大屏幕前，大战三百回合。

曹晓华和许芬英结伴去了旁边的放映室，戴上了3D眼镜看大片。

韩依婷一开始在沙发上百无聊赖地看了一会儿陶钧和张帅的足球大战，但是很快就觉得闷了，她转头又去了书房上网，也是不见了踪影。

不知不觉间，客厅里竟只剩下我一个人。我比较感兴趣的是大厅里的黑胶唱片机，我放了一张蔡琴的黑胶唱片进去，刚听了一首歌曲，巨大的睡意突然袭来，我觉得很困很困，眼皮都快粘到一起了，大概是酒精发生作用了，于是我澡也没洗，直接就上床睡觉了。

睡到半夜，迷迷糊糊当中，我似乎听见走廊里传来了很有节奏感的脚步声。

嗒……嗒……嗒……

像是穿着靴子走路的声音。

一开始我也没太在意，心想可能只是某个同学夜里起来上洗手间。但是仔细一想，不对啊，房间里都有独立卫生间，再说我这边的走廊，不是只有我一个人住吗？

一念及此顿时睁开眼，床边竟然站着一个人。

那个人穿着黑色的斗篷，戴着白色的面具，埋下头来在我耳边轻轻说道："没想到吧，我就在你的身边。"

这一下可把我吓得不轻，我猛然惊醒，原来只是一场梦。这时候我想打开床头灯看看时间，但发现灯竟然不亮，而旁边充电的手机也没在充电，房间竟然断电了。但是此时巨大的睡意袭来，我又沉沉睡去。

第二天，我被一阵剧烈的敲门声吵醒。睁开眼睛，一看床头柜上的闹钟，竟然已经是第二天九点多了。

我摇摇晃晃地从床上爬起来，感觉脑袋还是昏沉沉的，大概昨晚上的红酒喝多了。

"高凡，你怎么还在睡觉？外面都炸锅了。"敲门的人是张帅，他脸色十分苍白。

"怎么了？"我揉揉眼睛，看着他慌张惊恐的样子。

"出大事了，吴立峰死了。"他声音颤抖着说。

"什么？"我的脑袋嗡地一响。

这个消息令人既震惊又悲痛，吴立峰竟然在我们眼皮底下死了，被谋杀了。而更可怕的是：凶手会不会就在我们中间？

那只是一瞬间的念头，很快被我压了下去，尽管协助周彤参与调查过一些谋杀案件，但是真真切切发生在自己身边还是第一回，我有点不敢相信这种事情是真的。

吴立峰的尸体是在他的雕刻室被发现的，发现吴立峰尸体的是曹晓华。第二天她起得最早，按照她的说法，她想到院子里散步，结果无意中发现吴立峰雕刻室的门开着，她蹑手蹑脚地走进去一看，发现吴立峰倒在血泊中，室内大部分雕像都被人破坏了，四周的地板到处都是石膏粉。曹晓华尖叫起来，与此同时，刚刚醒来不久的韩依婷等人听到叫声，匆匆赶来，见到了这骇人的一幕。

报警之后没过多久，大批的警察就赶到了别墅，迅速在案发现场四周拉起黄线，拍照勘察。而我们一群同学则通通都被带回警察局录口供。

给我做笔录的是一个个头壮硕的警察，面相有点严肃，但他的态度还是挺和气的。

"高医生，你好，你的事迹我听说过了，其实我对心理学也是很感兴趣的，有机会要向你多请教。"

"哪里哪里，是我要向警察同志学习。"

"好，因为昨天晚上案发的时候你们都在别墅里面，所以向你了解几个关于这次案件的问题，希望你帮忙配合一下。"

"好的，没问题。"

"这次的死者吴立峰和你是什么关系？"

"是我小学同学。"

"这次的聚会是谁组织的？"

"是吴立峰自己。"

"他邀请你来参加的吗？"

"是韩依婷邀请我的。本来我是不想去的，但是韩依婷硬是拉着我一起去参加，我最后推脱不过才答应的。"

"昨天晚上两点到三点间你在做什么？"

"我昨晚喝了不少酒，大概一点钟就去睡了。"

"半夜你有听到什么声音吗？"

"没有听到，我睡得很沉，一觉醒来已经是早上了，还是张帅敲门把我叫醒的。"

"对于这次他被谋杀，你有什么看法？"

"我真的想不到他会被杀。我们好久没见了，大概有八九年了吧，所以对他的情况也不是很了解，来这里之前只知道他在做金融方面的理财平台，事业上很成功，其他的都不清楚。"

"这群同学里你跟谁比较要好？"

"联系得比较多的就是韩依婷吧，其他人平时联系就比较少了，都只知道他们大概的情况。"

"吴立峰跟其他同学有什么恩怨吗？关系怎么样？"

"据我所知没有，关系还挺好的，但是在聚会上发生了一个小插曲。"

"什么插曲？"

……

当我录完口供出来的时候，在警局见到了一个熟悉的身影，是周彤。

"高医生啊，没想到会在这里见到你。"周彤若无其事地跟我打了个招呼。

"我也没想到。"我苦笑道。

"上一次你还只是目击者，这一次直接就在案发现场了，有进步啊。"周彤趁机调侃了我一把。

"我也不知道怎么了。最近老是遇到这种事，还有那个'恐惧'，也是阴魂不散的，搞不好又是下一个'阴影'。"我叹了口气。

"'恐惧'，你见过他了？"周彤听到这个名字精神陡然一振。

"没有，但是他给我来过电话，说了一堆不知所云的东西。"

"他说了啥？"

"说'恐惧'要在这个城市爆发。"

"爆发？"周彤皱着眉，一脸匪夷所思的神情，大概跟我当初的感觉差不多。想了一会儿还是摇摇头，也是全无线索和头绪，"算了，还是回到吴立峰被杀这个案子上来吧，你有什么线索吗？比如说，你觉得你哪个同学有嫌疑？"

"哪个同学？为啥怀疑我们？就不能是外面的人进来作案吗？"我还是无法从心理上完全接受是同学作案的可能性。

"我们现场勘查过了，别墅周围没有从外部入侵的痕迹，而且你们那个别墅警备系统很完备，也没有报警记录，相比较而言，别墅当中的人作案嫌疑更大。"周彤有理有据。

"那我岂不是也有嫌疑？"我苦着脸说。

"你的嫌疑不能说没有。"周彤话锋一转，"但是很小，因为韩依婷也证实了，你只是被临时拉过去参加聚会的，和其他人也没什么瓜葛。"

"如果是这样的话，我真的想不到凶手是谁。"我摇摇头。

"昨晚你什么也没发现？"

"没，我昨天晚上睡得特别沉。都怪我自己一时贪杯，又不胜酒量，多喝了点酒就晕得不行。"说到这里，我想起了昨晚那个惊悚的梦，难道那个梦是在提醒我什么吗？

"可惜了医生，难得你这次在现场，却提供不了什么有价值的线索。"

"周警官，容我打听一下，现在调查有什么进展？"

"经过我们初步调查，我们怀疑这是一起和借贷风波有关的案件。"

"借贷风波？难道是……"我已经猜到了几分。

"具体点说，这起案子，可能和吴立峰公司的P2P爆雷事件有关。"周彤解释了一下。

"什么是P2P爆雷？"又是一个我没听到过的名词。

"就是借贷公司资金链断裂，还不起投资者的钱。其实P2P平台大部分走的都是庞氏模式，平台自身存在着许多业务瑕疵和违规行为，一旦大笔资金抽离，就会出现塌方式的崩盘。你的那几个同学，都不约而同地把大量闲钱投资到吴立峰的P2P平台上。就我们查明的情况来看，吴立峰这个平台已经没了偿付能力，如果遇到有人讨要钱的话，难免会起争执。其他人都投了就你没投，这也是我说你嫌疑较小的原因。"

"张帅不是吴立峰的合伙人吗？按理说，他也可以被排除在外吧？"

"这你就有所不知了，虽说两人都在同一艘风雨飘摇的船上。但是，张帅在公司的发展方向上和吴立峰有很大的分歧，而且张帅也是公司的大股东，这次爆雷对他打击很大，就个人来说，他对吴立峰有怨气也是正常的。"

"其他同学都投了P2P？我怎么不知道，谁投的钱比较多？"

"目前据我们查明的情况，曹晓华投的钱是最多的，陶钧、许芬英紧随其后，然后就是韩依婷和卢启华。"

"难怪那天晚上陶钧会说那番话，他们大概已经察觉到了什么吧。"我到这时候才恍然大悟。

"当然，我们目前还不能断定吴立峰的死就一定是借贷风波所导致的，因为我们在调查中还发现，韩依婷、许芬英和吴立峰三个人的情感纠纷也有点耐人寻味。"

我回想起韩依婷那天晚上的表现，一下子反应过来，道："我想，大概韩依婷是喜欢吴立峰的吧？"

"是的，据我们调查，韩依婷跟吴立峰实际上已经是男女朋友了，韩依婷一直希望两个人能早点结婚，但是吴立峰总是以事业为由推脱，这点引起了韩依婷的强烈不满，两人关系开始有点疏远，而许芬英这时候则乘虚而入，总之，最近这三个人有点纠缠不清的意思。"

"你的意思是说这些人都有嫌疑了？"我有点哭笑不得。

"是，只是怀疑罢了。不过，吴立峰的死亡现场十分诡异，那副景象让人有点匪夷所思。"周彤突然转换了话题。

"怎么说？"

"凶手杀了人之后，还把他雕刻室里的那些雕塑作品都'毁了容'，有的被划花，有的被砸得稀巴烂，仿佛有着莫大的仇恨似的。"

"还有这种事？我只知道吴立峰酷爱雕刻，那天晚上我听到他最后说的话就是要一个人去雕刻室，享受他自己的雕刻时间。"

"医生你也来瞧瞧吧，顺便说说你对这个现场有什么看法。"

于是，周彤带我来到了吴立峰被杀的雕刻室。地面上用笔勾勒出吴立峰尸体倒下的位置，四周都是破碎的石膏，还有一些被划烂的雕塑作品。放眼望去，吴立峰的雕塑作品主要是一些人像和一些动物，人像雕塑上可以看到许多清晰的划痕，动物则不少被砸得稀巴烂，断手断脚掉了一地。

"杀人凶器是什么？"我问。

"那把雕刻刀。"周彤回答。

"这么说，凶手是先用雕刻刀杀了吴立峰，继而又用雕刻刀毁坏了他的这些雕塑作品。"

"没错，是同一把刀，但是不知道他这么做的意义何在，凶手本来可以早点离开的，却耗费了不少时间在破坏雕塑上。"

"会不会是反过来？比如说凶手在毁坏吴立峰的作品，结果被吴立峰见到了，起了争执，然后他把吴立峰杀了。"

"可能性不大。"

"为什么？"

"很简单，血迹，你看这些被破坏的雕塑上的喷溅状血迹，只要是断裂的地方，都没有血迹，足以证明，在吴立峰被杀时，雕塑还是完好的。是吴立峰被杀之后它们才被毁坏的。"周彤拿出了很充分的证据。

"这样啊，那就真的想不明白了。"我皱着眉头。虽然匪夷所思，但是所有不合理的行为背后必定有着合理的解释。

"不过，还有一个点值得注意，昨晚这个别墅曾经有一小段时间停电了。"

"停电？我想起来了，当时我做了个噩梦，起来的时候发现停电了。是什么时间呢？"

"大概是两点多的时候，断电时间大概是十分钟。"

"等等。"我好像突然想到了什么，"那吴立峰被杀的时间是？"

"法医鉴定的结果，也是两点多。"

"也就是说他有可能是停电期间被杀的。"

"是有可能，但是目前还没查明这两者之间的关联性。"

"会不会是凶手摸黑杀了吴立峰，所以才会把现场搞得一团糟？"我大胆猜测道。

"听起来好像合理，但实际上不可能，因为这雕刻室的照明设备是充电装置，停电并不影响照明。"

"这就奇怪了。"我摸着后脑勺在现场走了几圈，苦思冥想之后，突然发现一个奇怪的现象，"周警官，你说那道门，怎么不见门把啊？"

"因为是智能设备，通过刷卡和指纹识别进入。"

"那如果是断电的话，会出现什么情况呢？"

"断电的时候，由于没有后备电源，门会自动关闭，直到电力恢复，通电后才能实现智能开合。同时，断电时如果没有后备钥匙是开不了门的。"

"这么说当时杀人空间是一个密室？"

"可以这么说。"

看着那个混乱的现场，我回想着当时发生的情况，密闭的空间，杂乱而让人感到有压迫感的雕塑，关系不明的两人，有一个念头突然跳了出来。

"周警官，我有一个大胆的想法。"

"你说。"

"这个凶手大概患有'幽闭恐惧症'。"所谓幽闭恐惧症，是对封闭空间的一种焦虑症，属于场所恐惧症的一种，患者害怕密闭或者拥挤的场所，因为担心这些场所会发生未知的恐怖事件，严重的甚至会出现焦虑和强迫症状，一旦离开这种环境，患者的生理和行为都会迅速恢复正常。

"哦？何以见得？"

"停电是一个偶然事件，所以应该是在凶手意料之外的。假设凶手杀了人之后，想离开，但因为停电而自动关上了，使雕刻室成了一个密闭空间。患有幽闭恐惧症的人，很可能在这时候有类似发狂的过激反应。"

"所以他才会选择打碎那些雕塑？"

"这里涉及一种心理生理现象，心理学上叫作Fight、Flight or Freeze，也就是俗称的3F：战斗、逃跑或静止。这是人类内置的生存反应机制，在大脑接收到危险信号时，这个机制就会被激活。当面对恐惧性刺激时，动物通常会采取两种防御策略：主动性反应，如快速逃跑、反抗；或被动性反应，如静止不动、害怕不已。

"一般人突然被惊吓，两秒钟内人体会发生变化，这一阶段，即所谓的惊慌阶段，人体会释放一种叫作肾上腺素的化学物质到血液中。肾上腺素会给人一股强大的力量，并在体内产生许多其他的变化。这些变化为他采取快速的行动做准备。呼吸加快，运输更多的氧气到细胞中，以便为肌肉提供更多的能量；心跳加快，使流到肌肉和其他器官的血液流动加速，有更多的血液为他的胳膊和大腿所用；双眼的瞳孔放大，使他能看得更清楚。我们通常认为，这种反应对面对野兽的攻击和其他类似危险的原始人来说是非常重要的。

"而如今只要有任何危险产生，相同的反应过程仍然会产生，无论面对的是一只咆哮的狗，一个有恶意的敌人，还是一个黑暗密闭的空间，在3F反应过程中，身体系统的各个器官在面对危险后做出反应，把身体机能调成了生存模式，和他所感受到的危险进行战斗、逃跑或是静止。所以想象一下，遭遇突然停电，普通人被突然封锁在一间密闭的房间内，由恐惧而生出来的危险信号传向他的大脑，3F反应被激活了，心跳加快、手心出汗，他可能会选择逃跑或者静止，因为门被关上了，所以静止的可能性更大。而凶手此时却有了一个与众不同的反应，他选择去对抗这种封闭空间，去毁掉眼前的这些加深他恐惧的物体，这些反常的行为，令我猜测他当时的焦虑程度是要远远超过普通人的，所以我认为他是一个有幽闭恐惧症的患者。"

"你的推测虽然有科学理论支撑，但是缺乏足够的证据啊。"听完了我的一番长篇大论，周彤略有赞同之色，但是明显还不足以说服她。

"是的，只是一个心理医生的直觉和经验，不过你仔细观察这些被雕塑刀划伤的雕塑，你要说是发泄仇恨吧，应该更加呈现出一种杂乱无章的轨迹，而这些划伤的部位，更像是一种恐惧中的反抗和攻击，目的是为了打倒这些雕像。"

"嗯，有点道理，你所说的幽闭恐惧反应再加上这个行为痕迹分析，还算有点说服力。"周通点了点头，"所以高医生，你觉得这一点可以利用？"

"可以一试。既然你认定了凶手大概率就在我们当中，只要用某种方法找出谁有幽闭恐惧症，就可以沿着这条线索追查下去了。"我一副成竹在胸的样子。

"有什么好办法吗？"周彤盯着我，像是马上要我拿出个解决方案来。

"如果直接问是行不通的，凶手一定不会告诉我们他有这个心理病症，所以只能用声东击西的方法，比如说，设计一个实验引他们入局，像是这样……"我低声对周彤说。

"我算是听明白了，其实你就是在骗人？"周彤听完之后忍不住笑了。

"不少社会心理实验都在忽悠人。"我替自己辩护。

"应该说心理学家都很会忽悠人。"周彤颇有体会地补充了一句。

"心理学家们都是很单纯的，不单纯的话，灵感就不会经常造访他们了，也就不会有那么多有趣的实验了。"

"实验我看可以做，不过别忘了，你也是这个案子警方的调查对象之一，由你来主持这个实验是没有说服力的。"

"是的，所以我想到了一个人。"我说。

第6章
测试：VR的妙用

　　"大家好，我是读心科技有限公司的凌东，非常有幸和大家来一起进行这次实验。这一次我们公司是来协助警方做一个关于记忆的测试，目的是帮助大家寻找一些可能遗漏的线索。"凌东对在场的人解说道。

　　他今天穿着类似医生、科学家一样的白色实验服，看起来严肃而正式。

　　实验室是在警局一个会议室进行的，周围有警察监视着。小学同学聚会的所有参加者：张帅、陶钧、卢启华、韩依婷、许芬英、曹晓华悉数到场，大家看起来神情都颇为紧绷，猜不透警方让他们来参与这个实验究竟是什么目的。

　　虽然实验点子是我想出来的，但是作为聚会参与者之一，我同样也要参与这次实验。当然，我也不想让其他同学知道实验是我设计的，所以我找来了凌东，让他作为实验的主持人。一开始他还有点犹豫，但是周彤告诉他，如果案子破了，这可以为他的公司带来许多正面的宣传效应，他立马就同意了。

　　在现场众人目光的注视下，凌东显得十分从容："记忆其实是会受到很多因素影响的，作为目击证人，你们的记忆是否正确，很大程度上影响着破案的进度。大部分人确信人类的记忆是永久的，并认为那些已遗忘的琐碎详情能通过努力回忆等方法去想起。

"可是，研究却显示人类的记忆是歪曲的、有偏见的。错误的证供就能有力地证明错误记忆的存在。在案件审判中，目击者扮演着重要角色，但心理学家发现，在四十宗有DNA证明犯罪嫌疑人无罪的案件里，高达三十六宗的犯罪嫌疑人都被至少一个目击者指证为犯案者。学者认为其中一个原因，是因为人对于识别其他种族或其他社会阶层人士的特点、容貌的能力较差。因此，当犯罪嫌疑人并不属于目击者经常接触的种族或社会阶层时，目击者便很可能错误地指证犯罪嫌疑人。"

他手一指，墙壁上的说明幻灯片一变换，出现了一张图片："举个例子，有个著名的心理学实验是这样的：20世纪70年代，心理学家进行了一次撞车实验，看事件的结果是否会影响目击者的记忆。在这次实验中，被试者们首先看了一个车祸的视频，想象自己是这场车祸的目击者。之后，被试者被分成了几组。研究者随后问被试者，撞车的时候车辆的行驶速度如何。但是，在不同的组里，实验者所用的动词是不一样的，分别是：这辆车擦上另一辆的时候，速度是多少？这辆车碰上另一辆的时候，速度是多少？这辆车撞上另一辆的时候，速度是多少？结果是，撞上组回答出来的平均速度最高，碰上组次之，而擦上组回答的平均速度最低，尽管大家看的都是同一个视频。

"另外，一周之后，撞上组和碰上组的两队人马回来，被问起是否在短片中看到了碎玻璃。事实上本无碎玻璃，撞上组中居然有百分之三十二的人声称看到了碎玻璃，相比于碰上组的百分之十四，错误记忆的现象明显提升。这个实验说明，目击者的证言，很有可能因为提问方式和一句措辞而发生改变，甚至会对目击者造成心理诱导，促使他们说出自己没见到的事情。"

"这和我们这个案子有什么关系呢？"底下的张帅不解地问道。

"这个实验充分说明了：错误的资讯对于记忆有直接影响，因为目前所掌握的资讯并非全部都是可靠的，所以可能会对大家的记忆造成影响，导致我们错过真正有用的线索。"凌东的神态表情十分自然、认真，让人觉得他说得很有道理，"除此之外，心理学家还认为，一些完全错误的记忆亦能够植入人的记忆里。在一个很著名的叫作'商场迷路'的实验中，不知情的被试看先在笔记本写下一些儿时发生过的真实事件并交给心理学家，而心理学家会偷偷加入一项虚构的事件：比如几岁时曾经在商场迷路大哭，最后在一名老伯的帮助下找回家人。然后，心理学家会指示测试者，在接下来的五天都在笔记本内写下所有事件的有关详情，若记不起，便填上'我不记得'。

"实验证明，人的记忆是可以被植入的。在其中一个个案中，一名十五岁的男孩在这五天内'记起'了更多有关这个虚构事件的详情。他记得那位帮助他的老伯是一名口吃的人，记得自己当时有点害怕，记得自己在事件中被母亲责骂。几周后，男孩再次接受心理学家的访问。访问中，他提供了更多有关在商场迷路这个虚构事件的详情。当实验者要求男孩按记忆的清晰度排列笔记本内的事件时，男孩甚至把这个虚构事件放在第二位。这个错误的记忆已完全植入了男孩的脑内，成为一个'真实'的回忆。最后，当男孩被告知在商场迷路是实验者偷偷加入的虚构事件时，他完全不敢相信。"

"记忆真的有这么不靠谱吗？"韩依婷喃喃道。

"记忆的准确度，我们需要用更客观的科学方法来验证，好了，说这么多也是为了让大家重视今天的实验，现在，请大家戴上手边的VR眼镜。"凌东开始了测试。

众人依言戴上了黑色的VR眼镜，我戴上眼镜前偷瞄了一下周围，大家的神色都还算平静，相信他们还没有猜透这个实验的真实意图。

"好了，现在大家从VR眼镜里看到的是一个封闭的房间，我要大家做的，是找到这个房间的出口。房间里面会提供各种各样的记忆线索，我会根据大家完成这个游戏的速度，来提供一个参考值，低于这个值的，我们会认为你的记忆没有达到要求。"凌东有板有眼地说着，实际上他的指导语都是胡诌的，目的只是为了让大家花更多的时间在这个虚拟的封闭房间里，我们的理论假设是，假如真的存在那个幽闭恐惧症的患者，他一定忍受不了这样的VR测试。

时间在一秒一秒地流逝，如果等到大家都在那个封闭房间里找到了线索成功脱离，那么这个实验就失败了，此时我的心情也是非常紧张，额头都已经开始冒汗。

六分钟过后，突然，在座的某个人把眼镜摘了下来，愤怒地扔在了地上，VR眼镜都被砸碎了，可见他用力之猛。

变故来得有点突然，凌东和在场警察的目光都集中到了那个人身上。

那个人是卢启华。因为他表现出来的攻击性非常强烈，连在场参加测试的同学都摘掉了眼镜，愣愣地看着他。

"卢先生，你为什么要摘掉眼镜？"凌东问。

"我很难受，受不了了。"卢启华喘着气回答，他好像还没从那种应激状态中恢复过来。

"为什么会受不了呢？"

"因为，因为……我不喜欢那个房间！"

"不是因为你不喜欢那个房间，而是因为你的焦虑已经达到了顶点，我猜，你大概患有幽闭恐惧症吧？"

"我没有！"

"没有，没有那你敢回到吴立峰那个雕刻室吗？"

"我不去，杀人现场有鬼。"

"不好意思，卢先生。"这时候，凌东露出了一丝狡黠的笑容，"我刚才没有说明这次测试的真实用意，实际上，这不是一个关于记忆线索的测试，而是一个关于幽闭恐惧指数的测试。"

紧接着，凌东指着会议室四个角上的监控摄像头，对他说道："否认是没有用的，卢先生，刚才这些摄像头，已经记录下了你在虚拟的封闭环境中全程的面部表情，以及最后表现出来的高度攻击性，我们有充分的理由怀疑，你是一名幽闭恐惧症患者。"

"你们……你们……骗人。"卢启华又是愤怒又是震惊。

这时，周彤的声音响了起来："你说你晚上两点钟到早上八点钟都在睡觉，也是骗人的吧？其实你就在吴立峰的雕刻室里。"

卢启华想也没想就说："那不可能，那时候停电了，门关上了根本进不去。"

周彤面无表情地望着他说："停电，你怎么知道停电了？一共才停电十分钟，没有警察告诉过你们区域停电这件事吧，连我们都是事后才知道的，在熟睡中的你们应该不知道才对。"

"我……"卢启华哑口无言了。此时即使他还能找出理由来为自己辩解，也只会显得苍白无力。

这一下，卢启华等于是自己承认了杀害吴立峰的罪行。这是在恐惧之下，情绪不稳定犯下了口误。

"启华，你为什么要杀吴立峰？"韩依婷大声地责问道，冲过来抓住他的衣服。

"因为他不肯救我的命。"卢启华垂下头说。

"救你的命？"

"我在他那里存了很多钱，想拿出来，可是他死活不同意，这等于是要我的命。"

"启华，你不是才投了几万块吗？怎么为了这点钱就杀人？"这时候，许芬英也带着不可置信的表情质问。

"我、我投的钱远远不止几万，而是几十万。"

"什么？"

"这几年我欠了不少债，立峰公司给的利率高，我觉得有利可图，于是就动了歪脑筋。因为我既是公司的会计，又是出纳，就算是拿公司的钱出来也没人发现，于是我就把那些钱拿出来投到他那个平台，想着一段时间后连本带利地拿出来，再神不知鬼不觉地还到公司户头。谁知道最近老板有点怀疑我了，要查账，如果被查出来我是要坐牢的，所以我才找吴立峰要钱，结果他不肯给我。"

"唉，他不是不给你，而是平台真的没钱了，已经快倒闭了。就是他这个人比较固执，自尊心强，不肯跟其他人说。"韩依婷痛心疾首地流下了泪水，看得出她对吴立峰还是很有感情的。

"启华，那你也不能痛下杀手啊！"曹晓华也怒斥道，"再怎么说也是这么多年的同学！"

"不，我不是故意的。那天晚上我去找他，后来我们争吵起来，我一急，就拿起刀子威胁他。这时候，突然停电了，那个雕刻室变成了一个封闭的空间，我、我的幽闭恐惧症发作了。不知道为什么，恐惧变成了暴力，我只能一遍一遍地寻找目标。那时候我的脑子里，只有一个类似爪子的影子，我恨不得伸手去抓碎所有的东西。"再次回忆起事发当时的经历，卢启华的样子看起来十分失控，近乎癫狂。

"等等……"在旁边一直听着的我突然叫道，"你说爪子？"

"是的。"

"那和你的幽闭恐惧症有关吗？"

"我觉得那就是我的恐惧，只是它有形化了。好了，别再说了，我认罪。"卢启华沮丧地朝着警察伸出了双手。

这案子的结局令人唏嘘，小学同学竟然一个被杀，而另一个正是杀人凶手。

但是此时，萦绕在我脑子的疑问更浓了：为什么又是恐惧症？为什么又是爪子？爪子到底是什么？

第7章
罪证：恐惧的源头

吴立峰的案子结束之后，刚平静了三天，周彤又出现在了我的咨询室里，略带疲惫的脸上带着一种隐约的焦虑。

"'恐惧'又出现了。"她表情严肃地说。

"什么'恐惧'？"我一愣，最近这个名词出现的频率有点高，无论是代号、人名、症状还是案件。

"市区又发生了一桩和恐惧症有关的案件，幸好不是杀人案，只是误伤。"周彤的口气有些庆幸。

"情况看起来有点不妙啊，这背后似乎有什么联系……话说，这次的案子是怎么发生的？"

"车上说吧，我带你去见一个人。"

在周彤车上，周彤向我介绍了案件的基本情况，这是一起家庭纷争的案子，一位名叫胡悦宁的丈夫持刀砍伤了妻子，但是事后他却坚决否认自己是故意的，说是因为妻子让他出门，引发了他的"社交恐惧症"。

"幸好没伤及要害部位，要不然性质就严重了。"周彤补充道。

这个案子看似不是一起严重的案件，但是因为出现了恐惧而导致的暴力，引起了周彤的重视。所谓社交恐惧症，也叫社交焦虑障碍，这种恐惧症的患者，对于参加聚会或者暴露在公众场合下常常表现出过分的焦虑和不安，极力回避所有的社交活动，甚至会长时间待在家里孤立自己。社交恐惧症的成因比较复杂，既可能有大脑皮层方面的生理因素，也可能有性格或者个人经历的因素。

案件中这位冲动的丈夫已经被警察扣押起来了，在周彤的安排下，我和他见了一面。他看起来意志消沉，脸上写满了痛苦和悔恨。

我表明自己心理医生的身份之后，胡悦宁望向我的目光中充满了期待，看来他很希望有人能理解他的处境。

"胡先生，你说你对你妻子的攻击行为，完全是因为社交恐惧症导致的？"

"是的，我、我当时控制不了自己……我，真的不是……"胡悦宁有点语无伦次。

"胡先生别急，现在，能否请你给我描述一下你的社交恐惧？"我赶紧安抚了一下他。

"医生，是这样的，我只要出现在那些社交的场合，就会心跳加速，大脑一片混乱，胃和胸腔就跟打了结一样，喉咙也不舒服，越是抵抗这种感觉，情况就会变得越糟，我会忍不住想象在那种场面下最糟糕的情况，我会忍不住地思考：别人会不会看到我紧张的窘态？不行不行，我得假装镇定，我怎么样才能镇定下来呢？"胡悦宁喃喃自语，仿佛又置身于某种无形的恐惧之中。

"于是，这些仅仅是'可能'会发生的境况使你一直处于紧张和焦虑当中。"我接上了他的话，试图帮助他从那种负面思绪中抽身出来。胡悦宁所描述的心理很符合社交恐惧症的症状，他们总是假设出那种危险的处境来令自己过分焦虑。

"是的，所以我想要逃离，逃得越远越好，一刻都不想多待。"

"那这一次，你为什么不选择逃离，而是选择了攻击？"

"都是因为那个声音，那个奇怪的声音。"

"具体过程是怎么样的，你能给我说一下吗？"

"是这样的，我一直都知道自己患有社交恐惧症，非常害怕人多的地方，也非常害怕和人打交道，但是我老婆，她坚持认为这不是一种心理疾病，她觉得我就是犯神经，只要自己努力克服就好了。那天，她硬是要拉着我出去，但是我真的害怕，于是她就火了，朝着我大吼大叫，还不停地念叨，一定要让我出门，不然这一辈子都别想好了。我当时很害怕，很焦虑，最后到了一个无法抑制的地步，我当时想喝点水冷静一下，但是没想到居然阴差阳错地摸到一把刀子……医生，我真的不是故意的，平时我是一个见到血都会害怕的人，只是那时，我的脑海里仿佛响起了一个声音，跟我说'如果你害怕你就反击吧''别让她再继续说下去了''只有攻击才是拯救你的方法'。"

"你说你当时的行为是被那个声音影响了吗？"

"是的，真的是这样，我说了很多遍，但是就是没人相信。我知道这么说有点荒谬，但是我当时真听到了。"

"当时除了这个声音外，你还有其他什么感觉吗？"

"还有，在我最恐惧的时候，我还看到了像爪子一样的影子。我觉得那个声音，好像是从那里发出来的。"

"又是爪子？"我的心瞬间提了起来，这反反复复被提到的爪子，到底有什么含义？"胡先生，你确定吗？"

"确定，医生，毫不夸张地说，那个形状已经深深印在我脑海中了。医生，像我这样的社交恐惧是不是没的治了？我已经尝试了很多种方法，像吃药、练习呼吸、增强意志力等，结果都败下阵来。"

"当然不是。首先，你感受到的焦虑只是你对抗危险的产物，仅仅去对抗这种焦虑是不起作用的。这就是常说的'头痛医头，脚痛医脚'。只有找到触犯你社交恐惧的真正原因，把那个'洞'补上，才能药到病除。"

"那我到底要怎么做呢？"

"首先，你得设法让你自己的潜意识觉得，你在社交场合是安全的。一旦你的潜意识认为你是安全的，你那些心跳加速大脑混乱的症状就不会出现，焦虑也不会加剧。"

"潜意识……潜意识的东西我怎么才能改变？"胡悦宁发着呆，显然不知道如何是好。

"潜意识之所以会发出一系列的危险信号，是因为你对自己存在一些负面或片面的看法。这些看法导致了你的潜意识认为社交对你是有危险的，紧接着便触发了你身体一连串的不良反应，继而又加剧了你的焦虑。所以归根结底，要改变你的社交恐惧症，根源是要改变你对自己的认知，例如你可能觉得自己不够好，或者你认为大家可能觉得你看起来很不合群等诸如此类的负面观点。当然，我给你最大的建议还是去找一个心理医生看看。"

"医生，我一定会按照你说的办法去做的，但是现在希望你能帮我证明，我真的是无心的。"犯案的丈夫胡悦宁痛哭流涕。

出来之后，我面色凝重。一个接着一个的恐惧症有关的暴力案件，到底背后隐藏着什么关联性？

这时候，我猛地想起了钟超文教授的讲座，灵光一闪：不会是因为……那个吧？

周彤打断了我的思索，问道："你对这个案子有什么想法吗？胡悦宁只是在为自己的行为找借口，还是他所描述的原因真的有可能？"

我仔细回想了一下和胡悦宁的对话，对周彤说："如果这只是单个的案件，那胡悦宁也许只是为自己找了个蹩脚的借口。但是之前已经有两个案子涉及恐惧症了，这一切看来有点太不寻常，如果真的是因为恐惧症而导致的犯罪行为，可能不是单纯的刑事案件，我怀疑这些人的大脑都受到了干扰。"

"干扰？什么干扰？"

"目前还不清楚，但是他们所说的爪子，大概是他们受到干扰之后的后遗症。这个道理就相当于只要凶手曾经进入过案发现场，他就很可能会在现场留下某种痕迹，而爪子就是心理干扰者留下的罪证。我想，只要查清楚许奕夫、卢启华、胡悦宁三个人的交集，就一定会有蛛丝马迹出现。"

"医生，我看这个应该是心理学的范畴吧，那就拜托你了，这方面你可比我有经验。"周彤巴不得有人替她分担这个令人头疼的难题。

我掂量着这次的任务不容易推辞，也爽快地接受了，不过，调查这种工作的确不是我擅长的范畴，从哪儿查起呢？

正在我想努力理清楚三人的关系的时候，周彤打来电话，给我提供了一个重要的信息："高医生，有一个共同点我已经帮你查到了，感谢我吧。"

"周警官，你这效率也太高了点吧。"我不禁讶然。

"这个功劳我不能贪，其实是在审讯卢启华的过程中他无意间透露给我们的，原来他也去参加过那次心理学的义诊。"

"啊？这么说他也去看过心理医生？"

"是的，为了治好他的幽闭恐惧症，他也到处寻医，费了不少心思。再加上那次义诊活动声势浩大，所以他也抱着试试看的心理去了。"

"如果卢启华也看了心理医生，那么很有可能……好吧，现在重点是，当天卢启华所咨询的医生是？"我感觉自己的心都提到了嗓子眼上。

"是费义。"周彤在电话里头念出了这个名字。

费义？我一怔，怎么是他。

仔细一回想，费义的读音和Fear如此接近，会是偶然吗？那次他主动来联系我，看似顺理成章，现在想想又似乎有些太过凑巧。

我一拍额头，疑点这么多，怎么就把他给忽略了呢？会不会是他在做心理咨询时给了某种心理暗示，使得许奕夫等人在恐惧症发作时出现了强烈暴力倾向？

我又回想起费义那张帅气的脸，半长的头发，颇为性感的小胡子，这会是"爪子"的本来面目吗？

我上网查了一下费义的简历，他是国内一所知名大学的认知心理学的研究生，还拿过多次奖学金。我又登录了一下学术论文网，顺手搜到了他的几篇论文，发现他是一个心理学实验爱好者，喜欢重复一些心理学的经典实验，并且还常常有自己新的见解。

费义除了是专业的心理医生之外，还有一个业余身份：某研究机构的助理研究员。这个研究机构叫作超感，似乎是由一群心理学爱好者筹资组建的，专门从事一些有关超能力的心理学研究，至于研究的具体内容是什么，完全查询不到。

也许这个名字只是某种掩护罢了，我对这个研究机构起了疑心，决定去一探究竟。

超感研究机构的办公室是由一所中学的旧校舍楼改造而成的，并没有太过严格的安保措施，再加上这时候正好是周末，我轻轻松松地就进了实验楼，一进门就看到了费义。此时费义穿着一身白色的实验服，正在电脑前专心地处理着什么，大概是实验数据一类的东西吧。

　　"高医生，你怎么知道我在这里？"看到我在这里出现，费义显得有点惊讶。

　　"刚好在网上看到这个研究机构很有意思，就顺便过来看看，谁知道还能遇见熟人？"我随口找了个理由。

　　"高医生，你来得刚好，我们来做个游戏。"费义兴致勃勃地拉着我。

　　"什么游戏？"我一愣。

　　"一个超能力游戏。来来来，你手里随便握个东西，我的左手在你手的外侧感受一下，就可以知道你握的是什么。因为我的左手啊，有超能力。"他一边比画着，一边洋洋得意地介绍。

　　"这是表演魔术吗？难道你有透视眼？"我暗地里揣摩着他跟我玩游戏的用意。

　　"你先试试嘛。"费义神秘兮兮地说。

　　我打量着他，瞧他一脸坏笑的样子，感觉他是有备而来，我心想这里面一定有什么诡计。我寻思着，肯定不能选择那些硬币或者小饰品之类的物件，太容易被猜到了。思索再三，我决定在拳头里偷偷藏一个圆珠笔的笔帽，这个应该不大好猜了吧？看你还能玩什么把戏。

　　"我好了。"我伸出了拳头，心想看看你在搞什么鬼。

　　"好了吗？好，来，现在就是见证奇迹的时刻了。"费义装模作样地伸出左手，在我拳头外边隔着空气摸了几下。

　　"好的，我知道了。"他心领神会似的点了点头。

　　"说吧，是什么？"我催促道。

　　"我说不出来。"他回答。

　　"什么意思？你的能力失效了吗？"我皱了皱眉头，心想着他这所谓的超能力也太水了点吧。

　　"不不不，我的能力当然还是在的。只是，我虽然已经知道了你握在手中的东西是什么，但是我表达不出来，这是因为我是一个裂脑人啊。我是用左手的超能力去感知你拳头里的物体的，联结到我的右脑，而我的语言中枢在左脑，所以我说我'知道却说不出来'。"费义忍不住笑了出来。

"你这算什么超能力啊？！"我明白了费义的意思，有点哭笑不得。

"哈哈哈。"费义发出了爽朗的笑声，"别介意啊高医生，这只是一个玩笑。因为我们最近正在模拟'裂脑实验'，所以才想跟你玩下这个游戏。"

所谓裂脑实验，我也知晓一些，是20世纪60年代美国心理生物学家斯佩里博士做的一个有关裂脑人的心理学实验，从而证明了"左右脑分工理论"。正常人的大脑有两个半球，由胼胝体连接沟通，构成一个完整的统一体。在正常情况下，大脑是作为一个整体来工作的，一起处理来自外界的信息，人的每种活动都是两半球信息交换和综合的结果。大脑两半球在机能上有分工，左半球感受并控制右边的身体，右半球感受并控制左边的身体。

斯佩里博士找来了一批裂脑人，这批裂脑人中大部分是癫痫症患者，神经外科医生为他们做了胼胝体切除手术，因而他们的左右脑是分离的，故此被称作裂脑人。

斯佩里博士严格控制了裂脑人的认知范围，因为他们大脑两个半球分离而信息不互通，这样一来就可以单独研究两个半脑的功能了。他发现，当受试的裂脑人用左手触摸物体时，虽然他能认知到物体是什么，却无法通过语言表达出来，因为语言中枢位于左脑。这就是刚才费义跟我开的这个玩笑的由来。

"既然来了，高医生，我就顺便向你介绍一下我们这个机构在做的一些有趣的研究吧。"费义招呼道。

我当然求之不得，就跟着他走。一进到实验室里面，映入眼帘的是大量的实验仪器和各种人脑模型。

"这就是你们在做的研究？"我对这个实验的规模之大感到有点诧异。

费义指着其中一台仪器，语气略带自豪地说道："没错，几千年来人类一直渴望了解人脑到底是怎么运作的。有赖于脑科学技术的发展，现在我们不需要伤害到大脑，也不用注入任何东西进入体内，不需要冒着辐射的伤害，就可以达成这个梦想，这就是：核磁共振造影。原本的技术是要几天后才能看到分析结果，现在只要几毫秒就可以看到，相当于是即时的。我们可以清晰地看到大脑的运作方式，各个区域之间的协同等，也可以观察人类的某一个心理活动所对应的脑部区域活动。这很神奇，不是吗？"

"没错，真的非常奇妙，这个道理就好像人脑这台精密复杂的编程机器，以前我们只知道它的外部表现，现在却慢慢能摸清楚它是如何编程的。"感慨的同时我也提出了自己的疑问，"既然可以弄清楚大脑的运作方式，那么相应的是不是也可以对人脑实施影响呢？"

"高医生，你指出了重点所在。"费义点点头，"在以前，有三种方法可以影响人类大脑的运作，心理医生的暗示、药物和手术刀，现在还必须加上第四种技术：大脑控制技术。打个比方吧，人的很多痛苦都是源于内心和大脑深处，假如这项技术成熟的话，那就可以对痛苦的区域进行相应的影响来消除或减轻痛苦。当然，这还只是一个研究发展中的技术，它的潜力和危险性同样是巨大的。"

"如果被人用于别有用心的控制，后果也是难以估量的。"我若有所思。

"放心吧，高医生，我们所做的研究，仅限于超能力人群。"费义解释道。

"超能力人群？"

"对，就是那些天赋异禀的人，你看过《最强大脑》这个节目吧，以前科学界普遍认为，一个人聪明是因为他大脑容量大或者运转速度快，但是最新的研究表明，一个人聪明与否，其实这和他的大脑的运作方式关系更大，说白了，就是它的编程方式。我们这个研究机构，就是为了研究这个而生的。如果能有所发现的话，对于人类潜能开拓的帮助将是巨大的。"费义对自己正在做的研究抱有很大的期望。

离开了超感实验室，我对费义的怀疑已经消减了一大半。我又仔细阅读了费义所在实验室的一些文献和研究成果，确实很难跟恐惧症联系到一起。经过这一次调查，我的初步判断是，通过心理咨询对许奕夫和卢启华进行影响的人不是他。

那么，又会是谁呢？

我重新梳理了一下这次的系列案件，第一个和恐惧症有关的涉案人是许奕夫，也许源头还得从他那里查。于是，我重新找到了许奕夫。

一段时间没见，许奕夫一扫之前的萎靡，显得精神焕发，他看到我时高兴得像个孩子，欢欣雀跃地说："高医生，我的恐惧症没有复发，现在想去哪儿就去哪儿，人生真是太美好了。"

他一边说着，一边打开手机相册："看，医生，这是我最近的出行记录，每去一个地方我都会和那里的景物合照。"

我凑近一看，只见照片中，许奕夫所到之处都是一些他曾经惧怕的荒野，如今照片里的他宛如一位征服者，带着胜利的笑容。

克服了内心最深的恐惧之后，许奕夫又开启了一段新的人生。

我拍了拍他的肩膀："太好了，真替你高兴。对了，现在有几个问题想请教你。"

"没问题啊，高医生你尽管问。"他很爽快地说。

"奕夫，你好好回忆一下，你除了去参加费义医生的义诊之外，还有没有接受过别人的心理治疗？"我会这么问还是因为，能对恐惧症实施影响的一般是心理方面的人士，而最有可能的就是心理医生。

"没有，肯定没有。"许奕夫的头摇得像拨浪鼓。

"那有没有其他的心理治疗活动？比如说，医院的精神科？"我没有死心。

"都没有。"他还是摇头。

"这样啊……"这个结果让我有点失望。

"不过，高医生，我倒是想起一件事，在心理学协会义诊那天，我还去参加了一个脑科学检查。"许奕夫突然说道。

"检查？什么检查？"我心中一喜，仿佛看到了希望。

"是一个大脑健康指数的检查，医生说属于公益性的常规检查，可以看看脑部哪些区域比较发达，哪些区域发育比较弱，还有预防脑部疾病等。我觉得还蛮好的，就参加了。"他一边回忆一边说。

"什么？大脑健康检查？你给我讲讲，检查具体是怎么做的？"我一听就觉得这个检查十分可疑。

"先填一张表格，在一些选项上打钩，然后对自己的症状做一些描述，我如实填写了我的荒野恐惧症。然后，我被带到一间实验室里，在头上戴上一个装置，医生在电脑上进行扫描，我只感到头顶有点麻麻的，过一会儿就好了，医生说我大脑一切正常，后来这件事我也没放在心上。"许奕夫对这个检查的真实性丝毫没有起疑。

"那个心理医生的名字叫？"我的心突然揪紧，因为我隐隐察觉到，这应该就是一个突破点，长时间的困惑很可能会得到解答。

"崔黎，她说她是心理协会的秘书长，人蛮好的。"许奕夫憨憨地说。

回想起崔黎这个人，我只见过她一次，就是在凌东主持的沙盘沙龙上。她公然站出来强烈质疑凌东的沙盘游戏，我当时对她的印象是一个很学术，有点古板也很固执的人。

只是没想到，她背后还有另外一层身份。现在越来越多的线索告诉我，这个人很可能就是我们正在寻找的"恐惧"。

原来她一早就出现在了我们的视野里。至于那天晚上她到底为何会出现在那个沙龙上，这一点目前还无从得知。最有可能的一种解释就是，她通过某种渠道知道了我要去参加那个沙龙，所以她想近距离观察我。

跟我推测相符的是，许奕夫、卢启华和胡悦宁这些恐惧症患者的确受到了外来的干扰。只是我没预料到的是，这和最前沿的脑认知科学有关。

解决难题的关键，在于"爪子"到底是什么。为了弄懂这一点，我决定登门造访这方面的专家钟超文教授。

钟超文是Z市脑科学与认知研究所的所长，也是新任的心理学协会的会长（上一任的会长是王亚飞）。他所在的研究所坐落在Z市最大的科技产业区，是一栋六层楼的蓝白相间的建筑，外观极具科技感。

钟教授的实验室在五楼，通道的各个门前都贴着写有各个教授和学生名字的纸张，在通道的尽头，我找到了钟超文这个名字，上面挂着的牌子写着"在办公室内"。因为知道钟教授是很守时的一个人，我特意看了一眼时间，约好的时间是两点，现在刚过一点点。确认之后我举手敲门，听到里面传来"请进"的声音，我推门进去。

令我感到意外的是，我刚一进门，钟教授便卷起白大褂的袖子向我走来，伸出手来和我握了握，态度十分随和。据我所知，他上午才参加完外地一个科研会议匆匆赶回Z市，晚上又要在F大的学术会议厅做一个心理学讲座，能抽出下午的时间来和我探讨恐惧症的问题，我感到有些受宠若惊。

钟教授虽然两鬓斑白，但是精力仍旧十分旺盛，思维反应也是极快。听完我对问题的描述之后，他沉吟半晌，回应道："高医生，你说的情况我很感兴趣，不过这个问题一时之间我也解答不了，因为脑认知科学是一个不断探索前进，又不断有新发现的学科，甚至有一些现象已经在实践中发现，但是因为还没有形成学术论文，所以不为大众所知。我只能把我们研究所最近的一些研究发现告诉你，看看能否给你一些启发。"

"太感谢了，钟教授。"我感激地点点头，钟教授严谨的科学态度令人肃然起敬。

"你说的恐惧症能否演变为暴力的问题，其实主要涉及动物的3F神经机制的问题，当动物面对恐惧性刺激时，通常会采取三种防御策略：逃跑、战斗或者静止。早期的脑科学研究指出，杏仁核，尤其是基底外侧的部分在动物多种防御性反应的产生过程中扮演着非常重要的角色。我们研究所最近的一个实验研究发现了，中央杏仁核区有一种神经元核团的活性高低决定了动物在面对恐惧刺激时，是采取哪种防御行为。你和我一起过来看看。"

钟教授带领我穿过几张实验桌子，到了另一侧的试验台。这里摆放着大量的仪器和观察设备。

钟教授给我展示的是一段实验录像，录像记录的是一群小白鼠面对刺激的反应过程，一边播放录像，钟教授一边解释道："人对恐惧刺激的神经反应机制和小鼠是类似的，所以我们这个实验的对象是活体小鼠。实验中，我们先把小鼠的头部固定住，具体实验分为两部分。被动性防御行为的做法是：先让动物处于缺水状态，然后通过小管提供水分，小鼠会用舌头舔水。接着，施加一个声音的刺激作为条件刺激和一个电击的刺激作为恐惧刺激，重复多次来训练小鼠，最后测试出：在只有条件刺激的情况下，小鼠舔水的频率会有变化。检测小鼠主动性防御的做法是：同样让它们早期处于缺水状态，然后用小管提供水分，通过条件反射和无条件反射刺激来训练小鼠；不同的是，小鼠的四肢位于可滚动的圆轮上，即小鼠在一定程度上是可运动的。"

"这样一来，就可以比较小鼠面对恐惧刺激下的神经反应情况了。"我点点头，实验心理学方面我并不精通，但是因为钟教授解释得很详尽，所以我一听就能理解。

"对，你来看这几张图表。"钟教授又转过身来，打开了他身后电脑的显示屏，鼠标点了几下，屏幕上弹出几张实验数据的结果图，"左边图是小鼠在训练阶段的喝水频率，右边图是训练好的小鼠的喝水频率，可以明显看出来，面对恐惧刺激，小鼠会害怕，会停止正在进行的活动，这可以视为逃跑或静止的反应。"

大概是因为说到自己最擅长的领域吧，钟教授越说越兴奋，语气中带有明显的自豪感："为了分析这种反应背后的神经机制，我们采用了光遗传学的技术，来激活或者抑制小鼠中央杏仁核区的SOM神经元（Self-organizing-map, 自组织映射神经元），也就是表达神经肽生长激素抑制素的神经元，你看这个图，表现的是小鼠中央杏仁核区SOM神经元的活动状态。通过激活小鼠的SOM神经元后，小鼠的喝水行为几乎消失，激活非SOM神经元，则没有这些变化。

"而当我们选择性地抑制掉小鼠SOM神经元的活动，小鼠在圆轮上的跑动速度显著增高。这组结果表明，小鼠采取哪种防御反应与SOM神经元的激活有关。当中央杏仁核区的SOM神经元活性高时，小鼠倾向于采取被动性的防御行为；而当SOM神经元活性低时，小鼠倾向于采取主动性的防御行为。这大概能解释为什么我们人类在面对恐惧时，有时会采取激烈的反抗行为，而有时会选择逃跑或者干脆听天由命。"

"也就是说，如果对人脑实施同样的影响的话，也会影响到人面对恐惧时的反应模式。"我也开始变得有点兴奋，因为钟教授的话进一步肯定了我的猜测。

"可以这么说。除此之外，我们还进行了一些更加大胆的实验。"钟教授点开了另一段的实验视频，"你看，我们加强了对小鼠脑部SOM神经元的抑制作用，结果发现，小鼠出现了近乎狂暴的行为，当我们松开固定小鼠头部的装置时，它们十分凶狠地撞向了试验箱的玻璃壁，这在以前是从未出现过的，这说明，它们的攻击性已经显著加强了。这是一个很有意思的现象，具体的原理还不明朗，我们还在加紧研究中。"

听完了钟教授的实验分析，我感觉一直以来堵在胸口的疑问得到了解决，不禁长舒了一口气，临走之前，我又突然想到了一个问题："对了，钟教授，您对崔黎这个人了解多吗？"

钟教授一愣，似乎没有预料到我会问这个问题："崔黎？你说的是我们心理协会的秘书长崔黎吗？"

"是的。"

"她啊，她很有天赋，也很有想法，经常会做一些很大胆的科学实验，有时候我都感到咋舌。我还曾经邀请她加入我们这个研究所，但是她拒绝了。我看得出来，她有些不同寻常的抱负，只是交往得不多无从知晓。倒是在协会这一年多来，她帮了我不少忙，像上次那个大型的心理学公益咨询活动，就是她策划组织的。"

"是她策划组织的？"我隐隐感觉到这个心理学义诊活动，可能也是整个计划的一部分。

"是的，因为这件事能推动整个Z市心理学的发展，所以她成功说服了我，我也全力支持她去做。"

"谢谢您钟教授，我就不打扰您工作了，感谢您为我提供了这么多的新发现。"

"希望对你能有点帮助，也希望你说的那个案子能早日破案。"

离开了脑科学与认知研究所，我又怀着刨根究底的心情找来了当时心理学大型公益活动的各类媒体宣传的稿件，无论是报纸、电视还是网络，都可以清晰地看到"为抑郁症、强迫症、恐惧症、焦虑障碍等患者提供义务咨询及初步诊疗"的字样，其中，"恐惧症"三个字赫赫在目。

果然如此，这时候，我感觉到自己终于有底气来尝试着揭开"恐惧之爪"的真面目了。于是，我拨通了周彤的电话。

"我找到了。"我在电话里对着周彤大喊。

"找到什么了？医生，说清楚一点。"

"我找到许奕夫、卢启华和胡悦宁的共同点了。"

"真的？是什么共同点？"

"首先，他们都为了要治疗恐惧症而参加了那场声势浩大的心理学公益活动，而在活动中，他们又都参加了崔黎，也就是心理学协会秘书长搞的一个脑健康检查，我怀疑是崔黎在这个检查里面做了手脚，比如说，利用核磁共振造影对他们的大脑进行扫描，同时又用某种方法刺激了他们大脑的杏仁核中心区域，导致他们的恐惧反应转变成了攻击反应，也就是3F的选择发生了变化。而'爪子'，就是崔黎在实施大脑干扰之后这些恐惧症患者残留下的意象。"

"高医生，这很不可思议啊，你是怎么发现这一点的？"

"说起来，多亏了费义和钟超文教授给我的启发。费义正在做的一些研究给了我启发，我想到可能有人对许奕夫他们的大脑进行了刺激，导致他们的心理机制发生了变化。你还记得钟教授在讲座上讲过的吗？当探针在那个小女孩脑部进行刺激之后，她就会有同样的意象残留在脑海里，这使我想到了'爪子'的含义，那大概就是凶手进行大脑干扰后的痕迹。

"而钟超文教授则告诉我他最近做的一个非常前沿的心理学研究实验，研究发现，杏仁核，尤其是基底外侧的部分在人脑的神经应激反应的产生过程中，扮演着非常重要的角色。所以我才突然想到了，崔黎有可能利用这一点来实现恐惧到暴力的转化。虽然心理学界还没有明确的文献，但是理论上是可能实现的。况且根据钟教授对她的了解，她确实是有那种实验能力的人。"

"如果高医生你说的是真的，那整个事件就太匪夷所思了，这种犯罪形式我还是第一次遇到。本来是可以对人类非常有益的一个脑研究发现，却被用在了歪点子上。这个崔黎是什么来历，你查到了吗？"

"嗯，查过了，她是美国杜克大学认知神经科学专业的博士研究生，专攻脑神经科学方向，她之前在一家科研机构任职，后来又有人资助她做独立研究，我搜了一下她的论文，很多都是关于人脑各个不同区域的控制的，显然她在这方面有很深的造诣。而且我还查到，她在就读博士期间，还参与过美国军方一个对战场上的逃兵进行思想改变的实验。对逃兵的大脑区域的某个位置进行刺激，他们就会消除恐惧的念头，变成一往无前的战士。"

"让我想想，如果你所说的这一切都是她一手策划的话，那她，会不会就是那第四个人'恐惧'？"

"这么多线索结合在一起，我觉得，是她的可能性很大。"

"'恐惧'竟然是女人？这点我倒是没想到。"

"也许我们一直想当然了，以为唐薇的情人一定就是男人，实际上女人的可能性同样存在。不过她隐藏得也确实很深，从筹划大型的公益活动来为自己的实验做掩护，到炒作我为网络红人来宣传他们的心理学主张，总是让人猜测不到她真正的意图，是一个很可怕的敌人。"

"关于崔黎的资料，我再去确认一下，看能不能挖到点更深入的东西，等我消息。"

没过多久，周彤再次打电话给我，说："医生，我现在已经能够确认崔黎就是那个'恐惧'了，猜我找到了什么？"

"是不是发现了她和其他人之间的联系？"

"没错，我找到了有力的证据，一会儿见吧。"

一见面，周彤就拿出一张打印出来的项目表，说："你看，这是Z市近几年在脑科学和神经认知方面立项的科研项目，看看吧。"

我扫了一眼，列表中的项目中崔黎就占了好几项，都被周彤用红笔圈了出来，崔黎牵头的项目主要是脑认知科学里关于人脑应激反应的研究。这种研究在认知心理学领域还算是十分前沿的，许多成果还没有得到广泛的认可。

"看来这个崔黎已经为这次的计划做了很长时间的准备。"我阅读了一下那些研究项目的介绍，心想，崔黎完全可以假借科研项目的名义来实践自己的邪恶计划，只要掩盖得好，基本上是神不知鬼不觉的。

"重点是，你看看她这个实验项目的资助方是谁。"周彤提醒道。

我一看，瞪大了眼睛，这个实验项目的名称是《关于大脑中央杏仁核区的SOM神经元对神经应激行为影响的研究》，而研究赞助方，竟然是和泰房地产开发有限公司，也就是"人格面具"魏达明所掌控的公司。

"也就是说，这些年魏达明一直在资助崔黎进行这些邪恶的脑科学研究！"我恍然大悟，越来越多的真相正在浮出水面。

"看来是这样的。但是我还是有点不明白，她的最终目的究竟是什么？"周彤还是有些疑惑。

"当然是她所说的'散播恐惧'。通过核磁共振造影对人脑进行扫描之后，再对人脑某个部位进行精准地刺激，改变神经元的活性，从而影响大脑的运作方式，使人类的肾上腺激素所控制的3F反应由Flight和Freeze变成Fight，也就是逃跑变成了攻击，这样一来，人一旦遇到某种惊吓，应激反应就会变成攻击，只要被实施这种影响的人达到一定数目，整座城市的暴力行为就会大大增加。我想，控制恐惧症患者只是她计划的一部分罢了，后面一定还会有更邪恶的计划。幸好，这实验的具体操作并没有那么完善，她对这些恐惧症患者的大脑进行扫描刺激之后，留下了'爪子'的痕迹，这才让我们识破了这个计划。尽管她具体的操作手法我们还无法洞悉，但是目的已经很清楚了。"

"竟然真的有人利用脑认知科学实施犯罪，这么庞大的阴谋，假如她真的成功了，后果将不堪设想。"

"我就说嘛，怎么会有那么多得了恐惧症的暴力分子？原来都是这个'恐惧'搞的鬼，现在我也搞清楚她说的那句'恐惧爆发'是什么意思了，不过，我不会让它继续发展下去了。周警官，行动吧。"

虽然片刻都没有耽搁，但终究是迟了一步。

周彤查到崔黎的实验室就在某座科学楼的二十五楼，但当我们赶到的时候，那里已经人去楼空了，连实验室里的设备也被搬得一干二净，只是匆忙之间，地上掉落着不少连接线，看起来是某些仪器连接时所使用的。桌子旁边还掉落着一个大脑模型，我捡起一看，上面用红笔做了一些记号，似乎是实施刺激的位置。

"太可惜了，就这样让她跑了！"我心有不甘地一拍大腿，费了九牛二虎之力才揭开了"恐惧之爪"之谜，但是罪魁祸首却没有落网，让人十分懊恼。

"这也并不奇怪，既然她酝酿了一个那么庞大的计划，那么也一定通过某种方式关注着我们的调查。一旦她知道我们破了案子，自然能猜到我们会找到这里来。医生，你看那里。"

"什么？"

"墙上有一行字。"

我一看，果然墙上有一行字，上面写着：愿景岛见。

署名是：Fear。

站在崔黎实验室所在的十五层，有一面落地窗面向着外面的天空和大地。飞鸟掠过天际，天空蔚蓝如洗。

　　"从这里望下去，的确应了那句话，众生如蝼蚁。但这只是一个错觉，每个个体都是完整且值得被尊重的。"周彤似有感慨地说。

　　"大概这就是崔黎执着于把人当作动物来控制的原因吧，把从这里伸出的触角，根植进那些人的脑子里，再出其不意地制造出花样百出的罪行，那种操纵别人行为乃至命运的快感……"我喃喃地说着，一时间心情起伏，说不上来是什么滋味。

　　"总算告一段落了。"周彤也感叹一声，伸了个懒腰。

　　"现在到了揭晓谜底的时候了吧，周警官？"我突然转向她说。

　　"什么谜底？"她假装糊涂。

　　"上次我问你的，你说你未来会有一个特别的计划，到底是什么？"

　　"我打算去研究脑科学。"

　　"什么？"

　　"对，我计划着出国进修这个专业，很意外吧？"

　　"什么？你要放弃从事了那么多年，又如此热爱的警察事业？"

　　"我出生于警察世家，即使我不当警察了，也还有很多兄弟姐妹在惩奸除恶，也许会比我做得更好。而我，我想做更有益于人类、有益于社会的事情。因为我发现了，人脑才是犯罪的源泉，只有解决了脑科学的秘密，人类的暴力行为才有可能得到持久的抑制。当然了，这不是一时半会儿的事，至少短时间内，我还会继续坚守我的岗位。"

　　"我真的很意外……不过，如果是这样的话，有朝一日我们可能会成为同行哦。"

　　"一起加油吧。"

　　"嗯，请多多指教。"

第二篇
完美人格

序
抽屉

虽然知道那种行为是不对的……但那种感觉真的很享受。

如果用一个词来形容的话，那就是：快乐。

前所未有的、纯粹的快乐。

身体仿佛游离于精神之外的世界，放纵地跳跃，肆意地歌唱，在那个世界里，自己像是随时光倒流变回了一个不谙世事的孩童，忘却了当下的一切烦恼。

但总归还是会回到现实世界，当凌晨的钟声响起，这不真实的一切，终会变成美丽的幻影，甚至会变成累赘，内心悲观地觉得，再这么下去一定会出事的。

只是，结束这一切会有风险，割舍更需要勇气和决心，思考再三，还是不知道该怎么做，只能借酒消愁，在酒精的作用下沉沉睡去。

第二天醒来，阳光洒满窗台，连空气都充满了温暖，昨晚那一切好像不曾存在过一样，整个人精神抖擞，心境仿佛经历了历练，重生了一般。

只是，为什么内心还是有一种隐隐的不安？

视线在屋内扫了一周，发现对面的抽屉没有关紧，露出了一丝缝隙，从那里露出了白色纸条的一角。

这个……不应该在那里啊!

一颗心不知为何剧烈跳动起来,走向抽屉的每一步都变得十分沉重。

站住,缓缓蹲下,将纸条从抽屉里抽出。

纸条上的字样像针一样刺眼。

上面写着:救我!

谁写的?

仔细辨认上面的笔迹之后,手不由自主地开始颤抖起来。因为,那笔迹竟然是自己的。

脑子里出现了一种可怕的可能性,这种可能性的存在,对接下来的行动产生了巨大的阻力,但这种阻力并没有维持多久,在另一种更强大的欲望支配下,手还是摆脱了束缚,伸向了抽屉。

一个破茧而出的念头越来越强烈:必须查清楚到底是不是自己想的那样。

哗啦一声,抽屉被抽了出来,由于用力过猛,整个抽屉格子都摔在地上。

只见满抽屉都是纸条,纸条上都是一模一样的字:救我!

第8章
成瘾：大脑的劫持

千百年来，人们所说的"心"，到底是指什么呢？

古时候的医学还很不发达，人们通过简单的观察发现：无论高兴、激动，或是悲伤、恐惧，不同的心理反应都会引起心跳的变化，这一"读心"的结果，使人们理所当然地将思考、记忆、感知等精神活动与心脏联系在一起。

那时候的"心"，是指心脏。在象形文字中，"心"字像极了人类心脏的轮廓。

随着对自身探索的不断进步，人们逐渐认识到："脑"才是思想、情感活动的中枢。于是，"心"的内涵开始向"脑"靠拢。现代医学界基本上已经对人体了如指掌，但"脑"是唯一的例外。也就是说，时至今日，在生理基础上，人还是无法读懂自己的"心"。

尽管大脑的复杂性让人心存敬畏，但渴望了解自身的人们不会因此放弃对"心"的探索，因为他们始终相信，"心"是有轨迹的。人的思想、情感和行为会表现出某种一致性和持续性，只要掌握了这种若有若无的规律，就能够解释和预测各种看似偶然的行为。

心理学家常把它称之为：人格。

十一月里的一天，在机场附近的一家咖啡店门口，一身休闲打扮，意图拿着报纸挡脸的我被两个学生模样的女孩拦住，她们嬉皮笑脸地要求和我合照。

自从我成了网红侦探之后，我已经习惯了这种被粉丝"突袭"的场面。

"雨韵，你朝右边靠近一点，右手要摆个Pose，对对，就是这样。"

在她朋友的指挥下，旁边那位苗条的女孩朝我身边挤了挤，象征性地做了一个OK的动作，但是动作显得有些生涩。她二十岁出头的样子，个头不高，剪着短发，一身健美黝黑的皮肤，花格子的无袖衫，很随意地穿着拖鞋。从她朋友的称呼中，我知道了她叫雨韵。

咔嚓！

闪光灯闪过，镜头记录下雨韵和我的合影，身后的背景则是名为流金岁月的咖啡厅。

"好啦，轮到我啦，雨韵，你过来拍照。"刚才替我们拍照的女孩不由分说地把手机朝雨韵的方向递了过去，雨韵不情不愿地接过了手机，两个人交换了位置。

这个新过来的合照女孩也是二十几岁的样子，身材微胖，留着一头整齐拉直的长发，明显精心打扮过，圆圆的脸蛋上透露着精明劲。

咔嚓，咔嚓，咔嚓！

"东云，你才帮我拍了一张就迫不及待要换人，现在怎么自己就摆拍了这么多张？"发现有些不对之后，雨韵放下手机向朋友埋怨。

东云狡黠地笑了一下："因为我要拍够九张，发朋友圈的时候才能摆够九宫格啊。快点，读心侦探等着呢。"

结束了拍照环节之后，两个女孩心满意足，挥舞着手臂，用既像是调侃又像是鼓励的语气对我说道："侦探，要加油啊，多抓几个坏人！"

"不瞒你们说啊，我的主要工作是心理咨询和治疗，抓坏人是警察的工作，当然了……如果有什么地方需要我，那是一定全力配合的。"按照惯例，我忙不迭地做了澄清。走红也不能忘了自己的本分，还是老老实实当一名心理医生靠谱。

"不管你是不是侦探，警方都需要你，尤其是有些案子本身就有特殊性，那就需要专业人员的参与，比如那个什么……十字杀人案。"叫东云的女孩仰头思考了一两秒，嘴里突然冒出一个案件名字来，"我看你就应该去配合一下，都过了好久了，还没调查出个所以然来，说不定正是需要读心侦探出马。"

"什么十字杀人案？"我眨眨眼，没想到顷刻间她口中会突然蹦出一个案子来。

"就是……哎呀，我有点记不太清了。"东云的表现有点雷声大雨点小，大概也只知一二吧，为了化解尴尬，她嬉皮笑脸地吐了吐舌头。

"不学无术，闪一边去，我来说。"雨韵一把推开东云，用嫌弃的眼神瞄了她一眼，然后学着恐怖有声小说的口吻绘声绘色地描述道，"十字杀人案，也叫自杀者离奇被杀案。是这样的，大概两个月前吧，某住宅小区发生了一起奇怪的案件，半夜三更，一个男人在住所割腕自杀的时候，被人割破颈动脉而死，他脸上还留下了一个十字刀痕，而凶手到现在还没落网，凶器也随之消失了……这个案子在各个论坛上传得神乎其神的，有一种说法是说，那个地方本来就是个被诅咒的屋子，已经有好几个住户在那儿自杀了，大概是受到某种邪恶力量的驱使吧，那种力量还被称为十字怪力。"

这个案件听起来让人有些摸不着头脑，我好奇心大起，只好暂且抛弃所谓的侦探范，追问道："等等，你是说，这名受害者原本就要自杀，然而又有人把他杀了，并且在他脸上留下了一个'十'字？"

"是的，所以才叫作自杀者被杀案啊。"雨韵一脸欣慰地点点头，看样子对自己的表达能力颇为满意。

"这不是多此一举吗？"我奇怪道。在工作时间外的我都表现得有点心直口快，想到什么张嘴就来，单就这一点就跟喜欢深思熟虑的侦探沾不上边，但故作深沉并不是我的风格。

"这不就是这个案子古怪的地方嘛。从案后的情形看，那个男人是自杀过程中被谋杀的，因为他手腕处有割过的痕迹，手臂上也有未干的血迹，大概是第一次割腕不成功吧。"

"这倒还说得过去……毕竟割腕这种自杀手法难度不小，第一次操作失误也是有可能的，等等……"我猛然想起什么，"不对啊，你是怎么知道这么多细节的？"

雨韵嘿嘿干笑了几声，低声说："我闺密她男朋友是法医，其他的故事没有，像这样的案例倒是一大堆。纯属道听途说啊，不能保证百分百准确哦。"

"这么说来，这起案子的凶手怕是恨死者恨得入骨吧，自杀的机会都不给他。"感觉我们的话题有点骇人听闻，我心虚地朝四周瞄了几眼，防止有人把我们当成怪物。

"其实这样也说不通。"雨韵煞有介事地反驳，"事后发现案发现场的门锁并没有被破坏的迹象。你想啊，死者正要关起门来自杀，那门肯定是上了锁的，怎么会给一个恨自己入骨的人开门呢？"

"那……就是两人因为某事吵架，接着死者自己拔出刀子来说'我要死在你面前'，另一个说'不，你只能死在我手里'……"我自己脑补了一个画面，但是仔细想想觉得自己的台词配得有点幼稚。

"侦探先生，你的想象力虽然很不错，但是这种情况也是不可能发生的。因为如果凶手是上去抢到的凶器，那两人应该有搏斗过的痕迹，而实际勘查中似乎并没有发现。而且我还听说，这个男人向来有严重的自杀倾向，家人、同事、朋友，还有邻居都劝过他很多遍，但都无效，案发后发现的遗书也可以证明这一点，自杀时间和遗书完全吻合，说明并不是临时起意的。"看来这名叫雨韵的女孩对这桩未解悬案非常关心，所以一说起来口若悬河，头头是道。

"那你说说是怎么回事，我洗耳恭听。"我手一摊，干脆把解说的舞台全盘交给了雨韵。

"哪里哪里，我都是瞎猜，比不得你专业。不过侦探大哥，不瞒你说啊，我这人天性好奇，闲着没事就喜欢研究各种各样的离奇案件实录，这种恶趣味已经维持了好多个年头啦，根据我的经验啊，这个案子，其实我怀疑……"雨韵压低声音用神秘兮兮的语调说。

"好啦，雨韵。"东云大声打断道，"还有完没完，别耽误人家约会啊！再说我们也还有正事呢。"

说完，东云用手肘蹭了蹭雨韵的胳臂，意味深长地使了个眼色。

"哦对！"雨韵恍然大悟。

两个人好像突然想起了什么，背起书包向我告别，然后一边走，一边低头狂按手机，似乎是急着要将刚才拍的照片发上朋友圈。

望着她俩远去的身影，我感到些许无奈。自从在网络上意外走红后，有一张证件照也不胫而走悄然流传开来，随之而来的各种关注更是让我感到十分震惊。我严重怀疑是兰妮偷偷发上去的，虽然我曾经质问过她，但兰妮拍着胸口说不是，我也拿她没有办法。

因为真实面目被曝光，如今有事没事走在路上也会被人认出来，要么签个名，要么合个照的。我专门开设的微博每天也塞满了各种各样奇怪的私信，问题也经常令我啼笑皆非，有追问案件细节的，有问我能不能加入侦探队伍的，有问如何对付心理变态的，实际的心理咨询的私信却少之又少……

然而，我最关心的事情还是"恐惧"的下落，她留下"愿景岛见"的字样之后就逃之夭夭了。显然这次逃离是早有准备的，事后无论是摄像头监控还是交通路线追寻，警方都没有发现"恐惧"的踪迹，而且，周彤费了一番气力搜索之后失望地告诉我，地图上根本不存在名为"愿景岛"的岛屿。

地图上大大小小的岛屿有几千个之多，要找到这个小岛，如果没有明确的指引，谈何容易。

正当我陷入短暂的思索时，身后又响起一个温润有力的女声："真的是你啊！侦探先生，我也要合照！"

又有粉丝找上门？不对，这声音听着十分耳熟，我急忙回头一看，喜道："小雅，原来是你啊，你学坏了啊，居然也跟我开玩笑！"

说话的是一位气质优雅的女性，修剪合体、极具风格的黑色套装及膝裙，端庄得体。她身材匀称，也许是经常锻炼的缘故，丝毫不会让人感觉到柔弱，椭圆形的脸蛋，明亮的眉宇和披肩的黑发，笑容里总是带着一股静谧淡然的味道。

"不好意思啊，让你久等了，来机场的路上发生了一起车祸，堵车堵得太严重了。"她微笑着朝我走了过来，身后还拖着一个行李箱，虽然有些风

148

尘仆仆，但是依旧光彩照人。

她叫温小雅，是我以前在医学院的同学。她从医学院毕业后到香港中文大学进修，跟我一样选择了心理学方向。如今，温小雅已经是一名十分成功的心理医生。她创立的"交叉人格治疗法"已经成为一种标杆式的新型心理咨询术，被广为推行，作为创始人的她也经常为心理学从业人员举办培训讲座。不仅如此，介绍她咨询生涯和理论的书籍《负负得正——我的人格观》，一上市就跻身畅销书籍排行榜前列，她也成了名人，频繁地在电视上亮相，可以说是心理学界的明星了。

"小雅，这么多年你都没怎么变啊。"近距离端详着她，我不得不感叹：人家取得那么大的成功不是没有道理的。即使在女咨询师当中，她也属于气质出众的，这一点在做咨询时占了不少便宜，温和儒雅的气质以及出众的亲和力更容易和病人建立起互相信任的关系，从而有利于心理治疗的开展。

想当年在医学院时，温小雅不仅书读得好，还是学校话剧社的台柱子，男装女装都是手到擒来，很有表演天赋，由于长得标致，身边也总是不乏热烈的追求者。只是她好像不大开心，总是有点拒人于千里之外的意思，后来从事了心理学行业之后，整个人才慢慢变得开朗起来。

"阿凡，你倒是变得更会说话了，很难想象你是当初那个跟女孩子说话都会脸红的人啊。"温小雅一不小心也揭了我的老底。

这话说得我老脸一红：当年在医学院时我的确性格十分腼腆，跟女孩说话时总是词不达意，有时候甚至还会结巴，大概谁也没想到我后来会成为一名心理医生。

和温小雅寒暄之时，我的目光很自然地越过温小雅的肩膀，望向她的身后。

就是这不经意的一瞥，一个令人不安的身影闯入我的视野。

那是一个戴着黑色帽子，穿着灰色夹克的人，身高大概一米七，帽子是那种防寒护耳式的，整张脸被无死角地包裹了起来，给人一种神秘冷酷的感觉。此时他就站在距离咖啡店门口四十米开外的地方，一动不动，从他面朝的方向看，他注视的正是我和温小雅这边。

虽然他盯梢的未必就是我们，或许只是咖啡厅中的某人，但这种像是被盯梢着的感觉让人很不舒服，我觉得有弄清楚的必要。

"小雅，那个人你认识吗？"我开口问道。

"谁？"温小雅有些茫然地顺着我的目光转过去查看，但马上又回过头来，疑惑地望着我，"那边好像没人。"

原来就这么一眨眼的工夫，那个人已经不在原先那个位置了，大概是以极快的速度闪进了身旁的便利店或专卖店吧。

"咦？明明刚刚还在那儿的。"我用手指着那个方向，心中疑念更重了：如果不是心里有鬼，他干吗要躲着我们？对我们的变化反应如此敏锐，也说明了他刚才的确是在观察着我们的一举一动。

"会是谁呢？"

"哦，我想大概是老段吧，刚才是他开车送我过来的，他这个人玩心挺重的，时不时会跟我开点玩笑，而且他常说想瞧瞧传说中的读心侦探长什么样子，远远地看几眼也不奇怪。"温小雅语气轻松，对我的紧张有点不以为意。

"哪个老段？"我有点茫然。

"就是咱们大一时的同班同学段明伟啊，以前瘦瘦的，脸四四方方的，还长满雀斑的那个。现在可胖了好多，估计你都认不出来了。"温小雅怕我不清楚，还用双手比画了一下。

我这才想起来，段明伟确实是我们的同学，但是他只读了一年就退学了，复读后考去其他学校读了金融。我们都知道他喜欢温小雅，以前读书时就像跟屁虫一样跟在她后面，工作之后仍然对小雅一往情深，但小雅一直都没有答应他的追求，听说拒绝了上百次。

段明伟虽然情场不太如意，但是在职场上却是风光无比，如今他是某证券公司的知名基金经理，年薪百万以上，属于金融圈的成功人士。

可是要说那个身影就是段明伟，感觉也很牵强，哪儿有追求者用这种眼光望着自己意中人的？可是此时我也不敢确定。既然温小雅觉得无所谓，我也不好再说什么。

"阿凡，距离我办理登机手续还有点时间，我们进去里面坐会儿吧，有件事想麻烦你。"温小雅对我说道，我点点头。

走进咖啡厅的时候，我还不甘心地回头张望了几次，但那个人影没有再现身。

内心隐隐约约有一丝不安，那神秘人的身形，我好像在哪里见过……

地中海风格的装饰木板，巧妙地隔出了一个小包厢。一杯卡布奇诺，一杯爱尔兰咖啡，散发着令人安心的香味和热气。

"小雅，找我这么急，到底是什么事啊？"手捂着咖啡杯，我迫不及待地率先发问。

"这两天有件事一直困扰我，想来想去，大概也只有你能帮我了。"温小雅说到这里稍微停顿了一下，压低了音量，"我觉得我一个病人可能有危险。"

"危险？你是指自残之类的危险吗？"一听到这个词，我自然地将其和抑郁症之类的联系起来。

"这件事有点复杂，我先跟你说一下基本情况吧。这次的病人是一位年轻女性，两个月前，她拿着我的书，来到我的咨询中心寻求帮助。第一次见到她的时候，她眼圈发黑、目光呆滞，说自己沉迷于某种不良行为中不能自拔，即使内心知道是不对的，但还是无法抗拒，甚至越陷越深，也就是我们常说的'心理受虐成瘾'，因为看到了我的书，所以想找我帮忙。"

虽然温小雅没有说明具体的不良行为是什么，但是心理一旦成瘾，就会变成一种令人头疼的心理疾病，那就好像是大脑被劫持了，毫无抵抗能力。比如说影视作品中常见的斯德哥尔摩综合征，就是一种特殊的心理成瘾，是没有道理可讲的。

会出现这症状，总体来说有几个方面的原因：一种是人格障碍，大多数是由于先天或是儿童时期，形成了诸如自恋性、偏执性、边缘型等人格障碍，病人容易从不良行为中获得畸形的快感，因而成瘾；另外一种是个体成年后在极度消极的情况下，精神混乱导致的身体成瘾，接受不良行为时身体会分泌大量的皮质醇和多巴胺，这两种激素的配合会让人感到非常愉悦，继而上瘾；第三种是病人长期沉浸在负面情绪中，用不良行为来逃避生活中的其他痛苦，慢慢地就上了瘾，这也是为什么一个人在人生低潮的时候染上了毒品，就很难戒除这种成瘾行为，戒除的过程相当痛苦而且容易复发。

最后一种是合理化，合理化的情况就更可怕了，斯德哥尔摩综合征就是最典型的案例，在长期被心理虐待后，弱势一方由于反抗失败，渐渐接受了事实，例如，一定是我做得不好，他才会这样。这是人类心理的一种保护机制，当行为无法改变事实时，人类就会选择改变自己的心理。

"有什么诱因吗？"我接口问道。

"她本人是一个癔症性人格障碍者，高度的自我中心，喜欢别人的注意与夸奖，有高度的暗示性，情绪不稳，变化无常。"温小雅一边回忆，一边说道。

"听起来不太好办……但既然是人格方面的障碍，你的交叉人格治疗法应该可以派上用场。"老实说我心里还蛮期待的。据我所知，温小雅的交叉人格治疗法是一种独创的属于存在人本主义疗法视角的治疗方法。这种心理学视角充分相信人类自身的能力，相信自身具有自我修复、自我完善的本能，只要心理医生提供一个理解、关注的环境，并且把患者作为中心。同时，这种视角认为直面死亡和生命的意义，可以帮助人类摆脱空虚和痛苦。如今，存在人本主义基本成了大部分心理治疗的基本态度。

"是的。经过两个月的治疗，她的症状有所好转，然而最近，她突然毫无征兆地停止了治疗，也不肯接受其他方面的帮助，我们的联系中断了。"说到这儿，温小雅情绪显得有些低落。

"这种情况还真是不多见啊。"我有点诧异。心理医生和来访者之间好不容易建立起来的依赖关系，一般来说是不会突然结束的。来访者提前中止治疗关系，常见的原因有来访者觉得治疗中存有某种威胁，因而逃避治疗，这本质上属于对治疗的阻抗；或者来访者觉得治疗没有他期待的收获，因而中断来访。发生第二种情形的终止，难免会使治疗师感到无能和沮丧，尤其是对一个成功的心理医生来说，所以温小雅这种心情也是能够理解的。

"在我的咨询生涯中，还是第一次遇到这种情况，我也有些手足无措。后来我仔细回想，我觉得她应该是受到了某些外力的影响。她的突然变卦让我有一种强烈的不安，我很担心，好像要发生什么事情似的。"温小雅忧心忡忡，显然对自己在治疗中的表现也有些不满。

"会不会是你想多了呢？也许人家只是……找到了其他新的改善心情的法子。"我尝试着安慰她。

"不是那样。"温小雅突然抬起头，深吸了口气，仿佛鼓足了勇气一样，说道，"因为，在那之后我还接到了恐吓电话。"

"恐吓电话？"我吃了一惊。

温小雅表情凝重地点了点头："嗯，是一个陌生人打来的，那个人在电话里说：'如果再插手那个女孩的事情，我不会放过你。'大概是用了变音器一类的东西吧，听不出他原本的声音，也不知道是男是女，甚至无法确定是不是她本人。"

"我回忆了一下接触的案例，所谓的那个女孩，也只有她最为接近。"

我开始意识到问题的严重性："如果有恐吓电话的话，那性质就不一样了。往好的地方想只是恶作剧，如果从不好的方面考虑，那有可能是……"

说到这儿，我不由自主地想到了周彤，话说起来，自从上次的"恐惧"案之后就没有见过她了，不过我也相信她不会那么容易放弃的。

"还有，阿凡，你看看这个。"这时候，温小雅又变戏法似的从包里拿出一张照片，"这是那个女孩拍的照片，她把这当成一种娱乐、消遣。"

照片中是一个身着黑色紧身衣的女孩，脸上戴着一张诡异的白色面具。她躺在地面上，四肢往身体后方极力地伸展，手脚用绳子连接着，让她的身体弯曲成一个很奇怪的形状。

画面的冲击力很强，女孩的身体像是马上就会被绳子折断一样，给人一种强烈的窒息感。

"虽然不清楚这是什么游戏，但是看起来很危险。"我忍不住摇了摇头。照片的尺度之大令人咂舌，可以说是游走在禁忌的边缘。

"我本来想介入的，但是我给她打的电话她一个都没接，让我有些无计可施。碰巧的是，这两天我又要准备在省医学和心理学发展大会上的演讲，今天这一去可能要一周，我很担心在这周内会有事发生。所以能不能麻烦你，替我去看看那个女孩的情况，给她一些建议？毕竟这方面你很有经验，我也了解，你是个可以信赖的人。"温小雅用恳求的语气说道。

我端起咖啡杯喝了一口，略带苦涩的味道从舌尖散开。如果事情正如温小雅所说的那样，她确实不太适合继续给这个女孩做治疗了，因为病人对她的帮助十分抗拒，再强行介入反而可能会有反效果。在这种特殊情况下，由我代替她紧急介入一下也没有什么问题，起码先弄清楚是什么情况，如果真如同她所顾虑的那样，局面已经超出了心理医生的控制，那就要考虑向警察寻求帮助了。

"好吧，我去找那个女孩谈谈，不过……"我先答应了下来，然后话锋一转，"只是暂时的，如果问题不大，那还是等你回来的时候再由你来处理。"

"没问题，阿凡，你能答应可是太好了。毕竟你是参与过刑侦工作的人，再危险的场面也都经历过，我想，这件事对你来说只是小菜一碟吧。"温小雅言语间表现得对我信心十足，我接受了这个烫手山芋，让她紧绷的神情放松了许多。

从温小雅那里，我得到了那名女孩的基本资料。她叫卢颖桐，今年二十五岁，是一家酒吧的驻唱歌手。温小雅给了我酒吧的地址以及卢颖桐的上班时间，还向我大概描述了她的容貌。

聊完正事，还有一点空闲时间，话题很自然地转向温小雅这次要参加的医学和心理学发展大会和她要演讲的主题。

"你都已经是学术研讨会的常客了，像这样的演讲已经是信手拈来了吧？"我兴致勃勃地问。

"阿凡你太高估我了，临阵磨枪，昨晚熬夜准备的稿子，整得我灰头土脸的。"温小雅用手揉了揉两侧的太阳穴，无奈地说道。

"你准备讲的题目是？"我又问。

"人格的适配与进化。"温小雅嘴角略微上扬，显然内心对于自己的专业所长还是颇为满意的。

"人格……进化。"我琢磨着这几个字的含义，摸着下巴说，"听起来很有意思。这两年我学术方面也荒废了，得向你好好学习啊。"

"阿凡你也太谦虚了，这几年你利用专业在刑侦领域帮助警方所做的贡献，大家可都是有目共睹。"温小雅笑吟吟地说道，"所谓的人格进化，只是一些关于心灵探索粗浅的认识，但总算是我对从业生涯的一点总结吧。

这些年做心理治疗，给我感触最深的一点，就是人本身的人格是处于变化中的，它会在生存环境中不断完善自己，找到和自己匹配的社会关系发展自己，在遭遇危机时进化自己，从而变成一个更适应环境的人格。但它不一定是美好的，反而有可能将先天中的一些负面的具有对抗性的东西呈现出来。"

温小雅侃侃而谈，显然这些都是她的经验心得："如果能够通过治疗，把这些负面的东西融化掉，让来访者的人格得到成长，也算是我的愿景吧。"

"愿景？"忽然听到这个词，我有点猝不及防，猛地想起了"恐惧"留在墙壁上的话。这其实是我最近一直在反复琢磨的事，"愿景"一词的原意是十分美好的，比如人们常说的企业愿景，是指企业长期发展的愿望及未来的蓝图，但是被"恐惧"一用，就好似这简单的两个字里藏着什么不可告人的秘密一般，比如说，他们那群人邪恶又为之持续奋斗的目标……

"阿凡，你怎么了？"温小雅发觉我有些魂不守舍，语带关切地问道。

"没事没事。"我也感觉到自己有些过于敏感了，赶紧转换话题道，"你总结得这么精彩，我听得入了神，真想去旁听啊，可惜大会都没有邀请我。"

"类似的会议参加多了都是负担，准备起来特别费劲，我可是宁愿大会组织者早点把我忘了。"温小雅小声抱怨道，"幸好这一次的大会，我不是一个人。咱们谷老师也会出席，他可是大会的嘉宾呢。"

"哪个谷老师？"我一时之间想不起来有这号人物。

"谷开源教授，就是本科教咱们生理学的那位。他现在可是T大医学院的教授、医学心理学的专家。这次大会他可是主角之一，会上他会公布一项最新的研究成果——关于医生对病人病症初步诊断中的心理机制，是很前沿的研究，我很希望能向他请教一番。"

在我印象中，谷开源老师是一个当之无愧的学霸，本身学的是医学，但是后来当了物理学教授，最后又跨界到了心理学领域，实属大牛人一个。我还记得以前谷开源就对温小雅十分赏识，没想到现在两个人都成了心理学界的大咖，也是缘分。

"小雅，其实我有一个问题一直想请教你。"眼看时间差不多了，我可不想放过这个难得的机会。

"说什么请教啊，这么客气做什么，你尽管说。"温小雅谦虚地摆摆手。

"我拜读了你的著作《负负得正》，里面提及的个案和原理我都能理解，但是我觉得你介绍的方法中，似乎还少了一把钥匙。"我正色道。

"钥匙？你是指？"温小雅放下手中的咖啡杯，神情专注地望着我。

"按照我的理解，你的交叉人格治疗法是一种和来访者互动的方法，其中最核心的一环，是让自己能够成为来访者封闭世界中的一份子，这是决定整个治疗过程是否能达到效果的关键，所以我想请教你的是，奥秘在哪里？"我很虚心地请教。

心理治疗的最大疗效在于治疗师对病人的"抱持"态度，即病人在他面前感到自己是被接纳的和安全信赖的，因而如何进入对方的世界，让对方接受自己，这一点尤为重要。作为一位心理医生，学无止境，不断提高自己的能力，向优秀的同行学习是必要的。

"奥秘到底在哪里呢？"温小雅重复了一遍我的话。

她朝我微微笑着，那笑容给我一种感觉，我即将要触摸到的是一个神圣的秘密。

站在航站楼巨大的玻璃幕墙前，望着上空的飞机以优美的姿势冲向广袤的蓝天，温小雅最后在咖啡厅里说的话又在我耳边响了起来："奥秘就在于，故事。"

"故事？"

"是，每个人内心都有一个故事，一个神秘而封闭的故事，把自己当成那个故事中的一份子，一个角色，这样就可以融入他的世界里。"

果真有那样的故事的话，我的故事又是什么呢？

这已经是我第三次接触到"愿景"这个词了。

最近我在读的一本书，是阿根廷一位心理医生兼作家的著作，名字叫《湮灭的人性》，其中作者颇具诗意地说："人性犹如一座孤岛，人总是想把不属于自己的人格光环带到岛上去，所以看起来越是热闹，实则越是冷清。越是繁华，就越孤寂。唯一能离开那座岛的小船，就是心的愿景。"

但是书中并没有提到，"心的愿景"到底是什么。

弗洛伊德认为，人的人格有三个层次的结构，分别是本我、自我和超我，人的大部分心理问题都是由这三者之间的矛盾产生的。

如果心也有所谓的愿景，在那种状态下，人格结构会呈现出理想的状态，即本我、自我和超我完美地和谐共处。

那种完美，真的有可能吗？

合上书本，在一个下着小雨的夜晚，我来到了卢颖桐驻唱的酒吧所在的街道，这一段路面狭窄，两旁高大的梧桐下酒吧一家连着一家，不时有音乐从里面飘出，还有浑身酒气的青年男女从身边穿过。

那家酒吧叫佩丽丝，英文名就是"Palace"，单凭名字想象应该是一个金碧辉煌、装修豪华的地方，但外表却名不副实。黑漆漆的招牌，稍显老旧的装修，门口有几个戴着毛绒帽的年轻人戴着耳机在打着节拍，唱着不知名的rap，倒是有点地下音乐聚集地的味道。

一走进光线幽暗的酒吧，顿时有种孤身闯进新世界的感觉。震耳欲聋的强劲音乐扑面而来，夹杂着听众的欢呼声和嬉笑声。此时站在舞台中央的是一个短头发的女孩子，尽管天气渐冷，她却只穿着性感的黑色背心，聚光灯照射在她的身上，可以清晰地看到她手臂上的绿色文身。瘦小的身躯有着惊人的爆发力，一头染成红色的头发，甩动起来犹如一个拥有炙热灵魂的精灵，在空气中肆意地施展她的音乐魔力，带动着全场的气氛一浪高过一浪。

那是一首英文摇滚，名字叫 *heal the soul*（《治愈灵魂》），曲风是朋克中带有一点柔软。看那些人如痴如醉的样子，也就不难理解此歌曲的意思了。

而这个女孩，正是我此行的目的，温小雅让我替她来找的人，卢颖桐。

中场休息时间，一个酒吧工作人员走上台在卢颖桐耳边低语几句，她朝我这边望了一眼，似乎已经明白了我的来意。

在佩丽丝酒吧一条隐秘的后巷，摆放着一个铁皮的大垃圾桶，桶边有一只正在垃圾里翻找食物的流浪狗，我和卢颖桐走出来的时候，正好看到一个人扶着垃圾桶旁边的墙在那里呕吐。等他离开之后，我们又往前走了几步，卢颖桐才停住，先是点了支烟，仿佛是为了让自己从演出的激昂状态中冷却下来。她静静地吸了一口，朝天空吐出一口烟雾，姿态像极了电影里的飞女。

"我知道你为什么来找我。"她冷不防地说道。

"哦？"我没想到她会先声夺人，"请你说说看。"

"一定是温小雅跟你说，觉得我有什么不对劲，让你来看看，对吧？"她瞟了我一眼，又起手臂冷冷地说。

我不禁愕然，摸不透为何卢颖桐会未卜先知，难道之前温小雅已经告诉过她？虽然这种推测不无可能，但是极不合理。

"是，我知道你们之间的沟通可能出了点问题，但还是希望你能重新考虑一下，小雅是一个很负责任的心理医生，我相信她能够帮到你。有什么事不如回到咨询室里，大家坐下来……"我用和事佬的口气循循善诱。

"不可能。"我还没说完，她就铁青着脸打断了我。

"为什么？"我对她表现出来的决绝态度有些惊讶。

"因为她背叛了我。"她刻意在"背叛"两个字上提高了音调。

"背叛？"我不明其意。

"是。"卢颖桐轻蔑地笑了一声，"就是背叛。你也是心理医生，我问你，医生应该和病人之间保持什么样的距离？"

这个问题问得有点不着边际，而且说实话非常尖锐，但我还是很老实地回答道："在做治疗的时候，心理医生就好像病人的亲人好友一样，去倾听他内心的声音，但是心理医生不得和病人保持工作外的关系，这是基本的原则。"

卢颖桐嘿嘿一笑："如果心理医生利用治疗中获得的信息，去勾引我的男朋友呢？"

我一惊："你说什么！"

卢颖桐冷冷地说："我只是打个比方。"

吓我一跳。

我舒了口气，沉下脸说："姑娘，请你不要开这种玩笑好吗？心理医生的行规是非常严格的。"

在心理医生的行业里，卢颖桐所描述的行为是很严重的。即使是文化开放的国度，也有一些心理学大师因为类似的不当行为而被开除出心理学的圈子。中国文化相对来说保守一些，对待这种事情的态度当然更加严厉。

但是卢颖桐压根不理会，仍旧面无表情地说："实际上她对我做的事情，比这个还要过分。"

我皱皱眉头，心里十分纳闷，到底是什么事比这个还要过分，正想问个究竟，身后有一个声音响起："宝贝，你怎么跑这里来了，乌漆抹黑的？"

从巷子口突然冒出来一个人。他的脸藏在阴影里，声音听起来十分轻佻，而且有点娘娘腔。

看到我的时候，他突然"咦"的一声，然后说："高医生，你怎么也在这儿？"

一头标志性的长头发，脸很大，活像一张大面饼，但又是单眼皮，眼睛小小的，面部看起来很不协调。他穿着一件深色外套和一条有许多洞洞的牛仔裤，耳朵上戴有金色的耳环，一看就是艺术青年的范儿，给人的感觉有点吊儿郎当。

我依稀记得这个人的脸，但是名字却一时间说不出来，只好试探性地问道："你不是那个……"

"徐闯！"他很主动地大声说了出来。

我想起这个人了，以前曾经找我做过心理咨询。因为他以前留的是中分的中短卷发，现在留了小面包款的长发，所以我第一时间没认出来。

"宝贝，你来得正好。"卢颖桐刻意叫得很肉麻，"我有点累了，麻烦你帮我送送这个心理医生吧。"

"这个没问题。"徐闯讪讪地笑了一声，"我和高医生可是老相识了。"

听他们的对话，显然这个徐闯就是卢颖桐口中的男朋友了。我对他有所了解，徐闯是一个摄影师，只是拍的东西十分另类，专门体现女性的束缚美，常用的道具是绳索、铁链之类的，照片尺度极大，一般人看了可能觉得有些不雅，但是在他那个圈子里却很受欢迎，有些作品甚至还被封为大师级别。

徐闯曾经来找过我，说自己沉迷于那种怪诞的拍摄艺术当中不能自拔，他有时候觉得自己有点病态，想改变自己，但是又无法克制内心对于艺术的追求。他还提到自己迷上了一个女孩，觉得她很特别、很有魅力，总是想让她做自己的摄影模特，他没有说她的名字，只是称呼她为"巴洛克的公主"。

徐闯绕了一周把我送回到酒吧门口，整个过程中我们都没有说话，在昏暗的灯光下，他的身形有如被黑夜抛弃的颓废青年。末了他塞给我一张名片，是他摄影工作室的新地址。

"我那时候总觉得自己是个怪物。"他突发感慨，嘶哑的声音里带有一丝沧桑。

"那时候？"他这话说得突然，我一时间有点跟不上思绪，"什么时候？"

"就是去心理咨询室找你帮忙的那段时间，我每天都处于极度的困惑之中。从床上一醒来就讨厌自己，手抓着相机却无法拍照，我热衷的艺术又无法被认同，我不知道哪个才是真实的自我，于是整个人开始变得抑郁、焦躁，总是用酒精和药物麻醉自己。"他语调忧郁，仿佛沉浸在对不堪往事的回首中。

"后来你为什么又不来我的心理咨询室了呢？"我接着他的话往下问。

"因为我内心已经有答案了，I find the real me，我找到那个完整而真实的自我了，所以从那时开始，不会再有什么东西能让我彷徨，自然也就不需要你的帮助了。"他一改沉重的语气，欢快而略带夸张地说。

"哦，是什么让你发生了改变？"我决定打破砂锅问到底。

"巴洛克的公主。"他眼睛一亮，仿佛有一道神圣的火焰在意识中点燃。

"那是个女孩，对吧？你跟我提到过她，只是我不明白你为什么要给她起这样一个外号。"我断断续续地回忆起徐闯向我咨询时所叙述的一些内容，虽然还不太完整，但是已经可以和现在的事件拼合得上。

"因为巴洛克，我从她身上感受到了巴洛克风格的精髓。"他眉宇飞扬。

"抱歉，建筑我不太懂。"我有点小尴尬，恨不得拿出手机来百度搜索。

"巴洛克艺术是17世纪的艺术风格，构图风格弯曲、倾斜和旋转，具有强烈的戏剧化感情色彩。那个女孩，在我眼中就像从画中走出来一样，高贵、冰冷，带着一股不被世间认可的执拗，所以我称她为巴洛克的公主，是她给了我快要报废的艺术以新的救赎。"他越说越兴奋，好像下一秒就要手舞足蹈一般。

"她答应参加你的拍摄了？"我眉头皱了一下，从心理医生的角度讲，徐闯所谓的"艺术救赎"不见得是一件多美好的事情。

"是的，那毫无疑问是我一生中的高光时刻，我的艺术得到了升华。"徐闯脸上流露出痴迷的神采，"我一直以为自己异于常人，不属于正常人类，因此感到自卑、颓废。但从那之后我释然了，一个人的人格从出生之后就是残缺的，所以一直在寻找自己丢失的那一部分碎片。找到那碎片之后，他才会拥有完美的人格。"

"你这种说法有点偏激。"我打断道，"人格的完善不一定要通过外部的力量，也不一定要依靠什么人，通过自我成长也能实现。即使是那些童年有过创伤的小孩，在充满关爱的环境中也会发展出健全的人格。在我们的对话过程中，我感觉到你对那种艺术的痴迷主要来源于你对父母的不满，对无视你感受的老师的不满……"

"别说了！"他粗暴地打断了我，"你怎么会懂，医生？我拍摄的东西，是用照片的形式记录人类在极限状态下呈现出来的美感，是一种濒死艺术，这种美是无法被取代的。而且，那些参加拍摄的女孩，她们都能感觉到这种濒死艺术给她们带来的快乐，拍摄的过程就是她们的happy moment（快乐时刻）。"

"与其说是快乐，不如说是快感。很多人分不清这之间的差别。如果是快感，那只不过是多巴胺对大脑形成的刺激罢了，就像毒品一样。不仅无法持久，甚至会让人上瘾。"我针锋相对地说。

"胡说，我说是快乐就是快乐！"徐闯显得有些不耐烦，"今晚，我就要实现我心目中的完美艺术了，那一定会是最美的一刻。再见吧医生，我就不奉陪了。"

说完这句，他也不再和我多说，径自走回了酒吧。

望着徐闯的背影，我想起某个心理学诗人曾说过的一句话：每个人找到真实自我的过程，不过是隐瞒、欺骗、堕落、妥协的过程。

大概，徐闯也经历了这种痛苦吧。作为心理医生，我理解这种状况，但是无法苟同他这种偏激的态度和想法。

回去的路上，我心事重重。按照徐闯的描述，卢颖桐很可能就是他口中那个巴洛克公主，也就是他独特摄影艺术的模特。两个人之间可能正在完成一些别人无法理解的艺术，而且，就在今晚，他们还要创作什么完美艺术，真是想想都让人有点脸红。

想到这里，我突然心一震：不对啊！温小雅曾经跟我提起过卢颖桐的成瘾病因，还给我看过那张艺术照片，结合徐闯刚刚和我说过的事件，难道让卢颖桐沉迷上瘾的就是这个濒死艺术？

肯定没错！刚刚我怎么没反应过来？真是太迟钝了。今晚他们还要进行的完美艺术，会不会就是温小雅口中的危险所在？

念及此，我已经有些按捺不住了，赶紧掉头往酒吧的方向跑。

但愿是我自己想错了多管闲事，可是一种强烈的不安感始终包围着我。

回到了佩丽丝酒吧，时钟上指针已经差不多指向了十一点半，此时正是午夜狂欢的开始，酒吧里的人越来越多，音乐也愈来愈震耳欲聋。

但是此时卢颖桐不在舞台上，只有乐队的其他几名成员在表演，这让我心中的不安感更强烈了。

我向一位在旁边休息的乐队成员打听卢颖桐的去向，离我最近的是一个穿着黑色T恤、戴着茶色眼镜的胖子。

由于音乐太大声，我只好扯着嗓门在他耳边喊道："兄弟，颖桐去哪儿了你知道吗？"

胖子瞄了我一眼，心不在焉地说道："小妞跟一个男人走了。"

"去哪里了？"我急问。

"你是她的谁啊？"胖子用怀疑的目光又瞟了我一眼。

"我是她朋友，今晚跟她有约。"时间紧迫，我不得不撒了个谎。

"好像是往后门的方向走了，大概有事情要谈吧。"胖子懒洋洋地伸手一指。

我猜卢颖桐有可能回到了酒吧那条隐秘的后巷，于是抱着试试看的心理，往那边走去。

在探身进入巷子里的那一刻，我看到了令人窒息的一幕：卢颖桐半躺在巷子里，后背倚靠着墙壁，头低垂着，一动也不动。

来晚了？我大惊失色，急忙冲过去扶起她，伸手一探，幸好还有呼吸，只是她的脖子上还套着绳索。

谁干的？

我不敢有丝毫迟疑，迅速帮她把脖子上的绳索解了下来，还好脖子上的勒痕并不深，压力骤减之后，卢颖桐咳嗽了几声，逐渐睁开了眼睛，眼神也从茫然渐渐变得清醒，看样子并无大碍。这时候我注意到她左右两边的脸颊都有些发红，还有隐隐约约的掌印，像是被谁掌掴过。

"你没事吧？"我小心翼翼地搀扶她起来。

"我的事不用你管。"谁知道她恢复力气之后的第一件事，居然是粗暴地把我推开，反应之激烈，让我十分惊讶。

"你真的没事吗？"我还是很不放心她，朝着甩手而去的她大喊。

她也不答我，只是踉踉跄跄地往巷子的另一端走去。

我皱了皱眉头，心想这姑娘为何如此执拗，即便被伤害也不愿意接受别人的帮助。

愈来愈浓的担忧和不解中，我弯腰捡起地面上的绳子，心念一动，这玩意儿不就是以前徐闯给我展示过的拍摄道具吗？看着刚刚卢颖桐被绳子勒得呼吸困难的样子，加上还有之前徐闯的那番话，这应该就是徐闯口中所说的濒死艺术，看样子跟我所猜测的差不多。

像徐闯那种追求极致的摄影师，可能会让濒死的状态保持到他认为"完美"的地步，但那是极度危险的！

今天晚上究竟发生了什么事，我还得弄个清楚才能安心。目睹这一切之后，对于这个个案，我已经无法置身事外了。

第二天上午，我按照徐闯名片上的地址，找到了他的摄影工作室。这个工作室所在的地方从前是个郊外的厂房，接着被改造成了艺术家的行为艺术展示厅，后来才转手到了徐闯这里，取名丰影。

推开灰色的大门，和想象中的摄影工作室不太一样，这里没有嘈杂的音乐，凌乱的设备，只是一片空旷的水泥地，墙壁上挂着各种各样的拍摄道具，充满了徐闯的个人特色。工作室包括拍摄的工作空间、小画廊，以及由重金属门连接起来的暗室。

巨大的玻璃窗旁摆着一张方桌，四周随意地立着几个摄影灯，靠近门口还有一排衣架。本来阳光可以照进整个工作室，但是被一堵墙堵住了，形成了大片的阴影，坐落在这片阴影里的，是徐闯的书桌。书桌背后是他自己比较得意的一些作品：被绳索束缚的女性或坐着、或站着、或躺在地上，不得不说从艺术的角度讲这些照片有很强的视觉冲击力，但多看几眼还是会让人觉得脸红耳赤。

"这绳子是不是你的？"见到徐闯之后，我怒气冲冲地把绳子往他桌上一丢，毫不客气地质问道。

他拿过绳子，在手中扯了扯，表情稍显意外地说："是，这是我的东西，怎么会在你那儿？"

"你还好意思问我？你昨晚是不是用绳子……伤害了那个女孩，去制造你那些所谓的濒死艺术？"我向前走了一步，提高了音量责问道。

"伤害？"他愣了一下然后突然笑了起来，"这都是自愿的，怎么能叫伤害？况且我们只是演练一下，好戏还在后头。高医生，我说你怎么管到我们头上来了？"

"不是我要管，而是亲眼看见她被人伤害，不能坐视不理。我说你啊，难道为了艺术，就能不考虑别人的痛苦吗？"我反问。

"痛苦？说是痛苦，倒不如说是以那种痛苦为乐吧。如果不是因为快乐，她也不会答应配合我，你说是吗？只不过是你们这些常人看起来难以理解罢了，不要因为你们的欣赏能力有限就阻碍我的拍摄。"徐闯好整以暇地回答，他这种无所谓的态度，让我的责问完全像是拳头打在了棉花上。

"那么打人呢？也是拍摄的一部分吗？"我想起了卢颖桐脸上的掌印，厉声喝道。

"什么打人？"徐闯皱了皱眉头，"我没有打她，我所做的一切都是点到即止，绝不会伤及她们的身体，你是在怀疑我的专业性吗？"

"那么你告诉我，你口中的完美艺术到底是什么？"我回想起徐闯昨天晚上在酒吧附近所说的话。

"告诉你也无妨，我心中的完美艺术就是让女孩在绳子的帮助下呈现出接近窒息的表情。"徐闯脸上又露出了那种心驰神往的神色，"只要模特和我配合得好的话，完全可以在照片中塑造出这种效果，同时还能让受众体验到极致的美感。"

果然如此！和我猜想的并无二样。但是无论对这种行为冠以多么艺术的称谓，它的本质就是一种对女性身体的威胁。

"不要乱来！这种行为太危险，不能再继续了！"我忍不住变得严厉了起来，希望能对他施以足够的压力，"出了事就不好玩了！你所谓的艺术，不应该威胁到任何人的人身安全！"

"你越来越过分了医生，我敬你几分是因为你以前好歹帮过我，但你已经越过了雷池，你这是在贬低我的艺术，还有对我专业性的质疑。这里不欢迎你，你走吧。"徐闯脸色一变，然后看也不看我地埋下头，继续整理自己的工具。

和徐闯的交涉不欢而散，我只能带着愤怒和无奈离开。

就在从徐闯的摄影工作室出来的那一刹那，我突然瞥见一个身影消失在街角。

我眉头一皱，那不是那天在机场遇见的那个神秘人吗？他还穿戴着同样颜色的帽子和夹克。他为什么跑到这里来了？难道是在跟踪我？温小雅说过那有可能是段明伟，如果是他，如果只是恶作剧的话，不可能两次都出现。

但是我暂时无暇去研究这个令人费解的身影，眼下从徐闯和卢颖桐奇怪的行为中，我感觉到了某种危险的存在，但是我无法确切地指出危险的来源。

离开了徐闯的摄影工作室之后，我感到有些心烦意乱。正好这时候，我接到了温小雅从外地打来的电话，她语气急切地询问我事情的进展，我稍微整理了一下，便把我昨天晚上看到的事情告诉了她。

"看起来有些棘手，我也开始担心事情会如何发展了。"最后我说。

"这样啊……没关系，你做的已经足够多了，这本来是我的工作，是我做得不够好……"小雅反过来安慰我，"我已经和大会组织者申请了提前离会，明天就可以回去了，接下来我会找时间和卢颖桐好好谈谈，尽全力去阻止她，你就不用继续为此事操心了。这么麻烦你我已经很过意不去了。"

虽然温小雅说得很轻巧，但是我感觉到了她语气中的隐忧，不知道为何我的心总是难以平静下来。

为了让心情恢复宁静，回到市区之后，我来到了林坤宝的店。

林坤宝是一个哑巴，同时他也是一个修摩托车的高手。

这世界上存在着这样一群人，只要他们专心致志地做事，便可以给外人一种宁静祥和的观赏感。这些人，有些是书画家，有些是雕刻家，有些是油漆工，有些是绣花工，林坤宝也是这样的人，而他做的事情，是修摩托车。

林坤宝被心理医生们熟知还是因为本地的心理论坛。有一次，一位咨询师分享了他连续咨询后负能量爆棚，却无意中被林坤宝修摩托的动作治愈的经历，之后，大批的心理学界同行也前往围观，这家巷子里的修摩托车小店成了心理学家的"网红店"，大家都有一致的感觉：无论来之前内心如何翻滚，凝视着他修摩托的动作，都会让人内心逐渐平静下来。其他职业的人是否有一样的感受还未可知，但是大多数心理师的确是感同身受。这种感觉非常奇妙，甚至有人将其称之为"神之手"。

对心理医生来说，保持心灵宁静和纯洁是非常重要的，有许多心理医生会定期结伴前往一些深山老林进行静修，目的就是为了洗涤心灵。

来到林坤宝的店门前，我发现有个穿黄衣服的孩子也在凝视着他修摩托车的动作。他看得如此投入，好似完全沉醉于那个世界当中。

听到我走近的脚步声，他很自然地回头一看。眼神相触的那一瞬间，我和他都是一愣。他的脸十分老成，有一种少年人不会有的神情，此刻还因为被打扰而有些惊慌。

我暗自思忖道：这孩子，我好像在哪里见过。

我的出现似乎打扰了他的兴致，他深深地看了我一眼，随即便慢慢走开了。

166

林坤宝还是老样子，对外界不闻不问，心无旁骛地修他的摩托车。眼下骑摩托车的人越来越少，修理店生意也日渐平淡，可是这不会对他造成任何影响，他依旧沉浸于修摩托车的工作中。

　　应该说，似乎整个世界都和他无关。

　　一双沾满了油污的手，只要发现了故障的问题所在，便会开始不间断地工作。动作敏捷、流畅，没有一丝停滞，仿佛在演奏一曲乐曲，中间不能有片刻的停顿和错误似的。

　　心理医生也是一样的吧，一旦发现了来访者的症结所在，就应该毫不犹豫，又极有耐心地进行引导。而与修摩托车不同，心理医生那双"看不见的手"，则是所谓的"同理心"。

　　"同理心"一词源自希腊文，原是用以形容理解他人主观经验的能力。后来，心理学家用它来形容身体上模仿他人的痛苦，从而引发相同的痛苦感受。同理心、无条件的积极关注和一致性，是著名心理学家、人本主义心理学的代表人物罗杰斯所倡导的人本心理学治疗的三大原则。和同情相比，同理心的最大特点是感同身受。

　　罗杰斯在自己的著作中多次谈到同理心，认为这是主张"以当事人为中心"的心理治疗方法，强调人具备自我调整以恢复心理健康的能力。那么到底什么是同理心呢？有一段很经典的描述：罗杰斯认为，要去感受来访者的私人世界，就好像是自己的世界一样，但又不能失去了"好像"这一品质——这就是同理心。简单来说，就是既要入得了戏，又要抽得了身。这种能力对治疗是至关重要的。在整个过程中，治疗师能感受到来访者的愤怒、害怕或烦乱，就像那是自己的愤怒、害怕和烦乱一样，然而并没有他自己本身的愤怒、害怕或烦乱卷入其中。

　　罗杰斯不仅是一个理论构建者，也是一个实践者。他在咨询治疗工作中，不断身体力行地运用同理心，他曾经说过："我不断地渴望去理解当事人的当下感受，理解他的各种情感和表达的个人意义，即达到一种敏感的同理心。"

　　对心理医生来说，同理心的运作有着相对稳定的行为模式。剥掉自身的防御机制，赤裸裸地只身跳入来访者的心理世界当中，以极大化自身对来访者情感和情绪的认知，达到诊断和治疗的目的。

　　但与此同时，也会给心理医生带来一些无法察觉的危险，比如说：反移情。即医师由于进入来访者内心世界太深，抽离不出，产生了超常而强烈的情感体验，甚至会把对生活中某个重要人物的情感、态度和属性转移到来访者身上。处理不好的话，很可能对咨询产生负面作用。

　　随着内心慢慢变得平静，我蓦然想起了温小雅的话："每个人都有一个故事，想要彻底了解他，就要把自己当成故事中的角色。"

　　没有故事，就没有角色。

　　那么，到底是故事在先，还是角色在先呢？

第9章

绳子：危险的游戏

我的蜡烛燃烧两端；

它熬不过这漫漫长夜；

但是，我的敌人和友人啊，

它发出如此迷人的光芒。

——文森特《蓟之果》

蜡烛的火光摇曳了一下，因为窗没有关紧。

摇曳的火光，拉出了一片颀长而怪异的阴影。

"为……为……什么？"在愈来愈收紧的绳子中，她从牙缝中挤出这几个字。

"因为你破坏了我的完美。"一张戴着白色乳胶面具的脸冰冷地说。

声响终于完全消失，留下一片静寂，和蜡烛鬼魅的火光。

白色面具、红色蜡烛、绳子，构成一幅极其诡异的画面。

面具背后的脸咧嘴一笑，就在这时，公寓门口响起了脚步声。

笑容戛然而止。

是谁？

走到公寓门前的时候，脚步声犹豫了一下。

该先给她打个电话吗？这样显得有礼貌一些，但是电话她一个都不接，即使打了也没有用。

犹豫间，手指轻轻地碰到了门把，门竟然吱嘎一声开了。

虽然是大白天，可是屋内很暗，所有的窗帘都拉上了，又没有开灯。

她摸索着往前走，口中一边轻轻地呼喊着："颖桐，你在吗？我们坐下来好好谈谈可以吗？"

没有人回答，空气像是凝滞了似的，给人一种呼吸困难的压迫感。

就在这时，小心翼翼挪动脚步的她不小心撞到了一堵墙上。

不，那不是一堵墙，因为它自己会动。

更像是一具扯线木偶。

她吓了一跳，本能地想转身逃跑，但是转念一想，丢失的"那件东西"还没有找到，如果走了可能就找不回来了，而那东西至关重要。

她鼓起勇气打开了手机的手电筒，然而眼前的一幕瞬间让她失声尖叫。

信的标题很奇怪，叫《一封来自反派的自白》。

在我的微博私信箱里，一大堆的网友来信中，我发现了这封独特的来信。署名是"Fear"，而标题则是上面那一句话。

"既然你们喜欢用'恐惧'称呼我，那么就把我真名忘了吧，我乐于充当这样一个反派角色。"

没错，是那个人的口吻。那个留下"愿景岛"字样之后就消失不见的人，我预感她一定会再出现，只是没想到是以这种方式。

"恐惧"在微博私信中说道："可是仔细想想，我做的事情真的是反派的行为吗？你不妨好好回忆下，人类的大脑为什么会内设3F反应？

"面对自然界的种种危险，周围传递出令人恐惧的信号时，选择战斗、

170

静止或逃跑。这一切，还不是为了生存吗？

　　"恐惧是人类在面临生存危机时的基本情绪，在这种情绪的影响下，大脑会释放出强大的能量。我想不少人都忘了吧，人类曾经是地球之王。可是，在现代文明的压抑下，在各种明文规定和道德伦理的'改造'下，人类变得温驯无力，面对恐惧只懂得逃跑和害怕，却不懂得激烈地反抗，我只不过把他们大脑的模式调回到原来的模式而已，如果这也算犯罪，那么那些改动人类基因组的科学家，又是什么样的角色？"

　　"恐惧"的"自我无罪辩解"乍一听貌似很有道理，但是其中又有不少漏洞，我毫不客气地一一进行了反驳。比如说，他们压根没有得到授权，就擅自对别人的大脑进行了"修改"。另外，我只是一个心理医生，无法对他们的行为做有罪或无罪的判定，如果法律说他犯罪了，那他就是犯罪了。

　　目前我更关心的是卢颖桐，昨天温小雅已经提前结束行程回到了Z市，她说会找时间和卢颖桐谈一谈。我真心希望这件事能得到完美的解决，卢颖桐这个女孩身上有一些我看不透的东西，从好的方面说，有可能是一种纯粹而强烈的情感，从另一方面说，也让人嗅到了一丝危险的气息。

　　这天早上咨询室的来访者叫小姚，同样是一位年轻的姑娘，她在许多方面都让我联想到卢颖桐。小姚今年二十二岁，因为生活没有目标，对与异性交往感到恐惧，还有对父母强烈的负罪感，她长期深受折磨，于是来向我寻求帮助。

　　小姚出生在一个并不宽裕的家庭，有一个早早外出打工的哥哥和身体不佳的弟弟，小姚的母亲有着强烈的控制欲，对她来说母亲似乎是一个永远不会犯错的人，做的任何事情都是正确的，而且她使小姚相信她要求的事情如果小姚没做就是对父母的不尊敬。而小姚的父亲极度缺乏责任心，从她很小的时候就开始酗酒，经常外出不归。小姚还没有和任何男性确定过恋爱关系，她害怕男人。她的父母也不赞成她自己确定的任何社交关系，这总是让她觉得，按照她自己的意愿与其他人交往是可耻的。

　　在做心理治疗之前，我尽可能多地获取了小姚的个人背景信息，确定了她的症状，我希望让小姚明白，她对恋爱关系的恐惧有一部分来源于她对于完美和确定性的固执。同时，我运用了经典的合理性情感法则，阐明和抨击了那些她从父母那里得到的某些适得其反的假设和观点，并且积极地引导她学会如何去反对那些错误的价值观、那些没有根据的想法。改变认知，从而在根本上改变她的某些行为异常。

"高医生，那我到底应该怎么做呢？"小姚愁眉苦脸地问。

"首先，每当你感到难过不安的时候，你就告诉自己一些你总是深信不疑的信条是错的，比如你对你自己说，因为你不受男生欢迎，或者没有邻居家的小孩出色，你就不配拥有爱情。你觉得这些说法合理吗？当你意识到这些观点都是胡扯之后，你应该反问自己：为什么一个女孩一定要受欢迎？为什么一定要显得很成功？为什么一定要接受别人的赞许？为什么一定要被尊敬？有任何高尚、智慧的先哲们曾经写下这样的原则吗？并没有！获得爱情是所有女孩平等的权利。这说明，你只是受了别人的影响，然后不停地复制他们那些毫无根据的观点而已。这些都是一些毫无意义的、愚蠢的想法。你一早就被灌输了这样的观点，然后又不断强化这些观点，才会总结出这种可笑的结论。"我努力改变小姚被固化的认知。

"我能明白你说的道理，有时候我也明白这些想法是愚蠢和无意义的，但是只要我试图克服、消除它们，我还会在别的地方再重新得到这些想法，或者是从电视上，或者是从听到的故事里。不知道为什么，就是摆脱不掉！"小姚还是很焦虑。

"在很多地方你都表现得很自信，但就是这一点还不够。你一定要有信心！"我尽全力鼓励小姚，"因为你相信那些正确的观点，所以你也要相信那些愚蠢的念头影响不了你，更打断不了你重塑自我认可的过程。"

做完了小姚的个案，我刚想躺在沙发上休息一下，突然接到了温小雅的电话，在电话中，她的声音听起来极度惊慌，说起话来甚至有点语无伦次，完全不像她平时那镇定温和的样子："阿凡，卢颖桐，她……"

"她怎么了？"我催问道。

"死了……她死了，就在我眼前。"温小雅喃喃道。大概是受了刺激，声音听起来有点颤抖。

"啊？怎么会？"我的脑子也是嗡地一响，没想到事情会突然演变到这种地步。

"就在她住的地方。"温小雅声音颤抖地补充道。

"你怎么知道的？"我问。

"尸体是我发现的，我现在就在她家附近。"即使隔着话筒，我也能明显感觉到温小雅的恐惧。

"你报警了吗？"我也开始紧张起来。

"第一时间就报了。"她的声音稍稍镇定了一些，"我想警察不久就会赶到了。"

"你怎么会一个人跑到卢颖桐那里去？"我脑子里实在有太多疑问，明知时机不太对，但还是脱口问了出来。

"唉，一言难尽。阿凡，你之前和警察同志打交道比较多，能不能请你过来一下？"温小雅请求道。

"你别着急，我现在赶过去，你最好先找个安全的地方躲一躲。"我赶紧叮嘱道。

事件的发展急转直下，我的脑子里一时间涌现出各种各样的信息：拒绝帮助的卢颖桐、痴迷束缚拍摄的徐闯，以及为此事奔走的温小雅……然而都只是破碎凌乱的片段，无法串联完整，要还原整个事件，还有大片的空白要填。

等我赶到案发现场的时候，现场四周已经拉起了黄线，屋子附近聚集了大批警察，技术人员正在拍照和现场勘查。在人群中我发现了温小雅的身影。作为第一目击者，她现在正在接受警方的盘问。同时，我也发现了一个熟悉的身影——周彤。

周彤还是老样子，干练的短发，合身的修长灰色大衣，黑色的长靴，仿佛刚从时尚杂志封面走出来一般。

周彤机敏地发现了我，快步走了上来："医生同志，以往都是我带着案件找你，这次你主动加入，积极性有所提高啊。"

我苦笑道："周警官，你的口吻怎么越来越像陈队长了，别开我玩笑了啊。这一次的案件牵涉到我一位老同学，所以我才过来看看，希望不会打扰到你们工作。"

"太见外了，你是警方的好朋友嘛，对我们的工作帮助多多。"周彤一边客套地恭维了几句，一边望着温小雅问道，"你说的老同学，是指那位温

173

女士吗？"

我点点头道："对，她也是一位心理医生。"

周彤眯了眯眼，似有深意地说："所以这次的案件也是和心理学有关咯。"

我摊了摊手，假装没听见，心想，这次可没那么容易引诱我上船。

但是事与愿违，因为老同学温小雅涉案，我也不得不硬着头皮参与进来。温小雅向我们描述了事情的经过："事情是这样的，昨天我回到心理工作室的时候，发现房间被盗了。"

"丢了什么东西？"

"我柜子里关于来访者的个案档案不见了。"

"个案档案？"

"也就是像病历那样的，主要记录治疗过程的一些情况。"

"偷这个有什么用？"周彤有些疑惑地自言自语，随即转回到正题，"好吧，你继续说。"

"对的，对普通人作用是不大，但是对我来说却是极其重要的资料，如果丢失的话，我会被行业协会追责。事后我查看了心理工作室附近的监控录像，发现了卢颖桐的身影，并且只有她一个人来过，很明显东西是她拿走的。至于她怎么进的门，我事后回想了一下，大概是她以前趁我不注意的时候复制了工作室的钥匙。"

"那你知不知道卢颖桐为什么要这么做？"

"我不知道，也许是一种报复吧……她似乎对我有诸多不满。"

"发现失窃之后，为什么不及时报警？"

"是这样的警官，我觉得我和卢颖桐之间只是有一些误会，没有什么大的冲突，也没有到报警的地步，所以今天上午我特地来找她，就是想和她好好谈谈，希望她能主动把档案还给我，让这件事得到和平解决，实在没想到会发生这种事……"

"结果你发现了她的尸体。"

"是的。"

"你进入现场之后有没有发现什么可疑人员？"

"没有，我来的时候门是开的，进来之后我一发现卢颖桐的尸体便立马报警了。”

“这么说你完全没有发现周围有可疑的人影？也没有听到什么声音？”

“是的。”

“依你看，有没有人和她有很大的过节？”

“对不起，我想不到，警官。”

“好的，你先休息一下吧。”

紧接着就是一系列例常的办案流程。警察调取了温小雅工作室附近的监察视频，确认了她的说法。但是在卢颖桐家中，却没有找到那些丢失的档案。是被凶手拿走了，抑或是被卢颖桐藏在其他地方，还没有定论。

周彤告诉我，法医认定卢颖桐死于深夜十一点半到十二点之间，死亡原因是窒息身亡，初步怀疑是他杀。

“死亡现场非常诡异，地面上有一截燃烧了三分之二的蜡烛，像是在进行着什么仪式。”周彤眉头紧蹙，“而且奇怪的是，在死者脖子上发现了两种勒痕，一种是他人将其勒死之后吊在顶灯上留下的，另一种有可能是她自己弄出来的。”

“啊？”这个案子的古怪超乎了我的想象。

“也就是说，在凶手到达之前，死者本人已经在用绳子勒自己的脖子了，甚至还搬了凳子，想把自己吊起来，有点像是要自杀。”

“自杀者被杀案。”我突然想了女孩东云口中的案子。

“你说什么？”周彤一愣。

“周警官，今年九月份左右的时候是不是也发生过一起类似的案子？听说是一个男人企图自杀时被人杀了。”

“对，是有这么一起案子，很多人将其称为‘十字杀人案’。”

“对，好像就是叫这个名字。那个案子现在有什么眉目吗？”

“线索是有一些，但是还没形成链条，警方也成立了专案小组，目前案件还在全力侦破当中。”

“这样……等等！”我突然转念一想，意识到自己忽略了一个很重要的问题，“一般人拿绳子勒自己有可能是要自杀，但是对卢颖桐来讲就不一定了。”

“怎么说？”周彤神情变得专注起来。

"据温小雅所说，卢颖桐有她自己也控制不住的成瘾行为，我后来调查发现，让她成瘾的是一种叫濒死摄影艺术的东西。"

"濒死摄影艺术？"周彤皱起眉，神情有些茫然，看来她也是第一次接触到这个词。

"对，简单来说，就是在绳子等工具的帮助下，让被拍摄者呈现出一种接近窒息的状态，摄影师再进行拍摄捕捉，目的是让受众体验到极致的美丽和接近死亡的窒息。之前卢颖桐对这个东西有成瘾的倾向，所以找了温小雅为她治疗，后来她自己中断了治疗，所以我估计这种成瘾症状又卷土重来了。这一次她拿绳子勒自己，有可能是为了寻求某种快感。"我有板有眼地分析道。

"果真如此的话，这是一个极其重要的突破点。"周彤对我提供的这个线索十分重视，迅速记了下来，然后又陷入了沉思。

我又想起了酒吧后巷中看到的场景，当时的卢颖桐也是刚刚被绳子勒过，于是我又问道："周警官，能让我看一下那条绳子吗？"

"可以。"周彤向我展示了一下凶器的照片。

我眼前一亮，忍不住叫出声来："这绳子，不就是……"

当一个人类到底是什么感觉？

要了解这个问题，首先要知道，什么是人独有的、与众不同的，且其他动物不具备的先天特质。

心理学家抱着这样的目的，观察几个月大的小孩，拿他们和猩猩比较，发现两者在竞争动作中表现出的智慧是类似的。面对有限的生存资源，猩猩和人类同样懂得要靠竞争去获得。然而，在一个需要合作才能获得资源的环境中，小孩会比小猩猩表现得更加明智，比如说，他会大喊呼叫同伴，他会主动招呼同伴，这一点猩猩是无法明白的。

人类与近似高等动物相比，最大的特点竟然是：懂得互相尊敬与合作。

也就是说，人类一早就明白，面对多变的大自然，个人的力量是渺小的，要与人共享、合作。从某种意义上来说，人是以一种非常聪明的方式"自私着"的生物。

这也造成了人与人之间，表面和谐与内在矛盾共存的怪现象。代表生物本能、受"力比多"支撑的本我，和在文明社会约束下的自我，持续地抗争着，从未停歇。

警察的讯问室内，摄影师徐闯正在接受讯问。面对警方的犀利问题，徐闯并没有表现得特别慌张。

"十一月十七日晚上，也就是卢颖桐被杀当晚，她家附近的监控视频拍到了十点钟左右，你往她家方向去的画面，这你怎么解释？"负责讯问的警官问道。

"没错，那天晚上我是到过卢颖桐家里，我是去约她拍照的。但是因为她不肯配合，所以我早早就离开了。"徐闯语气平缓地回答。

"她为什么不肯拍照？"警官不想放过任何一个细节。

"她说有点不舒服，不想拍，我不知道她最近是怎么了，总是用各种理由搪塞我。我当时离开时还有点生气，没想到竟然是最后一面……"徐闯说到这里也面露哀伤。

"你离开的时候是几点？"警官又问。

"十一点左右吧。"徐闯想了一下回答。

"可是视频监控并没有拍到你离开的场面，这你怎么解释？"警官紧紧盯着徐闯，对他施加一定的心理压力。

"是这样的，我离开的时候抄了条近道，从附近一家沐足店旁边的小巷子走了，所以监控没有拍到我也是正常的。"徐闯小小的眼睛眨了几下，仿佛是在思考自己的回答是否合理。

"为什么要抄近道？你赶时间吗？"警官立马追问。

"是这样，当时卢颖桐拒绝我之后，我就立马转约了其他人拍照，所以说我得早点赶回工作室那边去。"徐闯答得很快，要么是真的，要么是早就准备好了说辞。

"你这么说自己感觉不别扭吗？半夜三更跑去人家家里，出来又刻意避开摄像头走无人问津的小巷子。是个人都会觉得你心里有鬼吧？"警官的问题十分犀利。

"警官，我真不是故意的，我赶时间。再说那条路我也不是第一次走了，哪条方便走哪条，对我来说是很平常的事。"徐闯的语气显得很委屈。

"好，那你具体说说，十一点半到十二点之间你在哪里？在做什么？"负责问询的警官态度也稍微缓和了一点，继续询问徐闯。

"我在摄影工作室拍照。"

"你一个人拍？"

"拍照当然是和模特一起，就是我刚说的，从卢颖桐家出来之后才联系的那位。"

"她叫什么名字？"

"林美允。"

"你说的拍摄时间和地点，她能帮你做证吗？"

"当然……不过她第二天就出发去外地了，现在不在本地。她是个模特，经常要到各个地方去旅拍，属于神龙见首不见尾的那种。"

"所以说她现在人不在本地？"

"不在。她手机号码也换了，我一时间也联系不到她。"

"哪儿有这么巧的事？"

"但是警官，的确就是这样，我真的没说谎。"徐闯摊手，一脸的无奈和无辜。

"现在有人能帮你做证吗？"

"暂时没有，但是等林美允回来就可以帮我做证了啊。"

"她什么时候回来你知道吗？"

"这个不清楚。"

"在你的说法得到证实之前，我们无法认为当晚你有不在场证据。"

"我一定会想方设法联系她的！"

"听说，你经常用绳子一类的东西辅助拍摄是吗？"负责审讯的警察冷冷地盯着徐闯，又把他拍摄的几张大尺度照片摆放在他面前。

"警官，你从哪里弄到的？"徐闯目瞪口呆地抓起那几张照片。照片中的人虽不是卢颖桐，但也是身材苗条的模特，看他的反应就知道，这也正是他的作品。

"这你就别管了，回答我的问题吧。"

"是，但这种摄影手法充其量只是一种表达方式，也不涉及任何情色的内容，我想并不犯法吧？"

"如果伤害到了别人，那你就触犯了法律！有目击者称，你曾经用绳子伤害过卢颖桐？"

"没有的事。警官，我对力度的把握一向很讲究，是绝对不可能让她受伤的。倒是她自己，特别喜欢这种感觉，总是叫我勒得更紧一点。我当然不敢了，这可不是开玩笑的。警官，你要是不信可以去问其他模特，请相信我的专业性。"徐闯对自己的技术相当自信，语气中甚至流露出某种自豪感。

"我们还听说，你在研究一种'完美'的绳索艺术，以拍摄女孩的濒死状态为题材，是不是这样？"警官进一步追问。

"警官你这话什么意思？我的艺术虽说看起来有些可怕，可实际上都只是做做样子，为了体现一种极致的美，但绝对没有伤过人，这点你们可以去调查。你们说我伤人，那也要有证据啊。"徐闯开始激动起来。

"导致卢颖桐死亡的这条绳子，是不是你的？"

"这绳子，曾经是我的，但是后来被卢颖桐拿走了，她说想自己没事的时候玩一玩，练习一下。"

"是什么时候带走的？"

"一个多月前吧。"

对徐闯的讯问就到此为止了，这场讯问并没有达到警方希望得到的效果。但是，徐闯声称能帮自己做不在场证明的模特林美允迟迟联系不到，又没有其他人能证明他的口供。于是，调查一时间陷入了僵局。

当天下午，嘉信大厦十六楼的咨询室里。

"徐闯的嫌疑还是很大。"周彤坐在沙发上，用手轻轻托着腮帮子，这是她喜欢的动作，多数时候表示手头的案子没有特别棘手但也不轻松。

"为什么？"我很配合地问道。

"视频监控有他前往案发现场的影像，凶器是他用过的绳子，再加上没人能证明案发当时他不在场。高医生，你提到过，徐闯曾经也是你的病人是吧，你对他这个人的性格各方面有什么看法？"

"徐闯是一个怪人，他对自己坚持的艺术有一种近乎丧失理智的狂热，当他遇到自己心仪的模特，也就是卢颖桐之后，这种狂热到达了顶峰。他告诉我，现在的他才是真实且完整的。"我回忆道。

"依你看，他有没有可能被这种热度冲昏了头脑，在拍摄一些特殊动作的时候不小心伤人致死？"

"不排除这种可能性……据我观察到的情况，徐闯对卢颖桐的情感不太正常，其疯狂程度远远超过一般摄影师对于模特的欣赏，他称呼卢颖桐为巴洛克的公主，将其视为他艺术的救星，这种欣赏有些畸形的倾向。但我无法以此判断他是不是凶手，这还得看你们的调查。"

"对了，医生，我们在搜查卢颖桐家中的时候，还有其他发现。"周彤突然说。看她目光中闪动着狡黠的光芒，这个"发现"肯定不一般。她凑近一点压低声音说道："女人的内衣，而且不是卢颖桐本人的。"

"这是不是说……"突如其来的消息对我来说无疑是爆炸级别的，我顿时呆若木鸡，脑子里闪过一连串感叹号：这个人难道会是……

"据我们猜测，至少有一位女性和卢颖桐关系密切。可是在调查卢颖桐人际关系的时候，我们并没有发现她周围有这样的人物。那么，这个神秘人会是谁呢？"周彤望着我，似乎是在征求我的意见。

显然周彤怀疑这个人就是温小雅，但此时我也无法为她做出任何辩解。回想起来，这件事并不是完全无迹可寻的。比如说，温小雅关于她和卢颖桐之间"沟通出了问题"的描述，此时就如同书页一般在我脑海中翻过。如果真是这样，原先有些令人费解的事情似乎就解释得通了。为什么卢颖桐会突然中断温小雅的咨询？也许是因为这种令人意味深长的关系……为什么在酒吧后巷，我刚一触到卢颖桐的身体时，她的反应那么激烈？这些念头都在电光石火间闪过，让我着实为温小雅感到忧虑。

"好啦，不跟你玩猜谜语的游戏了，我们在卢颖桐的电脑里来发现了一些记录性的文字，大概是还没有发出去的草稿吧，从这些草稿里，我们已经可以大致推测出卢颖桐这个女伴的身份。"

周彤给我看了几张照片，是警方技术人员恢复出来的文字稿件。在这些支离破碎的文字里，卢颖桐对温小雅的剧烈情感波动展露无遗：

> "我在痛苦，但是她居然无动于衷。你是什么？你真的是女神？你不染人间烟火？我不信。"
>
> "这是我们第二次见面，我不太敢看她的眼睛，她是我见过的最完美的女人……我想起一个很久很久以前喜欢的姐姐，那种温暖的感觉。我又找到那种感觉了，真好。"
>
> "我没想过我会陷得这么深，我到底什么时候该让她知道？"
>
> "你一直在勾引我，不，不是我，是你！"
>
> "你在治疗中说，如果我告别那段关系会让我好一点，那你知不知道我要的是什么？我要的是你！是你！"

记录的治疗日期和文字显示，卢颖桐对温小雅的感情是随着治疗的深入，变得愈来愈强烈的。如果再把周彤他们搜到的证据考虑在内，也就是说温小雅和卢颖桐已经……

丁零零！

我正聚精会神地看着卢颖桐的心路历程，冷不防手机响了，我一看，是温小雅打来的，怎么说曹操，曹操就到？

在周彤的注视下，我笨拙地按下了接听键，小雅急促的声音马上传了过来："阿凡，有些事情我想当面和你说，你现在有时间吗？"

怎么来得这么巧？我望向周彤，她仿佛有顺风耳一般听见了我们的对话，表示赞同地朝我微微点了点头。

"行，在哪儿？"我答道。

"你楼下不是有家西餐厅吗？我午饭还没吃，你在那儿等我吧，边吃饭边说。"温小雅语气急促地说。

她挂断之后，我刚放下电话，周彤已经从沙发上站起身，伸了个懒腰。

"好啦，既然你有约，那我就先走了，还有一大堆案件等着我去办呢。不过医生，如果有机会，你得好好说服你老同学，有什么新的线索，一定要及时跟我们说。"周彤朝我使了个眼色。

"放心吧，我会的。"我无精打采地说。

老实说温小雅被这么深地卷进这个事件，是我无论如何没有想到的，作为一个老同学，我为她深感惋惜。

我一个人先到了楼下那家叫"城市名人"的西餐厅，让服务员开了一个卡座。因为午饭还没吃，所以很随意叫了一个西式餐包，可能是冷了的缘故，一口咬下去觉得很硬。事实上此时此刻即便吃山珍海味也没有什么味道，脑子里尽是各种纷乱的思绪，此时看到的事实或许也只是冰山一角。

没过多久，温小雅出现了。她穿着咖啡色的羊毛衫，白色的西裤，面容要比我上次见她的时候憔悴许多，眼窝也深深凹陷下去，大概是昨天晚上彻夜未眠吧。

"阿凡，上次我们在这家餐厅吃饭你还记得吗？"一见面，温小雅突然先聊起了往事。

"记得，那是好久前的事了。"我点点头，环顾四周，她的话勾起了我的回忆。

"那还是我刚刚当心理治疗师的时候，遇到了挫折，心情很低落，你当时在这里安慰我说，以后路还长，慢慢来。"

"小雅，你现在都这么成功了，想想当初我说的话，也是有点幼稚。"我也觉得有点不好意思。

"不不不，对我来说，那是非常重要的支持。阿凡，这次约你出来，是有件事向你坦白。"温小雅突然嘴唇轻抿，面有愧色。

"小雅，你到底向我隐瞒了什么？"我的语气有些急躁，毕竟这一次不小心被牵涉进来，如果不弄清楚事情的来龙去脉的话，搞不好是要背锅的。

"我和卢颖桐之间的关系，并不只是医生和病人这么简单。"温小雅叹了口气，幽幽地说。

"关系？你是指？"我其实已经料到是这件事，但还是要装出很惊讶的样子。这样也是为了避免温小雅发现自己的秘密已经被泄漏，情绪上会有抵触或者其他反应。

"这件事我还是从头说起吧。卢颖桐来我的咨询室向我寻求帮助之后，就经常在做咨询的时候向我描述她和徐闯拍摄那些大尺度照片的过程，她的用词非常露骨，充满了各种暗示，一开始我只是觉得有点脸红，久而久之，我知道实在不应该，也有点难以启齿……"

"小雅，你就直说吧，我都能理解。"我暗自道，该知道的不该知道的，我都已经知道了。

"久而久之，我竟然有了感觉。"温小雅微微地低下了头，显然还是觉得难以启齿。

"反移情？是因为你用了交叉人格治疗法？"我想了想问道。

这是我经过仔细思考之后的一种推测。我认为温小雅和卢颖桐之间会演变成那种关系，很大程度和温小雅采取的治疗方式有关。我说过，温小雅的交叉人格治疗法是基于罗杰斯的存在主义——以人为本的治疗理论基础之上发展而来的一种治疗手段。其中核心的一点是：情感回应。

情感回应，常常被人们误解为对当事人的情感表达做出应答或反应。罗杰斯曾专门做出解释："我并不是要对当事人的情感做出反应，而是要检验一下我自己对他们内心世界的理解是否准确，核查一下我所看到的与他们在那一刻所体验到的是否一致。"

但是问题是，交叉人格治疗法在使用的时候，这种情感的体验会更加强烈。打个比方，如果说，普通的人本主义心理学治疗方式是2D的话，交叉人格法就好像是3D，通过与来访者更频繁的、更强有力的互动，使得所有的情感都变得立体起来。这在提高治疗效率的同时，也给心理师本身带来了潜在的危险，有可能会超出心理医生的可控范畴。罗杰斯曾经告诫道："同理心就是感受当事人的私人世界，就好像那是你自己的世界一样，但又不能失去'好像'这一品质。"

很遗憾的是，这样的事情还是在温小雅身上发生了。从咨询的角度来解释的话，就是同理心使用的强度过大，出现了无法控制的反移情。

"是的，我从没想到过会这样，但它就是发生了。"温小雅满脸的懊悔与痛苦，"是我的问题，我没有及时纠正它。再加上，卢颖桐是个很聪明的姑娘，她注意到了我这些细微的情绪变化，所以一直在利用那些过程挑逗我。她直接在咨询过程中向我表白了，一开始我没有答应她。但是她没有放弃，还是一次一次地引诱我。"

"于是你就……释放了自己。"我那个词始终说不出口。

"我一直很抗拒，但是我……我好像控制不了自己的潜意识，也许因为大家都是女人吧，我觉得卢颖桐比其他人更懂我的心，更懂得我的软弱之处。她很敏锐，也知道如何安慰遇到职业瓶颈而极度焦躁的我，和她在一起我能感觉到一种难得的平静。现在想想一切都是错的，都是因为我的软弱。"她深深地埋下头，看起来很自责的样子。

"没想到，真的没想到。"我摇摇头，不知道该说什么好。

"阿凡，其实我也有过自闭和抑郁的病史。"温小雅又抬起头，眼眶里满是泪光，"在和卢颖桐接触过程中，我也的确有过一种'从未被如此温柔对待'的感觉，所以还是在潜意识中接受了这种不道德的关系。"

温小雅突然向我敞开心扉，她所说的抑郁史，倒着实出乎了我的意料，我惊讶地问道："小雅，这是什么时候的事？"

"就是我和你在医学院读书的那段时间。虽然是好久以前的事，但是那段记忆一直留在我脑海里难以磨灭。也是因为有过那种经历，才更坚定了我成为一名心理医生的决心。"说到这里，温小雅面露黯然之色。

"当时你患有抑郁？我可是一点都没发现啊。"我努力地回想。也许那时因为我还没开始系统地学习心理学，所以对周围人状态的观察都比较表面。仔细回想一下，温小雅的确有段时间看起来和平时判若两人。

"嗯，那段时间我失恋了，临毕业之时被一个师兄抛弃了，又觉得当医生这条道路不适合自己，未来完全看不见希望。那段时间我每天都在掉头发，感觉一起床自己就要面对一个灰暗的世界，那真是我人生中最黑暗的日子。幸好我遇到一个贵人，如果不是他也许我就没有今天了。"

"贵人？"我微微皱了皱眉头，感觉到了一丝异样的气息。

"他对我来说就是一个贵人，一个成长路上的老师。虽然他没有很响亮的名声，也不喜欢抛头露面，但着实是一个心理学大师，能够完美地吸收各家的学术理论，并融会贯通，是一个心理学天才。是他把我从崩溃的边缘挽救了回来，并且让我爱上了心理学。而他当时用的，就是交叉人格治疗法，他告诉我，这是一种从罗杰斯所倡导的'以来访者为中心'治疗理论发展而来，但是更为积极的治疗手段。"说起这个人的时候，即使此刻情绪低落，温小雅的语气中仍旧洋溢着崇拜之情。

"所以你接受了他的治疗？"我若有所思。

"是的，不得不说，治疗效果非常好，这也是我之后立志成为心理医生的原因之一，因为我看到了心理治疗美好的前景。"温小雅一扫脸上的灰霾，语气中充满了干劲，可以看得出她是真的热爱自己的心理治疗事业。

"这么说，交叉人格治疗法也不是你的独创？"我想了想，又问。

"不是，在我从事心理医生的初期，治疗效果非常差，我有点心灰意冷，突然就想到了这个方法。难听一点讲，这个方法和原则是我从他那里直接盗用过来的，但是他也默许了我这种做法。"温小雅说到往事的时候显得有些自嘲，不过我也很有同感，几乎每个心理医生职业生涯的初期都会遇到一些障碍，或者走一些弯路。

"默许？你怎么知道？"听到这儿，我不失时机地提出了疑问。

"嗯，他后来主动联系过我，看来他也是有在暗中观察我的。我感到很欣慰，因为我尊敬他就像尊敬老师一样，虽然他看起来……"温小雅刚想说点什么，但是突然停住了嘴。

"看起来怎么样？"我急忙追问。

"没什么。"温小雅的表情有点不自在，似乎意识到自己说漏了嘴。

"小雅，你说的这个高人，到底是谁啊？"我尝试着打听。

"呵呵……"温小雅尴尬地笑了笑，"阿凡，真是对不起，他的身份目前我还不便向你透露。"

我皱了皱眉，这个人的身份越是神秘，就越让人起疑。

"现在想想，他有句话说得很对。"温小雅顿了顿，又说道。

"他说了什么？"

"完美的背面是扭曲。"

"什么意思？"

"一个人若是要保持看起来特别美好的样子，势必要把许多本来不在一起的东西粘合起来，所以如果看到完美的背面的话，那一定是扭曲的。"

完美？扭曲？这两个本来不相干的词被放在了一起，让我突然想到了徐闯，他心目中那个所谓的完美艺术，不就是一种扭曲的艺术吗？

第10章
转折：禁忌的情感

古人常说：问世间情为何物？

心理学家问：什么是情感？

我们常说，大脑是信息处理系统。但是，无论怎样解释大脑，只要缺少对情感、动机、恐惧和希望等方面的描述，都是不完整的。

现代观点认为，情感是大脑所处的状态，它们迅速地对结果做出评估，并提供一项简单的行动计划。因此，情感被看作一种可以通过计算采取适当行动的、迅速且自动的概述。举个例子：当一只熊朝你冲过来，加剧的恐惧就会指引你的大脑去做该做的事情，比如确定一条逃跑路线，而不是做其他事情，比如去捡不远处的旅行包。在记忆领域中，对情感事件的安排有所不同，是按照一个并行不悖的记忆系统，它涉及一个称为杏仁核的部位。

总而言之，情感系统既是大脑的一部分，也是人类生存模式的重要组成部分，那些认为剔除掉情感因素会让人活得更理智更安全的说法，是不科学的。

但是情感，也常常成为事件的祸端。

此时，西餐厅里响起了悠扬的钢琴声，曲子是熟悉的《卡萨布兰卡》。时光流转，身处乱世的北非重镇卡萨布兰卡，喧闹的酒吧里，钢琴的黑白键之间流淌着醉人的旋律，深情的维多克和他的旧情人伊尔莎，在这样一个特别的时间和地点，以各自独特的身份不期而遇，情节朝着命运既定的方向发展着。

但是西餐厅里，我和温小雅两人却陷入了短暂的沉默。情节发展到这里，宛如来了个急转弯，朝着我意想不到的方向发展。

我双手抱头，温小雅和卢颖桐之间会擦出这样的火花，让我大跌眼镜。震惊的同时，也为温小雅感到深深的惋惜。一旦这段关系公之于世，温小雅很可能会被永远驱逐出心理学的圈子，职业生涯也将宣告终结。但是为了让调查继续下去，有些事情还要硬着头皮打听。

"难怪卢颖桐当时会那样说。"我叹了口气，重新回到了和卢颖桐有关的话题。

"阿凡，她说了什么？"温小雅皱了皱眉头问道。

"卢颖桐说你背叛了她。"我望着温小雅，希望能观察到她的反应。

"嗯，倒是可以这么认为……"温小雅似有深意地苦笑了一下，"我慢慢意识到这种做法是不对的，我想结束这段关系，但是她不肯，我们吵了一架。想不到那竟然成了我们的诀别。"

言语间，温小雅的眼神变得哀伤起来，看起来她对卢颖桐还是有一些感情的，所以对她的离去也感到难过。

"但是，阿凡，我可以保证，卢颖桐的死我真的不知情。"温小雅抬起头对我说，"我到现在还无法接受这个事实。"

"我相信你，但是，你和卢颖桐之间的特殊关系不能向警方隐瞒，也许这会是帮助破案的一个重要线索。"我神色凝重地说。

"什么？你的意思是说，卢颖桐遇害可能和我有关？"温小雅稍微平复一些的语气又变得紧张起来。

"我不知道，现在警方还在调查，你不要想太多，只要把所知道的一切告诉他们，相信案子很快就能水落石出了。不过小雅，我有一个问题一直想问你。那天你找我的时候说卢颖桐可能有危险，你是怎么知道的？"

"对不起阿凡，这件事我之前也瞒着你。"温小雅哽咽了一下，"其实我曾经偷偷去找过卢颖桐。"

"什么时候的事？"我忙问。

"就在我约你出来前一天，十一月十三日，那时我原打算到酒吧去找她谈谈，希望能缓和我们之间的关系。"温小雅半低着头，似乎在回忆着当时的情境。

"你是不是发现了什么？"听她的口气我大概猜到了她要说什么。

"那天我到酒吧的时间很早，店里没什么人，驻唱环节也还没开始，酒保告诉我卢颖桐在后巷吸烟。于是我就去后巷找，恰好听到她和一个男人在说话。"

"他们说了什么？"

"那个男人在恐吓卢颖桐，我隐隐约约听到那个男人对卢颖桐说'不然就要你死'之类的话。因为偷听到了这段话，所以我才知道她有危险。"

"你有看到那个人是谁吗？"如果温小雅说的是真的，那可是一条重要的线索。这个恐吓卢颖桐的人有可能就是杀她的凶手。

"没有，我当时有点害怕，以为他们发现我了，就赶快逃走了。"言语间，温小雅微微喘着气，似乎还没从那种紧张的气氛中摆脱出来，我相信这些表情不是装出来的。

温小雅新的证词给案子侦破带来了新的曙光：如果卢颖桐是因为与温小雅的关系而被杀的，那么凶手也极有可能是与温小雅有关的人，警方开始把调查的重心转移到温小雅的人际关系上。

"温小雅的人际关系，相对来说还是比较简单的，除了工作还是工作，几乎是一心扑在了和病人有关的事情上。除了卢颖桐那个点之外，还真查不出什么异常来。"周彤失望地对我说。

这个结果让我稍稍心安，毕竟我一直都觉得温小雅是一个尽职尽责的心理医生，心理学事业对她来说总是比生活更重要。

我也不希望这一次的案子颠覆我对她的认识。但是同时，这次和温小雅的见面又给我留下了一个新的疑问。

"温小雅曾经提到她遇到过一个贵人，类似于导师一类的角色，这个人的身份很隐秘，你们在调查她的人际关系圈的时候，有发现这样的角色吗？"我若无其事地问周彤。虽然表面上看一个导师没什么可疑的，但直觉总让我觉得有点不对劲。

"我们调查发现，和温小雅关系比较好的导师，就是目前身为T大医学院医学心理学的教授谷开源，但是否是你说的那个人，就不得而知了。"周彤答道。

没过多久，周彤又带来了一个好消息。

"我们的技术人员，连夜反复观看案发地点附近的监控视频，终于有了新的发现。"她疲惫的面容中闪烁着一丝喜悦。

"什么发现？"这个消息也让望穿秋水的我精神一振。

"除了徐闯之外，查看监控视频又发现了另外一个可疑的人影，同样有可能是杀害卢颖桐的凶手。你曾经见到卢颖桐在酒吧附近被袭击，那这个人影你有没有印象？"

周彤把一张照片递给我，我瞄了一眼照片上的人，顿时惊叫道："天哪，怎么是他？"

"这个人你见过？"周彤指着新的监控照片问我。

"是的，当我在飞机场和温小雅见面的时候，就发现这个人在偷偷盯梢我们。"我沉声回答。警察这次发现的那个可疑人影，外貌和我在机场见到的那个神秘人十分相似：戴着黑色的保暖帽子，穿着灰色夹克，身高大概一米七，并不壮实。虽然监控里显示的是夜间，但是身形相似度很高。

"那就奇怪了，温小雅认识这个人吗？"

"不知道。因为我问她的时候，那个人已经迅速脱离了我们的视线，所以她也没看到那个人的脸。"

"可惜。"周彤淡淡地叹了口气。

"不过温小雅当时提供了一个线索，她说这个人影有可能是她的一个追求者，名叫段明伟，这个人曾经是我大学同学，后来退学复读了，现在是华金证券公司的基金经理。"我又提供了一些信息。

"听你这么说，这个人倒也值得注意一下。不过，我倒是对你之前告诉我的那条线索更感兴趣。"

"哪条线索？"我讶然。

"你不是告诉我，十一月十五日那天晚上，你去找卢颖桐的时候，发现有个人在酒吧后巷袭击了她吗？"周彤问。

"对，是我亲眼所见。"我点了点头。

"根据我们对徐闯的询问和调查，当天伤害卢颖桐的，很可能不是他，而是另有其人。"

"我明白了。这么说，只要知道那天晚上是谁在酒吧后巷中袭击了卢颖桐，就有可能查出谁是杀害她的凶手。"

"对，这条是目前比较直接的线索，如果能从这里找到突破口再好不过了。"

抱着这样的想法，周彤和我一起回到了卢颖桐驻唱的佩丽丝酒吧，询问了酒吧里的服务人员，重点是调查十一月十五日晚上和卢颖桐接触过的人。

大概是都听说了卢颖桐被杀的消息，酒吧中的人显得有些讳莫如深，但是周彤亮出警察的身份，要求他们配合调查。

"人都在这儿了吗？"周彤四下张望了一下，问道。

"是的，警官，十一月十五日晚酒吧的服务人员一个不漏。"酒吧经理很客气地回答道。只要不是来找酒吧的麻烦，配合调查这种事不在话下。

紧接着，周彤向他们出示了几个嫌疑人的照片，要求他们仔细辨认。

"这个人我见过！"一位服务员突然指着某个男人的照片，张大嘴巴说道。他是一个二十五六岁的年轻小伙，染着金色的头发。

"什么时候的事情？"周彤沉声问道。

"就是你们说的那天，十一月十五日晚上，我记得很清楚。"那个年轻小伙指着自己的脑门信誓旦旦地说。

周彤和我对视一眼，在彼此眼中看到了同样的想法：竟然是他！

照片上的人是周彤刚刚加进来的一个人选——温小雅的追求者、华金证券公司的基金经理段明伟。至于为什么要把他列入怀疑范围，当然是因为技术人员发现的新影像引起了他们的怀疑。而我提供的信息又表明这个身影有可能是段明伟，于是周彤便把他也作为调查对象之一。

结果没有想到，真的在这里发现了他的行踪，这更加证明了他的可疑。

"你能确定是他吗？"周彤又再次向他确认。

"可以，我在酒吧里见的人多了，眼力锻炼得炉火纯青，认错那是不可能的，除非他有同胞兄弟。特别是这位大哥那天晚上还怒气冲冲的，走路撞到别人也没道歉，我可不大喜欢这种没修养的人。"服务生撇撇嘴回答道。

"很好，有需要的话我会再联系你的。"周彤朝我挤挤眼，似乎在说，意想不到的收获。

从酒吧出来，周彤问我："你能想到段明伟为什么要袭击卢颖桐吗？"

我回答："我猜测，恐怕还是为了感情吧。段明伟也是个有身份的人，应该不会无缘无故袭击一个女孩子。能让他如此愤怒的原因，大抵还是因为自己追了多年的女神突然跟别人好上了，才会在冲动下对一个女孩子做出暴力行为。"

周彤说："既然是这样，那他同样也有谋杀卢颖桐的动机，把他列为嫌疑人也不会冤枉了他。"

可是，真正意想不到的事情还在后头，还没有等警方传唤段明伟进行讯问，他自己倒是抢先进了拘留所。

这件离奇的事情是这样发生的……

那天早上，我的一个大学同学，目前在市人民医院工作的牙科医生胡蕾，一大清早就破天荒给我打来电话，说："阿凡，你听说了吗，我们以前的同班同学段明伟遇到麻烦了。同学一场，虽然共读的时间不长，但好歹也是同学过，咱们有空可得去关心一下。"

胡蕾的语气怪怪的。她是我原来班上消息最灵通的女同学，称其为八卦女王也不为过，即使医生工作繁忙，也依旧不改八卦本色。我以为是她听说了段明伟被调查的事情，赶紧说："这事我已经听说了，目前事情还没有定论，还是不要过分声张比较好。"

"不会吧，你消息这么灵通，这可是昨晚的消息啊！"胡蕾在电话里用夸张的语调说道。

"昨晚？发生了什么事？"我无精打采的耳朵又竖了起来，心想难道又发生了什么突发事件？

"不就是……唉，这个我自己说不出口，你自己打开今日热点App看吧。"胡蕾有些难以启齿。

我带着满腹疑团，按照胡蕾的话打开App，点开本地新闻一栏，赫然发现一条《华金证券知名基金经理染黄被抓》的新闻已经登上了点击率榜首，新闻没有打出主角的完整名字来，只知道这位倒霉的基金经理姓段。但是既在华金证券任职，又姓段的知名基金经理绝无仅有，随便百度一下，都会知道说的是段明伟。

这篇新闻的作者叫作雷小丫，文章写道："昨晚，Z市的金融圈被一则桃色新闻炸开了锅，知名的华金证券基金经理因嫖娼被警察带走，消息不胫而走，引起热议。小编迅速出动，短时间内搜集了大量情报，为读者详细解读此次事件。"

这篇文章很好地捕捉了受众热衷于阅读有关金融圈花边新闻的心理，运用自己的想象力，对其中一些细节添油加醋，刻画得惟妙惟肖，所以阅读量非常惊人。

略去那些细节不提，读完文章后，我也大概把事情的来龙去脉弄明白了：某证券公司一位女销售狄某找段明伟谈业务，结果段明伟想潜规则人家，人家不干，后来在段明伟软磨硬泡之下还是好上了，但是业务没有给她。这个狄某心有不甘，一直伺机报复。她的一个男性朋友李某是某财富杂志的分析师，此人在业内混得相当不错，跟段明伟也有些过节。于是两个人定下了一条计策，想要把段明伟拉下马。所以李某故意和段明伟套近乎，并且投其所好，约段明伟一起嫖娼，然后暗中报警，等警察来瓮中捉鳖。段明伟色欲熏心，又喜欢喝酒，醉醺醺的，结果还真上了套。

从文章可以看得出，作者对段明伟怀有明显的反感情绪，一直称"据网上传言，这个姓段的基金经理那方面需求很旺盛，圈子内号称'段王爷'，经常在外面找小姐"。最后还说："纵观金融圈，这几人都有点三观不正，不然也不会演绎出这么狗血的剧情。"

看完这篇文章，我也叹了口气，不禁为温小雅感到难过。段明伟追求了她那么多年，直到最近温小雅才有一点要接受他的意思，这点从温小雅让段明伟送她去机场就可以看出来，如果如文章所说，段明伟真是那种人的话，温小雅倒是有点遇人不淑了。冠冕堂皇的表象下藏着"不能说的秘密",如果不是因为这次被人设局,外人还真不一定知道段明伟的真面目。

我还想上网搜索一下有没有关于此事的其他信息,确认一下新闻的真实性,结果电话响了,是周彤打来的,正好这个电话省去了我不少麻烦。

"看新闻了吗?"周彤在电话里用怪怪的语调问道。

"看到了,段明伟被抓了呗。唉,温小雅估计也挺难受的,我这个老同学啊,最近真是时运不济。"我都差点要替温小雅喊冤了。

"也许就快否极泰来了呢?"周彤似乎话中有话。

"是不是有什么发现?"我赶忙问。

"可以说是非常意外的发现。我们在段明伟公文包里发现了温小雅丢失了的卢颖桐的个案咨询档案。这下你的老同学温小雅总算可以'失而复得'了。"周彤的语气带有一点点调皮。

"什么?怎么会在他那儿?"我吃惊到了极点,忍不住叫出声来。

"这可真是应了那句老话,踏破铁鞋无觅处,得来全不费工夫啊。"周彤对这个意外之喜有点小得意。

由于段明伟牵涉到卢颖桐被杀的案子,他在拘留所还没待够一天,就被警察传唤了。审讯室内,灰头土脸,仿佛一夜回到解放前的段明伟正在接受警方的盘问。出了这样的丑闻,百万年薪的金饭碗自然不保,也难怪他如此消沉了。

"十一月十五日晚上,你是不是去过佩丽丝酒吧?"警官问。

"我不记得了。"段明伟有点心不在焉,想来如此打击之下,他的确也没有心思去配合警方的讯问。

"那我们帮你回忆一下,这家酒吧,你还记得吗?"警官向段明伟出示了佩丽丝酒吧的照片。

"没错,我是去过。男人嘛,喝个酒什么的也平常。"段明伟抬头看了眼照片,厚着脸皮给自己找了个理由。

"那天晚上,你是不是想去找这个女孩?"警察出示了卢颖桐的照片。

"我不认识她,我只不过随便进去看看。"段明伟矢口否认。

"随便看看?酒吧的服务生说看到你怒气冲冲地找人,你去找谁?"警察追问。

"好吧，那天我是去找卢颖桐，我有些话想和她说。"段明伟又不情愿地修改了言辞。

"那你还说你不认识她？我劝你实话实说，我们掌握的情况比你想象的要多得多，说吧，打人的是不是你？"

"是，警官。"段明伟发现形势不对，立马承认，"那天晚上我的确打了她，但是我没有杀人。"

"你不仅打她，还用绳子勒了她，有没有这回事？"警官的语调加重了一些，明显是想通过心理震慑获得更多情况。

"我那晚上正在气头上，她又反过来骂我，那条绳子刚好在她手里，我就抢过来勒了她一下，但是我很快就松开了。警官，我只是想教训她一下，并不想真的闹出人命。"

"你到底和卢颖桐有什么深仇大恨？老实说！"

"我、我发现她和温小雅关系不一般。"段明伟有些无可奈何地说着。

"温小雅是你什么人？"

"她是我大学同学，也是我一直追求的人，她突然间就和另外一个女的好上了，这事我接受不了。"

"你的意思是卢颖桐是你的情敌，所以你才打她？"

"算是吧。"

"你怎么发现的？有真凭实据吗？"

"当然有，但是警官，如果和此案无关的话，能不能不说？"

"不行！任何有关卢颖桐的线索都可能跟本案有关。"

"这……好吧，我没事会在网络社区下载一些女人的情色照片，那些都是按照会员制收费的，卖得特别贵。有一次，我在下载的套图照片里，突然发现了温小雅和卢颖桐的照片，两个人……正在做那种事情。我一开始还不相信，后来慢慢查，发现还真有这事。那天我气不过，就对卢颖桐出了手，后来我挺后悔的。"

"好，你说的事情我们会去核实，下面我再问你其他问题。"这时候，负责讯问的警察拿出了监控探头在卢颖桐家附近拍到的可疑人影照片，上边是一个戴着黑色毛帽，身穿灰色夹克的男人。

"这是我们在卢颖桐家附近拍到的，这个人你有印象吗？"

"没有，我不认识。"

"那么，你回答我的问题，十一月十七日晚上，你在哪里？"

"我那天晚上在，在……"

"在哪儿？"

"在一个女人家里。"

"她的名字？"

"马玉玲。"

"我们会去核实的，如果那个人无法帮你证实，那你的嫌疑就很大了。所以你要老实回答下面这个问题，卢颖桐的档案为什么会在你那儿？"

"我……是我捡到的。"

"捡到的？你骗谁呢，有这么巧的事？"

"就是这么巧，我发现有人把它放在我办公楼楼下的过道上了，我一看是温小雅的病人档案，尤其还是那个卢颖桐的，就顺势收了起来。你们不信可以去查公司的监控视频，事实就是如此。"

审讯过后，警察根据段明伟的口供，果真找到了那位叫作马玉玲的女人，其身份是另一家证券公司的行业分析员，刚刚大学毕业不久，大概是想攀上段明伟这棵大树，通过酒局认识后便勾搭上了，之后段明伟便经常到马玉玲的住处去。

马玉玲证实了段明伟的证词，那天晚上，段明伟的确是在她家度过的，并没有作案时间。这样一来，虽然段明伟金融圈"段王爷"外号是坐实了，但也撇清了作案的嫌疑。

如果不是徐闯，也不是段明伟，那凶手又会是谁呢？

周五的上午，我接待了一位极度焦虑的来访者。他名字叫阿超，三十五岁，身形肥胖但无精打采，他有严重的神经焦虑症，酗酒，体型超重，对工作极度不满，但为了生计仍在勉强维持。

阿超的焦虑症是如此严重，以至于他无法单独前来治疗，是由朋友陪同的。

高度近视的眼镜，宽大的西装也掩饰不了的大肚腩，面上毫无光泽，走不到几步路已经有些气喘。

当我问阿超为什么频繁换工作的时候，他回答道："大概是因为没有安全感吧，我在过去的半年里换了三份工作，每个我曾经工作过的地方都让我害怕。无论什么工作，只要我一旦开始做，我就会整天担心失去工作，我想我有阴影。"

在与阿超的接触中，我最深刻的体会是他迫切地需要鼓励。阿超总觉得三十五岁是一个尴尬的年纪，现在开始做任何事情都已经太晚了，他毫不忌讳地承认他对自己很失望，这是一切不安全感最根本的来源。总体来说，阿超是一个使用被动方式的支配者。在过去的许多年里，他的被动让他失去了许多他支配自己生活的机会，导致他形成了强烈的自卑感并且生存能力很差。尽管自卑，但他又有着无意识的优越感，这使得每份需要服务他人的工作都让他感觉不适应。在人际关系方面，因为自卑，每次与人拉近距离他就害怕会被伤害，所以总是斩断情丝保护自己。

在这个个案中，我帮助阿超重新评估他的生活方式，并且一直暗示他个人好的方面要比坏的方面多得多，他得到了鼓励，这是最重要的。同时，我也帮他修正极端的认知方式，他的世界观非黑即白，不是最好的便是差的，犹如他强烈的优越感和自卑感。我用人类与猩猩的事例鼓励他：人类的基本生存方式是互相尊敬与合作，他需要迈出去那一步，去寻求这种尊敬与合作。

刚做完阿超的个案，我感觉一身疲累，但看到阿超一天天感觉自己"跟原来不同"，生活态度变得积极起来，我又有一种与众不同的成就感。这大概就是虽然心理医生的工作迫使我们不断接受负面情绪和负能量，可是依然有那么多人坚持从事这份工作的原因吧。

快到中午的时候，周彤来了。从她一脸轻松的表情看，显然案子有了新的进展。

"医生，有一个好消息和一个坏消息，你想先听哪个？"她有些故作神秘地说。

"周警官,我想先听好消息。"我马上举手表态,"最近负能量太多,都快缓不过劲来了,来个好消息提提神吧。"

"好消息是我们找到徐闯口中的模特林美允了,她刚从外地旅拍回来,向我们证实了徐闯的说法。那天晚上十一点半到十二点之间,他们的确在徐闯的摄影室拍照,而第二天她就去了外地并换了卡,所以……"周彤说到这里顿了顿,"卢颖桐被杀时,徐闯并没有作案时间。"

"这也不算是多好的消息嘛。"我小声嘀咕道,"好吧,那坏消息呢?"

"坏消息是,三号嫌疑人现身了。"周彤用习以为常的口吻说道。

"三号?难道除了徐闯和段明伟之外,还有其他嫌疑人吗?"我不由得瞪大了眼睛,但是紧跟着想起,机场那个盯梢的身影,是他吗?

"段明伟说卢颖桐的个案资料是他捡的,我们还半信半疑,但是华金证券公司附近的监控视频证明他没说谎。只是,这个'偷偷'归还档案的人的身份却是耐人寻味。"周彤故意卖了个关子。

"到底是谁啊?"我的好奇心被充分地调动了起来。随即意识到自己的坏毛病想改却总改不掉,结果就是一次又一次被周彤拉上"贼船"。

"你来看看。"周彤向我展示了一张监控照片,是一个戴着白色面具的人影,"就是这个人把卢颖桐的档案丢到段明伟的必经之路的。"

"这个人为何要戴着白色面具啊?"我看得眉头大皱,这个人从身形看起来很陌生,但是区别我还是分辨得出来,既不是我在机场看到过的那位,也不是我在徐闯摄影工作室附近看见的人。

"别着急,我们的天网监控可不是闹着玩的,虽然他在去投放档案的路上戴了面具,但是我们的视频技术人员沿途追查,通过不懈地追踪比对,还是拍到了他的真身。"周彤不无得意地说。

的确,现在监控摄像头布置的区域覆盖面积已经比以往大了很多,虽然还有一些死角,但是一般的案件只要查看监控进而追踪,犯罪分子就会无所遁形。

周彤不慌不忙地拿出另一张照片,这张照片里的人已经摘掉了面具,而且还脱掉了一件外套，换上了便装，改头换面大概是为了躲避追踪吧，但是毕竟反侦察能力有限，还是被无所遁形的天网找了出来。

我擦亮眼睛，仔细观察这个人的身材和远距离拍到的侧脸，越看越觉得熟悉，只是一时想不起来。

"我们经过多方核实，证明他是K市T大医学院的教授谷开源。"周彤看我犯愁的样子，也不含糊，直接揭晓了答案。

"谷老师！"我大感惊愕，一连串的疑问立即闪过我的脑海，脱口便问道，"他怎么会在这个地方？又怎么会拿到卢颖桐的档案？我不明白。"

"这就要问他自己了。我们调取了航空公司的记录，发现他选择的航班恰好是温小雅的下一班飞机。也就是说他悄悄尾随着温小雅来到了Z市，并且入住了离这儿不远的华富大酒店。既然是你以前的老师，要不要和我一起去拜访一下这位'热心'的老先生？"周彤再一次"好意"地邀请我。

我百思不得其解，一位德高望重的医学院教授，为什么会带着小丑一样的白色乳胶面具，大概是因为要做什么见不得人的事吧？但把卢颖桐的档案交给失主的朋友，也没有见不得人吧，进一步说，他为什么不自己交给温小雅却要转借段明伟之手？那只有一种解释，就是他不想让人知道他拿到了这份档案。结合卢颖桐被杀案的情形，最有可能的解释是，谷开源也由于某种原因，到过案发现场，并且拿到了这份档案。他戴上面具的原因就是不想别人知道他"意外"拿到了这份档案。

他到底是以什么样的身份卷进这起案子的？这个问题实在令人费解。

我疑惑地望着周彤，琢磨着她希望我一起去的原因，周彤大概是希望不要和谷开源一见面就弄得太僵吧。毕竟我是他以前的学生，以学生看望老师的名义拜访会圆滑很多。我想了想，最后点了点头。

华富大酒店位于Z市东北部，周边金融、餐饮、娱乐、购物设施齐全，因为距离机场近，所以成了很多过往旅客的首选。酒店有着浓郁的欧式风格，华贵典雅，久负盛誉的华富食街既古香古色又独具创新。周彤询问了酒店前台，查询到谷开源住宿的房间是912，于是我们直接坐电梯到了九楼。

电梯缓缓地上升，我看了看时间，这时候是下午六点十五分，利用这一点点时间，我在电梯里又温习了一遍见到谷开源时的台词。

912房间就在电梯口斜对面，一开电梯门就可以看到。这时候，只听见周彤低声道："咦，房间门怎么是开的？"

我赶紧瞥了一眼，果然，912的门并没有关，而是轻轻掩着，像是有人刚刚进出过。

我的心一紧，莫非又有什么事发生？

我们三步并作两步走到门前，这时候，屋内急促的脚步声响起。

门哗啦一声被拉开了。

开门的竟然是一个女人，鹅绒色的大衣外套，红色的围巾，气质温婉大方，见到我们的那一刻她微微张开嘴巴，显然跟我们一样惊讶。

"怎么是你？"我和她两个人异口同声叫了出来。

华富大酒店，912房间门口。

眼前开门的人竟然是温小雅，见我们突然出现，她的神色有些惊慌，闪烁不定的眸子定定地望着我，仿佛希望我能给她一个答案。

"小雅，你怎么会在谷老师的房间里？"实际上我比她还要吃惊，张口就问。

"是谷老师发信息让我过来的，他说有急事来不及解释，叫我先过来再说，我当时也没细想，直接就赶过来了。"温小雅不假思索地回答，大概是觉得容易被我们误会，她赶紧从房间里走了出来。

"那你又是怎么进的门？"周彤插口问道。她的语气就不像我这么温和了，眼神也犀利得像箭一样。

但是温小雅并没有被吓到，只听她缓缓解释道："谷老师在信息里告诉我房卡藏在房间外的花盆里，叫我直接开门进去，说自己一会儿就到。我来到房间门口按了按门铃，叫了几声，都没人应，拿了门卡开门进去也不见人，我刚想打电话问他，你们就来了。"

看样子温小雅对谷老师的失踪也是丈二和尚摸不着头脑，不过从他们的交流中可以看出两个人的关系非同一般，温小雅几乎是无条件地信任着谷开源。

我想，温小雅此时应该还不知道是谷开源得到了卢颖桐的治疗档案，并且刻意让段明伟捡到的事，所以自然也不清楚谷开源与此案的关联。

　　更重要的是，谷开源作为案件的三号嫌疑人，此时却把她叫到自己的房间来，这其中的缘由的确有点耐人寻味。

　　"这就奇怪了，谷老师约你过来，为什么他自己不在房间呢？还有他的行为怎么这么怪异，叫你直接拿钥匙开门？这可不是一般情况下邀请人上门的方式啊，除非有什么特殊情况。"我连珠炮似的一连问了好几个问题。

　　"阿凡，你问的问题我也想知道，我马上打他手机！"温小雅虽然表面上还算镇定，但想必也是心急如焚，她二话不说拿起手机开始打电话。

　　但是这一招并不奏效，过了一会儿，她朝我们皱了皱眉头，道："奇怪，谷老师的手机一直提示关机。"

　　"小雅，你老实告诉我，你和谷老师之间是不是发生过什么？"我压低声音问道。

　　"没有。"温小雅咬咬下唇，摇摇头，"我后脚跟刚踩进门，你们就到了，我看到的情形和你看到的是一样的。"

　　"那么……"我略做思考，又问道，"最近你俩之间有联系吗？"

　　"好久没联系了，也就是那天去开会的时候才聊了几句。"

　　"除了学术之外，你们还谈了些什么？"

　　"我把最近发生在我身上的一些事情告诉了他，也许是因为关心我吧，谷老师问了我很多关于那些事的细节，但也仅此而已。"温小雅显然没把这件事放在心上，只是当成一种向长辈的倾诉。

　　有点不妙！综合目前的情况来看，谷开源对这些事情了解得比我们想象的多，更重要的是，他对温小雅的感情明显已经超越了师生的范畴，只是温小雅还没有意识到这一点，于是我继续追问道："小雅，能不能告诉我，当时谷老师问了你哪些事？"

　　温小雅答道："不就是我和卢颖桐的事情吗？那是我近期最大的烦恼。我当时也没多想，脑袋一热就把事情都跟谷老师说了。谁想到他会热心到马上跑过来呢？现在想想当时我真是傻透了。我这次过来就是想好好和他解释解释，让他放心回去的。"

"你口中的谷老师，那天晚上可能也到过案发现场，也就是卢颖桐家中。"这时候，周彤突然开口，大概是想看看温小雅在无防备下的即时反应。

"你说什么？"温小雅一脸惊愕。她的表情不像是装出来的，倒更像是突然间听到了难以置信的消息。

"我们有证据证明，卢颖桐的个案资料曾经落在谷老师手里，后来才转交给了段明伟。"周彤又补充解释道。

"这不可能……"温小雅迷惑而又不解地摇摇头，"谷老师……谷老师他怎么会跟这件事有关？"

"什么都别说了，先进去房间看看吧，兴许会有线索。"我见一时间说不清楚，赶紧提议道。

我们几个一起迈步进入谷开源的酒店房间，只见酒店的书桌上最显眼的位置放着一封信，走近一看，只见信封上写着一列秀美的字"温小雅亲启"。

温小雅望向我，我朝她点了点头，于是她打开信封，开始阅读。

随着阅读的进行，温小雅脸上的表情变得复杂起来，既有些难以置信，又饱含着哀伤和痛苦。

"发生什么事了小雅？"我急忙问道。

她皱了皱眉头，把信件递给了我。

我打开折叠得很工整的信一看，只见上面写着：

亲爱的小雅：

当你看到这封信的时候，我大概已经出发，去做我认为该做的事情了。

写到这里我感慨万千，我不知道要以什么方式与你告别，也许我选择的方式，并不是一种多么流行、便捷的方式，却是我这个时代的人最熟悉且最有感情的方式了。

首先要说，你在大会上的演讲真的很棒，让我看到了心理治疗新的未来，我真心为你在心理治疗上取得的成就感到欣慰。

可是，我很惭愧，因为有些情愫想向你坦白。

我其实，很喜欢你。

自从你第一次走进我的办公室，我就深深地感觉到你的与众不同。

你的笑容、你淡淡的忧伤，都令我在无数个夜晚心驰神往。我清楚地记得你的每一件小事，我期望着你向我求助，我想尽我所能地帮助你，看到你难过我会心疼，让你重新露出笑容会使我感到十分幸福。

感谢你，感谢你这么多年的相伴。

有生之年还能与你在医学心理学的论坛上重逢，已经是我最大的满足。

我现在已经有点分不清对你的感觉到底是对女儿的亲情之爱，还是对女性的倾慕之情，又或者两者兼而有之。

但总之，我知道，我是爱你的。

作为一名学者，也许说出这样的话来十分令人羞耻，但是我知道，这是我最后的机会了。

当你向我吐露你生活的心酸的时候，你像一个受了委屈的孩子，而我则再次看到了人生的意义所在。就像多年前那一天，你告诉我世界上只剩下你一人的时候，我感受到的强烈的责任心。

从那一刻起，我就下定决心要做这几件事。

卢颖桐的档案是我拿到并且丢给段明伟的。那天，我跟着你回到这里，听到了档案失窃的消息。我知道你心急火燎，所以想帮你把档案要回来。但是那天晚上，我去到卢颖桐家里的时候，她已经被杀了。我搜索了一下屋子找到了档案，还发现了一个面具，我拿上档案和面具马上就走了，这一点我向你保证，人不是我杀的。

请你不要怪我，不要怪我为你做的一切。祝你前程似锦，平安幸福。

信读完了，我内心发出一声长叹：一个老教授能够写出这样洋溢着热烈和纯真情感的信件，不得不感叹男女之间的情感的确可以超越年纪和身份。我无法对这种情感做出任何评价，我只知道人类的一切情感都有着生理和心理的双重因素，更重要的，是人与人之间不可预知的、复杂多变的羁绊。

"我真的不知道谷老师对我……"温小雅哽咽着说不出话来，过了一会儿，她仿佛又想到什么，喃喃道，"等等，他信中所说的，要去做的事情到底是什么？"

我也是神色凝重，从他信中宛若绝笔的口气看来，这一点不得不令人担忧。

为了查清楚谷开源的去向，周彤第一时间调取了酒店的监控视频，发现谷开源是在一点多离开酒店的，而温小雅收到信息的时候是两点，也就是说，他是在离开后才给温小雅发的信息。谷开源到底去了哪里？周彤立马打电话给交通科的同事，让他们帮忙调取交通监控录像，尽快查清楚谷开源的去向。

"谷老师他会不会出事啊？"温小雅咬着嘴唇，神色开始慌张起来。

"小雅，你不要急，周警官他们一定会查清楚的，眼下最要紧的是找到谷老师的下落。"我试图稳定她的情绪。

这时候，温小雅的手机突然响了，她看了一眼号码，差点要跳起来，朝着我大叫道："阿凡，是谷老师打来的！"

"你快接，听听是怎么回事。"我也催促道。说实在的，我和谷开源不算有多深的渊源，但是眼下这种情况让人不由得跟着着急。

"谷老师，你在哪里啊？"温小雅一接起电话便大声问道。

我本能地朝着温小雅的身边凑了凑，但只依稀听到电话里传出"再见"之类的字眼，其他的什么也没听到。

这通电话短得让人无所适从，温小雅放下电话，无奈地望向我，满脸的痛苦和焦急。

"怎么了小雅？他说什么？"我赶紧问道。

"谷老师跟我告别，希望我原谅他，其他什么都没说就挂了。谷老师他到底在哪儿啊！"此时的温小雅也丝毫顾不上保持姿态了，着急得直跺脚，眼泪已经在眼眶边上打转了。

这时候，周彤走回来，兴奋地对我们说："我们的同事通过交通监控，已经追查到谷开源的下落了。"

"太好了！周警官，谷老师现在在哪儿？"温小雅喜道。

"从他最后在监控视频里出现的时间、地点和方向判断，他去的地方很可能是徐闯的摄影工作室。"周彤沉声道。

"他去那里，难道是要……"这两个本来八竿子打不到一起的人突然间有了交集，多半是因为温小雅，这让我心中顿生一股很不好的预感。

"事不宜迟，我们赶紧过去吧。"周彤面色严峻，边说边朝着电梯的方向走。

"我能一起去吗？"温小雅一脸哀求的表情，"如果谷老师要做什么冲动的事的话，我会帮忙说服他。"

没准还真需要。

周彤看了看温小雅，爽快地答道："走吧。"

一边开车，周彤一边整理迄今为止收集到的各种线索呈现出来的全貌："现在我们大致可以勾勒出卢颖桐被杀那天晚上发生的事件轮廓了。首先是徐闯找卢颖桐拍照，被拒绝后便离开了，紧接着凶手来了，进而行凶，然后谷开源找上门来，拿走了卢颖桐的档案，最后第二天小雅上门，发现了卢颖桐的尸体。小雅，我说的你赞同吗？"

温小雅坐在后座，嘴里不知道自言自语着什么，有点魂不守舍的，听到周彤突然叫她，只是茫然地附和了几声："啊，是，我赞同。"

我觉得周彤只是在试探她，也不是真的问她看法，而小雅此时牵挂着谷开源的安危，根本无心听其他人说话，于是我替她接口道："周警官，我好奇的点在于，谷老师进入卢颖桐家中的时候，凶手是不是还在那里。"

"这点就得询问他本人了，所以说，目前最要紧的就是找到谷开源的下落，兴许他曾经目击到凶手作案，能够作为我们重要的目击证人也说不定。"看得出周彤对谷开源的失踪也十分着急。

因为徐闯的工作室离华富大酒店的距离比较远，所以周彤警官一改往日开车斯文礼让的作风，车开得犹如脱缰的野马，油门一踩，就风驰电掣起来。

"周警官，你最近开车都是这么豪放的吗？"我惴惴不安地抓住副驾驶座顶部的拉环，目送着两侧的树木飞快地掠过。

"当然不是，只是今天事情紧迫，你们坐稳了。"周彤叮嘱一声，又加大了油门，车子如箭一般冲了出去，溅起了水坑中的不少水花。

尽管开足马力，但是当我们赶到的时候，还是晚了一步。

在徐闯工作室南面的墙壁上，挂着一幅照片，那是Z市摄影大师赛金奖作品。

照片中，一只雄性园蛛接近一只雌性园蛛，试图与它交配。但传宗接代计划没能成功，之后不久，雌蜘蛛杀死了他，将它裹在蛛丝里。

这幅作品的名字叫《致命的爱》。

将这幅照片挂在这里，大概为了说明主人心中某种狂热的追求。

但他大概不知道，这幅照片揭示的是达尔文著名的"雌雄淘汰论"。达尔文认为，生物除了为适应环境而发生的演化外，肯定还有其他某种力量在发挥作用。这种塑造物种的力量左右了雌性受审美影响而做出的配偶选择。一只雄性大眼斑雉的尾部羽毛长达一米左右，成年雄性驼鹿那巨大的鹿角不仅仅是一种助攻武器，还是雄鹿成熟的标志之一，它代表了"能量和资源"的数量，是向雌鹿展现自己身体健康和基因质量的工具。达尔文曾经深入研究过这两种动物，并将其作为雌雄淘汰理论的证据之一。

然而，此时，就在这面墙壁下，躺着一具尸体，正是这个工作室的主人——徐闯。

徐闯倒下的时候，脖子上还缠绕着一圈绳子，说明他很有可能是被勒死的，而他的双手还死死地抓住绳圈，神态狰狞，显然死前曾用力挣扎过。

而离徐闯的尸体不远处，还躺着另外一个人。

那个人五十多岁，有一头银色的头发，颧骨突出，肩膀宽阔，衬衣之上套着一件灰色的羊毛外套，体格比较强健。

他便是T大医学院的教授，也是我们大学本科时的老师，谷开源。

周彤朝我示意，意思是说谷开源也已经死了。

事发突然，我们都来不及仔细思考，但这一幕对温小雅来说无疑是最残酷的。

"小雅，别看了。"

事已至此，我用身体挡住温小雅的视线，又搂住她的肩膀。

她顺势把头埋在我的胸口，双手抓着我的肩膀，忍不住大哭起来。我有点不知所措，但又不好推开她，显然她这时候最需要的就是一个依靠。

"谷老师，谷老师他其实是一个好人……"她一边痛哭一边说，"大学的时候，我父母双双遭遇车祸，永远地离开了我。当全世界剩我孤单一人的时候，是谷老师陪在我身边。所以我总是觉得，谷老师就是我最亲的人，我潜意识里已经把他当成亲人了，只是从来没有说出口。为什么，为什么他这么快就走了啊，为什么？"

想不到温小雅的身世这么可怜，我不知道该说什么，也不知道该做什么，就一直保持那个动作。她一直在哭，哭得很厉害，我整个衣服都湿透了。这也难怪，谷开源大概是除她父母外对她最好的人，突然间就这么死了，谁接受得了？

我只好轻轻拍着她的后背，安慰道："没事的，我也会陪你的，小雅。"

等警方赶到，配合他们做完一些调查，再送温小雅回家，最后我筋疲力尽地回到咨询室时，已经是深夜了，我没有睡，而是立即开始做下一个咨询个案的准备工作。

第二天的个案对我来说十分重要，丝毫松懈不得。因为这个个案跟当初徐闯的个案有些类似。其实我一直有些难以介怀，总会不由自主地想，如果我当初对徐闯的治疗达到了理想的效果，那么是不是就没有后来这么多事了？

凡事没有如果，我也只能在下一个个案中努力做得更好，弥补我内心的愧疚感。

晚上的来访者是一位网络大电影的导演，叫文凯，一个四十多岁的中年人，戴着墨镜，脑后扎着小辫子，穿着一件宽大的T恤衫。

文凯的苦恼来自他不由自主的性唤醒。拍电影的时候，因为片子要博取点击率，经常在拍摄时打擦边球，比如要加入不少女演员的性感画面，比如泳装，比如刻意地搔首弄姿，甚至隐约地露点。文凯告诉我，他在拍片时越来越有那种冲动，甚至还有潜规则女演员的想法产生。

但幸好，文凯是一位艺术修养较高，并且愿意克制自己的从业人员，而且他的老婆和女儿也知道他的想法并且很理解他，于是他找到我，希望我能帮助到他。

　　对于这个个案，我还是有把握的。首先文凯本人有很强的决心，其次他背后也有家人的宽容和支持，治疗的成功率大大增加。我为文凯制定的治疗方案是"内隐致敏疗法"，这是一种目前应用得比较广泛和普遍的认知疗法，原理是将需要戒除的目标行为和某种不愉快的惩罚性刺激联结在一起，通过厌恶型条件反射，达到戒除或减少目标行为的目的，常用来治疗各种不良冲动。

　　这种疗法俗称厌恶疗法，在经典电影《发条橙》中有过很好的演绎。《发条橙》的男主角亚历克斯是一个性冲动扭曲，并且有严重暴力倾向的年轻男子，但是他同时也接受过良好的教育，对古典音乐深有研究。在一次作恶被警方逮捕后，为了早日离开监狱，亚历克斯接受了心理医生的治疗。在治疗中，医生给亚历克斯观看许多极端暴力和色情的音像资料，但是同时又给他用一些不知名的药剂，当药剂发生作用时，亚历克斯就把这些恶心感和暴力、色情行为联结在一起。一旦他想到这些行为，身体就会条件反射似的产生恶心感，迫使他停止那些行为。

　　这种治疗法在文凯身上同样适用，只不过场景有所变化。因为文凯是一个非常重视家庭的人，所以我让他想象并且体验的场景是，当他与女演员亲热时被家人发现，特别是被女儿发现，这种联想会让他感到恶心。通过这种自控方式，下一次出现冲动和闪念时，会很快被他所厌恶的这些画面所替代，这样就可以逐步抑制他内心的本能冲动。

　　好不容易做完了文凯的个案，我感到一身疲惫。但是脑子又放松不下来，躺在沙发上把玩着手机，焦急地等待着周彤告诉我案件勘查的最新进展。

　　等了半天，手机都没半点动静，最后我实在按捺不住了，直接打电话给周彤。

　　周彤似乎料到我会打电话问她，嘿嘿直笑，说道："高医生我等你的电话等半天了，你定力怎么那么好？"

我暗呼上当，但只能硬着头皮继续发问了。

"初步的尸检结果显示，徐闯死于窒息，而谷开源是中毒身亡。结合现场勘查的情况分析，是谷开源勒死了徐闯，然后又服毒自杀了。"周彤简单地用三言两语把结果告诉了我。

"谷老师为什么要杀那个摄影师？"我还是感到十分不解，"他俩之间明明毫无交集！"

"应该是为了保护温小雅。你跟我都清楚，谷开源对温小雅一直以来都有超越师生的情感，所以总是在背后呵护她，尽力维护她的名声，而徐闯似乎掌握了一些不利于温小雅的东西。"周彤话中有话。

"不利于小雅的东西？"我努力在脑子里搜索，但确实想不到徐闯和温小雅之间会有什么直接的关联。一个是心理医生，一个是摄影师，按照卢颖桐的性格，也不会介绍他们俩认识。

"是温小雅的裸照。"周彤沉声道。

"什么？"我大吃一惊，"徐闯为什么会有这种东西？"

"大概是趁温小雅和卢颖桐在一起的时候偷拍的。"周彤用带有明显厌恶的口吻说道，"徐闯把这些照片卖到了一个情色社区，获取了大量利润，这跟之前段明伟的口供是吻合的，他也提过他在情色社区里看照片时发现了温小雅和卢颖桐的关系。徐闯电脑中大部分的照片都被谷开源删除了，但是我们的技术人员恢复了其中的一部分，从而洞悉了谷开源的杀人动机。"

"可是，谷老师为什么会知道这件事？"我再次提出疑问。

"大概是有人给他通风报信吧。"

"通风报信？"

"是的，我们搜查谷开源的通话记录发现，最近他除了和温小雅有联系外，和一个陌生号码也有多次通话记录，特别是在前往徐闯的工作室前，两个人还有过通话。我们怀疑关于徐闯的信息有可能是这个人透露给谷开源的。"

"这么说，这个人有可能是幕后的操纵者。不过，这样一来也解释了谷老师为什么选择那么简单粗暴的方式了结徐闯，大概那个神秘人也告诉了他警方正在调查他，所以他才急急忙忙对徐闯下手。"

"没错，这的确是一个神通广大的人。"

"唉，没想到这徐闯竟然是一个人渣，还艺术家，真是高估他了。"听到这个消息，我也是气愤难平。但一想到温小雅又在不知情的情况下受到了伤害，又有些心疼。

"从目前的线索看来，徐闯被杀一案的脉络还是比较清晰的，谷开源留下的遗书和遗言可以表明他作案的时间，而我们发现的证据又说明了他的作案动机，再加上现场勘查的结果，并没有太多的疑点。"周彤一本正经地分析道。

"既然如此，那关于杀卢颖桐的凶手呢，从这个案子中能得到什么线索吗？"我不由得产生了更多的联想。

"现在最可疑的当然还是那个神秘人。"周彤像是回答又像是自言自语。

神秘人是谁，会不会就是第一天我在机场见到的神秘身影？

那个身影应该不是徐闯，两个人的体格和身形差异太大，再说徐闯也有不在场证据；同时应该也不是谷开源，谷开源那时还在外地，不可能出现在Z市机场；也不会是段明伟，他自己已经否认了这一点，再说如果他真是那个帽子男，那天晚上他就不会在马玉玲家里了。

也就是说，这个案子妥妥的有第四号犯罪嫌疑人，很可能就是幕后真凶。

挂掉周彤的电话，我淋了个浴，然后爬上床，关上灯，独自面对黑暗，仰卧着静听，想尝试着收集一些来自潜意识的线索，期待着远处黑暗中有一个独特的嗓音向我解释这一切。

但是没有，我什么也听不见，黑暗的远端传来的只有我思考的回响。

我慢慢睡着了，并且开始做梦。

有一个很多人都不知道的科学原理：大脑在人睡觉时更活跃。

进入梦乡时，大脑会处理白天经历的所有事情，一些科学家认为这是我们会做梦的原因所在。一些科学家表示大脑以做梦的形式处理复杂的情感和日常生活中经历的事情，其他一些科学家则认为这是大脑将信息归零的一种方式，就像电脑一样。最近进行的一项研究发现，做梦能够帮助我们缓解伤痛。智商越高的人越容易做梦，白天打个盹就能够让人的精力更加充沛，以更饱满的热情投入到工作中去。

睡眠时的大脑，才是思考的专家。

解决这个案件最后的办法，也是我在将醒未醒的时候想到的。

起来后，我又把灯打开来，离开黑暗，拿着笔记本坐在床沿。

我浏览着自己记的一些笔记，然后把各条线索简要记上一两句，另外又写上我的一些想法，像猫玩线团一样玩味着。直到思路越来越少，反复出现的都是同一个想法时，我只好放下笔记本，这时候我想找本书来看看安静一下，拯救一下混乱的思绪。

匆匆忙忙中，我找出来的书是温小雅的《负负得正——我的人格观点》，翻着翻着，突然一个大胆的念头跃上脑海。

该不会是这样吧？

这个想法给我的震惊之大，使我不得不推翻之前的许多推断。

为了求证这个念头，第二天，我又跑回到一开始的调查地点——佩丽丝酒吧，找到酒吧的经理，让他帮我调查一件事。由于上次我是和周彤一起来的，大概是看在警官的面子上，酒吧经理为我特地开了绿灯，召来了一群服务生供我提问题，还应我的要求帮我调取了某日酒吧门口的监控录像。

看到影像时的我激动万分，看来我猜测的方向没有错。

紧接着，拿到这关键性的证据之后，我并没有急着去进一步求证。我一边拜托周彤帮我搜集一些信息，一边赶回我的咨询室，我知道那里有一个人在等我。

雨韵，十一月十四日那天我在机场偶遇的"怪案收集小天后"。

人海茫茫，找一个人本来是一件很有难度的事。但因为雨韵是我的粉丝，自然会关注我的微博，所以我在微博上留下了寻人启事，让她看到之后给我私信。

在确认了雨韵的微博之后，我给她发去私信，附上我工作室的地址，邀请她今天过来与我一聚。

穿着粉红色棉外套和牛仔裤，长相甜美可爱的雨韵在咨询室里和兰妮聊得正欢，两个人年纪相当，自然有不少共同话题。

见我走进咨询室，雨韵兴奋得从沙发上跳起，叫道："侦探大哥，你找我，是不是又有新案子啦？"

"叫我医生就行啦哈哈。"我朝她挥挥手，"这次是有件事想请你帮忙，咱们坐下慢慢说。"

"好的，医生大哥。"她做出很乖巧的样子，坐下之后双手老老实实地放在大腿上，样子有点好笑。

"雨韵妹妹，这次请你过来，是想继续咱们之前的话题，关于那个十字杀人案。"我开门见山地说明了来意，"如果方便的话，我想继续听你对于那个案件的看法。"

"我就知道医生大哥你找我肯定跟这个有关。"雨韵嘴角掠过一抹笑容，她随即收起腼腆和客套，开始大刀阔斧地分析，"那我就献丑了，根据我的推断，在那起案件中，所谓的自杀，实际上只是一种仪式。"

"仪式？怎么说？"我讶然问道。

"在男女的情感纠纷中，自杀常常会成为一种手段，目的是为了引起对方强烈的情感反应。"雨韵有板有眼地说，这倒是出乎我的意料，这小丫头明显对心理学了解得不算少。

"所以你认为这是一起因为情感纠纷而导致的杀人案？"我皱了皱眉头。因为案发后警方对死者的人际关系圈进行了调查，已经初步排查了这种可能性。

"不，如果是因爱杀人，现场不会呈现出那种状态，而且警察从死者的人际关系圈会很容易调查出来，比方说妻子、情人等。"雨韵倒是经验十足。

"那你指的是？"

"我指的是一种类似的行为。他做出自杀的样子，只是为了激起某个人强烈的情感反应。我不知道他是谁，暂且称之为神秘人吧。"

"这个思路很新颖，你继续说。"

"但那个人很可能不是凶手，我这么推测的原因是，死者的伤口不多，现场也没有大量的血迹。如果是那个被激起强烈反应的人挥刀的话，不会表现得如此理智，攻击也不会这么准确和有效。"

"所以你认为？"

"所以我认为，凶手是其他人，现场一共有三个人。"

"你觉得凶手会是什么人？"

"凶手我倒是心里没底，我只是对死者'自杀表演'的对象有一些想法。他应该是曾经与死者有过近距离接触的人，比如说前女友之类的，但是我不确定，因为我对死者的人际关系圈并不了解，这只是我的一种直观推测。"

"你的想法很大胆，但是仔细想想倒也合理，不过，我还想听听你具体说下这种自杀方式的作用。"

"医生大哥，你看看这则新闻。"

边说着，雨韵边给我看一则新闻，同样是今日热点App上本地新闻里的社会新闻版块：

据媒体8月16日消息，最近，Z市开庭审理了一起编造虚假恐怖信息案，犯罪嫌疑人王某因为与女友常某闹分手，想让女友后悔，于是报假警声称自己安放了爆炸物，意图让警方击毙自己，从而给王某造成永久性的心理负担。

这起闹剧起于王某与常某的感情纠葛。王某此前一直在Z市打工，去年11月，王某与常某相识。同在异乡为异客，两人开始了交往，并很快同居了。半年后，常某在王某的要求下，辞掉了原有工作。

意外发生于今年6月，王某因为骑摩托车摔倒导致骨折住院。术后住院期间，常某与王某母亲一直在医院照顾他。王某出院后，提及要和常某结婚，但是对方回绝了，之后两人又回到了Z市。只是这时候，常某出于生活需要，重新找了一份新工作，之后两人也就没有继续住在一起。有伤在身不能出去工作的王某，敏感地发觉两人的感情疏远了，他认为是常某嫌自己不能挣钱了，养不起她了。7月22日上午常某回到王某的住处，将自己的衣物取走了。

这段感情的结束，让王某难以释怀，他想要报复常某，让她后悔一辈子。事发当天，中午开始王某就一直喝酒，到了下午他给常某发了短信，称他要自杀，要让她后悔一辈子，常某担心之下来到了王某住处。王某一看到常某就从桌子上抄起水果刀，并指着常某喊："你过来！"常某太过害怕当即喊了起来。听到常某的喊声，王某顺手把刀扔在了桌子上，拽了一下常某的胳膊，她顺势坐在了床上。王某将房门关上后，就打电话报警，称自己劫持了一名人质，并称自己在单元楼内放置了炸药。在王某报警的过程中，常某一直在抢他的电话，叫他不要胡来，但是常某毕竟无法与一个情绪躁狂的成年男子相抗衡。报完警，王某拿起刀，把常某拽进卫生间。一会儿，警察来了。王某一直用左手按住常某的脖子，右手持刀架在她的脖子位置，打开卫生间门走出去，而常某一直在哭。

其间，王某对警方提出多个要求，就是想要让警方击毙自己，好让女友为自己后悔一辈子。不过民警在交涉中，将其制服。庭审时，王某说出了自己当时的想法，他称自己当时就想用这种极端的要求引起警察的注意，让警察感到他对人质有威胁，对整座楼有威胁，好让狙击手枪毙了他，让他死在常某身边。

原来如此！雨韵所说的"手段"是这个意思。

雨韵又接着解释道："所以事情应该是这样，死者所谓的自杀，实际上只是为了刺激这个神秘人，使其难过而已。所以他在开始了自杀的仪式之后，主动让神秘人知道，并且开门让他进来，而当神秘人离开后，真正的凶手出现了。凶手到底是抱着怎样的心理我不得而知，但是总之，他是不喜欢死者这种行为的，于是他真正地杀死了死者，所以才会出现现场那种奇怪的画面。"

雨韵的想法无疑开拓了这个案子的分析思路，我心想回头得跟周彤好好说说，说不定会对案件有所突破，不过眼下还得继续收集信息。

"明白了，好吧，那你对那个血十字又有什么看法？"我又问道。

"我认为是死者自己留下的，目的是为了恐吓那个神秘人。"雨韵认真地说。

"这么说十字的含义到底是什么呢？"我托着下巴问道。

"这个含义，我想除了死者之外，被吓唬的那个人是最清楚的。只要找到那个神秘人，一切都会真相大白。"雨韵似乎很有把握，看来她对这个案子思考过很多次。

最主要的是，她的思维不受经验和常理的约束，更加跳脱，于是打开了更多的可能性。

"太谢谢你了，雨韵。"我心里十分感激。雨韵带来的案件分析思路十分重要，让人有种茅塞顿开的感觉。

"医生大哥，我有预感，你一定能破案的。"雨韵眉飞色舞地说。

雨韵刚走不久，周彤就给我回电话了，在电话里她说："高医生，你估计得没错，她的确是其中一个。"

得到了这几样实在的证据，我决定出手了。但如果直接出击的话，很可能会碰壁，甚至会让真相永沉。

于是我制订了一个小小的计划，只是我制订的计划，还缺少一枚最重要的棋子。少了这枚棋子，就无法演一出好戏，自然鱼儿也没办法上钩了。

为了顺利实施我的计划，我又一次来到了F大图书馆。

图书馆可以说是F大的标志性建筑，也是学生们的骄傲，这里不仅仅是一个收藏书籍的地方，同时也是知识的圣坛。

在"认知和脑科学类"书籍旁边的书桌旁，我终于找到了她。

一头清爽的学生发型，一副大大的眼镜，胡雪琳，F大应用心理学系的特殊能力少女。因为右脑特别发达，能够根据人类的微表情进行超逻辑的演绎推理，常常被认为具有读心能力。

"高医生，你找我？"她合上书本，朝我露出一个充满童真的笑容，但是她的眼神却是一如既往的深邃。那双能够看透人类心灵的瞳孔，以及不同寻常的大脑，在此时，她所具有的这些特质，正好能够满足我的"角色"需要。

"你会读心，大概已经猜到我的来意了吧。"我调侃道。

"大概吧，那么，为了节约你的时间，我直接告诉你我的回答。"胡雪琳笑道。

我屏住呼吸看着她的口型。

"我的答案是：No problem（没问题）！"胡雪琳爽快地答应了下来。

我松了口气，接下来，我把计划告诉了胡雪琳，她听完，很开心地拊掌大笑，似乎对自己要扮演的角色十分满意。

"那医生，到底我是本色出演好呢，还是扮演'另外一个人'好呢？"她略带调皮地问。

"本色出演就好了。"我欣然答道，"因为你已经足够特别了。"

很好，既然胡雪琳答应下来了，我的计划的第一步就可以正式实施了。当然，这个计划的实施少不了周彤的帮忙，我让她帮忙做的，就是密切监视温小雅咨询室附近的一举一动。

而重头戏，还是咨询室内发生的那一幕。

第11章
回溯：十字的真相

咨询室内，两个女人正进行着一场特殊的对话。

年轻女子环视了一下四周，问道：“这里没有监听设备吧？”

她答道：“放心，这是我的咨询室，很安全，你可以尽量放松下来。”

年轻女子点点头：“那就好，我不想咱们的谈话被其他人听见。”

她皱了皱眉：“为什么？”

年轻女子出其不意地说：“因为会害了他们。”

她一怔：“哦？为什么这么说？”

年轻女子高深莫测地笑道：“因为我是一个超能力者，知道的人越多，他们就越危险。”

她皱了皱眉头，因为发现从进来开始，年轻女子说的每一句话都很无厘头，大概有轻度幻想症。

但她还是很有耐心地说：“好，那你还是说说你自己吧，你的烦恼是和超能力有关吗？”

年轻女子答道：“对，因为我太强大，我怕一旦我的超能力使用起来，会伤及无辜。”

越来越荒诞无稽了。

她继续顺势问道："那你有真正用过你的超能力吗？"

年轻女子笑了笑："你怀疑？我可以证明给你看。"

她问："怎么证明？"

年轻女子提议道："来个最简单的吧。你可以在心里默念十个阿拉伯数字中的一个，然后把它记在某个地方，必须是能记录的，无论你怎么隐蔽，我都能猜出那个数字来，这样就可以证明我的超能力了。"

她打心底里不信，但是怕对方有什么奇怪的手法，于是她用指尖沾了一点点墨水，用极轻微的动作在掌心写了个"7"字。

年轻女子微微一笑，说："7，我猜得对吗？"

她一愣。

无论她怎么写，对方都能第一时间准确地猜出来，既不像作弊，又不需要思考，仿佛只是本能。

年轻女子说："你很好奇对吧？这不奇怪，告诉你，因为一切都是假的。"

她奇道："假的？"

年轻女子说："这个世界，只是一个程序，所有的东西都是一堆代码，而你只是其中之一，所以我能看透你，而你看不透我。"

她问："既然你我都是程序，为何你能看透我呢？"

年轻女子说："因为我是一个Bug（漏洞）。"

她奇道："Bug？"

年轻女子说："对，Bug是这个世界最伟大的存在，也就是所谓的超能力的本源。"

她皱了皱眉头，觉得这女子可能病得不轻，但是戏还要继续演下去："那么你是怎么来的？"

年轻女子说："当然是如同达尔文所说的，进化而来的。造物代码重复出现，循环利用，势必会在某个节点出现Bug。我要告诉你的是，人类现在很危险。随着代码复杂程度的提高，进化速度会越来越快。用不了多久，当主创程序崩溃的时候，所有数据都会清零。"

她问："主创程序又是什么？"

年轻女子说："你应该懂的，就是所谓的完美人格，也就是人格密码，那是所有心理学家都无法破译的最高秘密。"

她顿时沉默了，心道：这个人虽然看似疯疯癫癫，却自成一套逻辑体系。要看透这个人的话，搞不好要用上那个方法……

好久没有像现在这样接近大自然了。

她深深吸了口气，每吸一口气，就感觉有股清甜的气息涌入身体的肺部，让她的精神为之一振。

可是即便如此，也不能排解她此时的郁闷和彷徨。

为什么我那么差劲？为什么我连一个病人的心都治不好？失意的念头不停地冲击着脆弱的神经。

自古以来，"治心"都是一项极为艰巨的任务，古人常说解铃还须系铃人，但是到了现代，解除心病有了一个专门的职业：心理医生。

于是，在心理咨询室那几十平方米的地盘上，充斥的是大量被文明社会压抑了的负面情感，心理医生既需要像盾，寸步不让地抵挡着这些黑色潮水的攻势，又需要如暴风雨中的雄鹰，迎头顺着风势投入其中，最后还要像一位循循善诱的领路人，让来访者走出迷惘，用自身的力量战胜心魔。

为什么我做不到？

她信步而行，似乎没有目的地，只想走得越远越好，外面世界的嘈杂声逐渐遥远，取而代之的是河水流淌的声音，这个声音如此原始，让她心生宁静。她放任自己的步伐前进，仿佛这条路的尽头才是自己的心灵归宿。

眼前出现了一条河流，她走向它，仿佛在拥抱着自己一直以来的信仰：治好大家的心病，让世间少一点苦痛。

突然，脚下踩到了一些东西，低头一看，是一堆衣服。

蹲下来翻看，衣服底下还有一些证件和钞票。

人呢？哪儿去了？她望着眼前的河流，突然想到：那人不会是寻死了吧，得赶紧救人啊。她冲到河边一看，湍急的水流之中哪儿有人影。

她走回来，不知道该怎么办。

但就在这个时候，她注意到，那堆衣服旁边还有一封书信。

这是两年前的事情了。

此时，在我的咨询室里，正进行着一场特殊的治疗。三名有着情绪障碍的中学生和三名心智正常的中学生在一起，以校园生活为题材，即兴表演着以学校为舞台的心理剧。

而今天我的角色也有点特殊：我是这场心理剧的监制和总导演，帮助几个学生分析自己在剧中的角色，帮助他们成长。

人类最小的基数是二，因为人类是在人际关系中互动和成长的，心理剧的创始人如是说。

心理剧是心理咨询的一种治疗手段，是一种可以使患者的感情得以发泄，从而达到治疗效果的戏剧。通过在心理剧中扮演某一角色，患者可以体会角色的情感与思想，从而改变自己以前的行为习惯。

对于那些对常规心理治疗有抗拒情绪的心理患者来说，心理剧是一种比较温柔的治疗手段，往往可以起到不错的效果，特别是对于心理失常的儿童和青少年，他们年纪尚轻，使用的语言往往不容易完整、准确地表达自我，而心理剧正好弥补了这种不足。心理剧不是演出，每个主角的故事都是真实的事件，简而言之，心理剧是用心表现出来的，而不是用脑子演出来的。在心理师的引导下，参与的小孩们在做剧的过程中直接呈现的就是他们自己内心的感觉和体验，非常真实。通过这个过程，可以揭示深藏在他们内心的症结，让他们觉察到自己身上看不见的，但又无时无刻不在发挥作用的负面人格特质，从而起到修复心理创伤的效果。同时，心理剧也可以帮助这些孩子提高他们解决现实问题的能力，建立更良好的人际关系。

每周演两次，共用了三周。经过观察和测试，我发现几个少年的自控能力和社交能力都有了可喜的长进。

"小乔、库儿、金仔，你们的表现都很好，我相信你们到了真实的校园生活中，还会表现得更好。"在剧目结束的时候，我立即给予他们肯定和鼓励。

我刚做完心理剧的治疗，电话响了，是周彤打来的，语气有些许兴奋："高医生，你说的那个人出现了。"

"太好了，我这就出发。"

"真的不用派我们的同志跟着你吗？"

"不用，只要告诉我即时的位置就可以。"

"你确定没有危险？"

"放心吧，相信我。"

按照警方提供给我的位置，我紧跟着眼前的那个身影，来到了F大的门口。

眼前是那个曾经出现过的神秘人，黑色的护耳帽，灰色的夹克，身形与我在飞机场以及徐闯工作室外见到的人影一模一样。当"他"在温小雅咨询室附近出现时，马上被周彤的同事发现了。

当那个身影就要跨进F大校园大门的时候，我突然大声叫道："站住！"

"他"心知不好，急忙想往回走，却被早已预知先机的我拦住了去向。

"小雅，你来这里做什么？"我对"他"说。

眼前那个人缓缓地摘掉了黑色的保暖帽子，卸掉伪装之后，露出了一张熟悉的脸。只是经过化妆之后，稍显男性化。

原来不是他，而是她，这个人竟然是温小雅。

一切都如我所猜测的一般，但是这结果并不能让人欣喜，反而使人隐隐地感觉沉重。

"阿凡，你怎么知道是我？"温小雅喘着气，脸颊红红的，见到自己的秘密被我揭穿，大概既惊愕，又有些不好意思。

"小雅，我记得你以前读书时在话剧社表演可厉害了，所以我一直在想，如果你化妆扮演成某人，加上现在的化妆技术，大概没有人能认出来吧。"我也不想场面变得太僵，所以用尽可能轻松的语调说道。

"所以你就派来一个妹子试探我，引我上钩，是吗？"温小雅已经想通了我的计划，马上反过来责问我。

"她是我的朋友，一个很特别的人，相信你也感觉到了。是我拜托她去你的咨询室求助的，我相信你会对她感兴趣的，所以……"我支支吾吾的有些不好意思。

　　"好你个阿凡，现在都学得这么狡猾了吗？"温小雅佯装发怒道，但是可以看得出她并没有真的生气。

　　"其实这种方法是小雅你亲口告诉我的啊。"我微微笑道。

　　"我亲口告诉你的？"温小雅讶然道。

　　"嗯，我曾经在飞机场的餐厅里问过你，要如何进入一个人的世界，你告诉我，重点是'故事需要一个角色'。于是我才想到了如何进入你的神秘世界，到你咨询室去的那个女孩，就是我塑造的你的故事中的角色。"我笑着解释。

　　"我只能说，阿凡你这个网络侦探还真不是白当的，的确有几把刷子。"温小雅听着我的话，忍不住笑了出来。

　　我嬉皮笑脸地笑了下，然后掏出了酒吧门口监控摄像头拍到的十一月十三日晚上出现的人影照片。

　　"小雅，这个人也是你吗？"伸手不打笑脸人，我笑嘻嘻地指着照片上那个戴着黑色毛帽、穿着夹克的人问道。

　　"嗯，是的。"她嘟了嘟嘴，点点头，随即又不解地望向我，"这个你又是怎么知道的？"

　　"你告诉我那天晚上你去找卢颖桐，碰巧被你撞见她被威胁，因而才预测到可能有危险。但是我去查过十一月十三日的酒吧监控，当晚到酒吧的是照片上这个人，那晚值班的服务生也证实了这一点。这个人影进出酒吧的时间和你告诉我的基本上无二。于是我就想到了，这个人可能是你。"我仔细解释了自己的猜测。

　　"阿凡，我是越来越看不透你了，你的侦探能力远远超过了我的想象，居然在我不知不觉的情况下调查了我这么多事情。"温小雅半是赞叹半是自嘲。

　　"这要感谢周警官他们的帮忙，不然我一个人哪里办得到？但是，小雅，你为什么要这么做呢？"确认完毕，我开始切入正题。

温小雅抿着嘴唇，沉默了好一会儿，大概是还没有做好心理准备应对我的质问。

"是不是……为了交叉人格治疗法？"我鼓起勇气，突然问道。

"你连这都猜到了！"温小雅抬起头，一脸震惊，"你是怎么想到的？"

"是读你的著作的时候想到的。"我丝毫没有成功的喜悦，反而愈发地感到惋惜，"我又把全书认真地读了一遍，我发现你在描述来访者的时候视角总是特别奇怪，就像是躲在暗处观察他们一样。于是我又想起你之前跟我说过的话，交叉人格治疗法的重点在于进入来访者的世界，并成为其中的一个角色，而你心理医生的身份当然会阻碍这种角色的实现。所以，最好的办法就是伪装成另外一个人，进入来访者的世界。"

"既然你都猜到了，那我就没什么要隐瞒的。都怪我，是我能力不够，才制造了这么多麻烦。"温小雅面露懊悔之色，"本来是在咨询室内可以解决的问题，但因为我总是无法成功地实施治疗，才想出了这个鬼点子，让自己化身成另外一个人，去探究来访者的世界，从而提高治疗的成功率。"

"就像侦探，案子破不了的时候，他会尝试伪装成另外一个人，深入涉案人员的内部。"我感慨道。

"不，像小偷，一个偷偷进入别人世界的小偷，到头来什么也偷不到，却把自己给弄丢了。"她自嘲道。

"不过，小雅，我不明白你为什么要打扮成这个样子。你明明可以有很多种伪装，为什么偏偏要打扮成一个男人的模样呢？"其实这才是我最关注的问题，也是为了验证我的一个重要猜测。

温小雅叹了口气，幽幽地说道："因为我在扮演另外一个人。"

我皱着眉头问："另外一个人？是你认识的人吗？"

"我不认识他。"温小雅摇摇头，"这件事要从两年前说起。在很偶然的机会下，我发现了一位溺水死亡的自杀者。"

"自杀者？"我一惊，这倒是我之前没有预料到的。

"对，那天正是我从事心理医生之后最低潮的时候，我因为几次治疗失败，陷入了深深的自我怀疑中，我痛恨自己的无能，心情特别差，于是我来到郊外的河边，希望在野外放松一下心情。这时候我意外地发现了一位自杀者的衣物和身份证等信息，还有一封遗书。"

"遗书上面写了什么？"

"那个人是一名记者、自由撰稿人，他在遗书中说明了自己选择自杀的原因：他本人有强烈的人格完美主义，因为他看清了太多社会的阴暗面，所以无法接受这个不完美的世界，选择了跳水自杀。他在遗书中反复要求发现者不要报警，声称是自己选择消失的，并且希望捡到他东西的人，能帮他把那些东西烧毁掉。"

"那你为什么还会假扮成他呢？"

"因为我觉得，我和他相遇，是上天的安排。"

"为什么？"

"他叫文晓亚，名字的谐音和我相同，所以我认为这是上天给我的一个机会，让我扮演成他。我觉得，这正是我一直以来寻找的一个角色，我可以利用这个身份，去了解来访者的世界，这样一来，我的治疗成功率一定会大大提升。于是我开始按照照片上的他去伪装，伪装成另外一个人：文晓亚。每当我接触一个新的来访者，而又无法成功叩开他内心的大门时，我就会用文晓亚这个隐秘的身份去接近他。同时，我也觉得自由撰稿人这个身份不错，业余时间，我会把我探听到各种来访者的人生，写成故事进行投稿，这能给我带来极大的成就感，成了我职业很好的补充。"

"所以，其实卢雨桐所说的背叛，并不是因为你想与之决裂？"我恍然大悟。

"对，卢雨桐发现我利用文晓亚的身份把她的角色写进文章里，所以认为我背叛了她。"温小雅黯然道。

"原来是这样，难怪她提到你的时候那么咬牙切齿。"我拍拍脑袋说。

"但是我真的没想到她会被杀，我也不知道谁会想要杀她。"温小雅苦笑道，眉宇间是解不开的哀愁。

"那个自杀者罗涛呢？"我话锋一转，提到了雨韵所说的十字杀人案。

温小雅脸色一变，万万没想到我会突然提起这件事，惊愕道："阿凡，你、你怎么会知道？"

"我让周警官帮我查过，你是罗涛的心理治疗师之一，但不是最后一个。我现在想知道的是，他是不是也发现了你治疗术的秘密？"

"对，他无意中发现了我交叉人格法的秘密，也就是我假扮成文晓亚窥探病人私生活这件事，于是他……"

"于是他想出了一个办法想狠狠地刺激你。"我回想起雨韵在咨询师里的分析，倒是真被她说中了。虽然温小雅并不是罗涛身边亲密的人，但作为他的心理治疗师之一，两者之间建立过互相依赖和信任的关系，罗涛认为用这种手段就可以"报复"到温小雅，也是情理之中的事。

"阿凡，你应该也懂的。"温小雅面露黯然之色，"对一个治疗师来说，最大的打击莫过于自己曾经的病人当着自己的面自杀。于是那天晚上，我知道他要自杀之后就赶了过去，但是他告诉我他不是真的打算自杀，只是为了恐吓我，于是我就哭着跑了。"

"所以实际上，那个'十'字并不是数字十，而是指代你的交叉人格治疗法，罗涛是用这种方式嘲笑你。"

"阿凡你说得没错，他就是恨我。因为他把我当成了一个无所不能的心理医生，但我辜负了他的信任。但是我不知道怎么回事，他后来被人杀了。事后我也很害怕，我觉得我身边似乎有一个幽灵。"

"幽灵？"

"对，我不知道他是谁，但我能感觉到他的存在，他好像一直在我们周围，做一些不好的事。我甚至觉得，卢颖桐被杀也和他有关，说不定就是被他……"

幽灵？温小雅的话犹如催化剂，打开了一个我一直想不通的思维困局，我脑海中刹那间如同电光闪现，想到了一个念头，一切似乎都能够说得通了。

在我思考的时候，温小雅无限懊悔地说："我真的很抱歉，阿凡。你是不是觉得我是个烂人？因为我的一时贪念，害了这么多人。"

她双臂环抱着自己，表情很懊悔，也很无助。想到温小雅可能会因此断送掉最热爱的职业生涯，的确让人有些于心不忍。

我的心一软，说："小雅，虽然你有些事情是做错了，但你的确没想过要伤害谁，何况你也受到了很多惩罚。"

作为一名心理医生，谁不想像医院里的医生一样，可以利用MR（核磁共振）或者X光检查，一眼就能看透来访者的内心。可惜没有，治疗师能做的只有跟来访者建立起互相信赖的关系，等来访者自己说出自己的心病。这就好像心理治疗师需要在地上铺上一层柔软的细沙，等着来访者自己从内心世界阴暗的角落走出来。如果那个过程受阻，那就只能各显神通了，比较激进的就像是温小雅所用的交叉人格治疗法，来实现对来访者立体的观察。

"阿凡，谢谢你能够理解我。我只是……我只是想当好一名心理医生，也不知道为什么会变成现在这样。"温小雅的神情是如此地脆弱，完全没有了平时的温和与淡然。

"你不是告诉过我吗？"

"什么？"

"完美的背面是扭曲，你一直渴望着成为完美的心理医生，因为这种执念太过强烈，所以慢慢走上了歪路。实际上，我们不可能处理好每一个个案，我们最应该做好的是下一个个案。哎呀，不好！"我突然一拍额头，失声大叫起来。

"阿凡，你想到了什么？"温小雅被我的反应吓了一跳。

"你不是说，那个被你发现的自杀者是极度的完美主义者吗？"

"是啊，那又怎么样？"

"假如啊，我只是说假如……"我又是紧张又是兴奋地搓着手臂，"如果你说的自杀者没有死，那会怎么样？"

"没死？这……这怎么可能？"

"比如说被人救了，或者自己命大，又或者，他的自杀本身就是一个骗局，当然我只是假设。"

"如果真是那样，那他为什么不出现呢？"

"他在观察你，以另外一个你的身份来做一些事情，比如说，除掉那些让你变得不完美的人。"

"这……阿凡你怎么会这么想？这也太可怕了。"温小雅满脸震惊，明显被我这个大胆的念头给吓到了。

"你忘记了，那天在飞机场，我看到了一个和你打扮得一模一样的人。你想想，是谁会知道你扮演成文晓亚的样子，又反过来扮演成'你'，观察你的一举一动？只有文晓亚他本人了。大侦探福尔摩斯也说过吧，除去不可能的一切，剩下的即使再不可能，那也是真相。那天在飞机场注视我们的就是他，那天看着我从徐闯摄影工作室出来的也是他。"我一边阐述自己的思路，一边暗自责怪自己没有早点想到这种可能性。

"你这么说，倒真的有可能，这也太不可思议了……如果是他，他为什么要那么做？"温小雅神态也变得慌张起来。

"如果那个人果真是文晓亚的话，结合当晚的监控视频拍到的影像分析，杀害卢颖桐的人很可能就是文晓亚，一个复活的'死者'。"

"既然他没死，为什么不堂堂正正地回来生活呢？"

"你忘了他遗书上说的吗？因为他忍受不了太过真实的世界而选择了自杀，这种人对社会应该有一种避而远之的心理吧。他一旦自杀失败，很可能将错就错，换一个身份生活。"

"那也没必要杀人啊，卢颖桐跟他无冤无仇的。"

"我想，杀人动机可能还是跟他的人格有关。因为卢颖桐偷了你的个案档案记录，破坏了他所坚持的完美，所以文晓亚就把她杀了。罗涛也是一样，杀人者也有可能是文晓亚。"我一字一句地分析着，这种疯狂的念头和行径还是有点令人毛骨悚然。

"整件事都是我的错，他完全可以记在我一个人头上，干吗要伤及无辜？不行，阿凡，我们要抓住他！"温小雅抓住我的手臂，急切地哀求我。

"现在我担心的是段明伟。"我神色凝重地说。

"段明伟？为什么是他？"温小雅一怔。

"因为段明伟也破坏了你的完美，很可能成为他的下一个目标。"我沉声道。这种可能性的存在，让情况变得突然紧急起来，如果不快点的话……

"那怎么办，阿凡？我们得阻止他啊！"温小雅也意识到了问题的严重性。

"我们现在马上去找段明伟。"我当机立断地说。

第12章

真相：隐藏的魔王

快到十二月的Z市，江边的风刺骨地冰冷。

夜晚，周围一片寂静。只有单调的水声，从无止境的黑暗中翻涌而出，随即又消退逝去。

独自坐在堤旁冰冷的水泥地上，全身笼罩在雾白的气息中，与这庞然巨大的黑暗对峙着。

这么做是对的吗？

因为这个问题已经痛苦了好几个月，也已经计划、烦恼了数周之久，这几天以来更是一直思索着同样的事。终于在此时此刻，他的意志正逐渐明确地向一个方向集中。

对的，就是要做那件事，让所有人都看到，"完美"到底是什么样子的。

深夜的江，沉默得可怕。

微亮的星空下，他朝着不见一丝行船灯光的外海彼方，扔出一个白色面具，面具落入水中，不知道漂往何方。

起风了，凛冽的寒风令人浑身颤抖。

"为什么，为什么都跟我作对？"

从一家日式料理店出来，段明伟踉踉跄跄地往家的方向走，喝了不少日式清酒的他，已经有些不省人事。

"温小雅，都是你不好！如果你早点接受我，我犯得着到处拈花惹草吗？会沦落到现在这个地步，把工作都弄丢了吗？还不都是你，假正经，什么以事业为重，治病救人，当我没看见过你那些裸照啊？"段明伟一边走成一个S形，一边喋喋不休地骂着。

丁零零！

就在此时，他的手机响了，一看是温小雅打来的。

刚接起电话，那头温小雅就急切地问道："老段，你现在在哪里？你可能会有危险，告诉我你的位置！我过去找你。"

段明伟压根没听清楚温小雅在说什么，他带着怒意和酒劲，发泄着自己的不满："什么老段，叫得那么亲热干吗？温小雅，你知道吗？我根本没那么喜欢你，之所以追了你那么多年，是因为我不服气！你凭什么高高在上？你凭什么拒绝我？我985院校毕业，一个金融圈的金领，为什么要受这份委屈？从今天起，我跟你说，我不会再……"

啪！

由于脚跟不稳，段明伟被路边的浇花水管绊了一下，连人带手机摔出去好几米远。

但酒劲发作的他已经无力站起来了，只听见跌落在地上的离他一米开外的手机，话筒里仍旧锲而不舍地传出温小雅的声音："喂，老段，你到底在哪儿？"

他挣扎着在地上挪着身体朝手机的方向移动，尽全力伸长手臂想抓住手机，似乎想说点什么。

突然，有一只脚从旁边伸了出来，毫不留情地踩住了他的手机，将屏幕踩得粉碎。

段明伟抬头望去，他的瞳孔里逐渐映射出一个诡异的人影。

那种感觉令他无比地恐惧。

"喂喂喂！"温小雅朝着手机呼叫了好多声，但是对方根本没有反应。

"小雅，怎么了？联系不上吗？"我也在旁边干着急，很明显段明伟遇到了一些意料之外的情况。

"刚刚还能听到他的声音，好像是喝醉了，但是现在一点声音都没有了，再打又打不通。"温小雅极度不安地说。

我心里大叫不好，二话不说立即打电话给周彤，简要说明了情况，请她调查一下段明伟的去向。

剩下来就是焦急的等待，一个多小时后，我们得到了一个坏消息：段明伟从日本料理店回家途中被杀，死因是窒息，凶器同样是绳子。

十一月二十四日，离卢颖桐被杀已经过去了一周，又有摄影师徐闯、医学心理学教授谷开源、基金经理段明伟接连死亡。按照目前的案情推断，卢颖桐和段明伟被杀极有可能是同一人所为，如果再加上十字杀人案的死者，那么这个凶手已经作案累累了。

我把我对案情分析的方向告诉周彤后，她很赞同，也立即深入调查了一番，不久后就有了反馈。

"高医生，你说的那个文晓亚，我们调查过了，的确有这么一个人。你看，这是他的资料。"周彤把一张打印出来的档案纸递给了我。

照片上的年轻人有些清瘦，但是棱角分明、目光锐利，感觉是一个爱憎分明、情感强烈的人。

"我们还调查到，大概十个月前，在丽水河附近有村民救过一个人，但是他没有留下姓名就走了。据我们的同事回访得来的消息，那个人的样貌和文晓亚十分相似。"周彤提供了一个很重要的信息。

"也就是说，文晓亚很有可能没死。"我思索道，"而且可能就在Z市。那么，他会躲在哪里？"

几天后，市局内举办了一次小型的媒体通气会。参加会议的媒体都是警方精心挑选过的，都是在报道消息方面比较客观公正，且具有权威性的媒体。

已经荣升为副局长的陈一新首先发言："相信媒体同志们对这次系列案件的来龙去脉一定很关心，今天的这个媒体通气会，是我们为了让大家写好稿子，安抚好市民的情绪，在及时进行信息公布的同时，也避免一些失真的报道，维护我们警方的形象。下面由我们办案的主要负责人方图正大队长，给大家详细介绍一下案件的情况。"

方队长刚刚从别的地方调过来，这个人办案能力很强，但是口音特别重，说话速度又快得惊人，在场几乎没人能听得清。

大家都面面相觑，嘀咕着为啥让他来汇报，但是没想到，还没等抱怨完，方队长竟然已经汇报完毕了。

"好了，如果还需要其他信息，欢迎致电给我们，会议到此结束。"陈一新匆匆忙忙宣布散会。

"还以为能拿到什么一手资料呢，真是无语。"一位走出会场的女记者抱怨道。

"大概这就是他们的用意吧，让我们用'正常模板'进行报道。"一个老记者说道，"那就按照流程办事就完了。"

当拿到所有报道的时候，周彤打电话给我，说："医生，你的计策奏效了。"

我大喜过望，问道："是吗？他到底是谁？"

周彤答道："今日热点的新晋编辑——雷小丫。"

审讯室内，系列案件的犯罪嫌疑人雷小丫正在接受警官的问询。

这是一个一米七左右的年轻人，身材并不强壮，但眼神十分犀利。在灯光的照射下，他的面容稍显憔悴。

"为什么抓我？"

"因为你的报道有问题。"

"我的报道怎么了？不是你们提供给我的吗？"

"是吗？那请你看看这些报道。"

负责审讯的警官把几十份媒体报道放在雷小丫面前，说道："这是参加我们警方举办的媒体通气会的所有媒体写出来的关于案件的报道，你自己看一看。"

"我不想看，你直接告诉我吧，我的报道哪里错了？"

"错？没错，你的报道就是太正确了，跟其他人的报道不一样。实话告诉你吧，你这报道里面关于案件的不少细节，都是我们警方在通气会上没有提供过的，请问你又是如何得知的？"

"我道听途说的。"

"道听途说？你的主编告诉我们，你的成稿时间极短，你哪里有时间去道听途说？"

"我擅于收集信息，不行吗？"

"不行，老实告诉你吧，这是我们故意设下的局。因为我们知道你是一个极度完美主义者，所以一定会不自觉地把自己在现场得到的信息强加到你的报道中去，而实际上我们根本没有提供这些信息给你们。"

"你们怎么知道我是一个极度完美主义的人？"

"你自己说的。"

"我自己？"

"你自己的遗书，忘了吗？文晓亚先生。我们已经验证过了，你的指纹和当年留下的是一致的。你应该是一个已死的人，对吗？你的真实身份我们已经查清了，雷小丫只不过是你购买的虚假身份证，以此来掩饰自己的身份，文晓亚才是你的本名。"

"既然你们都知道了，我就没什么可说的了。"文晓亚索性一副全然无谓的模样。

"卢颖桐和段明伟是不是你杀的？"

"是。"

"你为什么要这么做？"

"因为他们都破坏了我的原则。"

"什么原则，说清楚一点。"

"我的原则就是，一切都要完美。"

"卢颖桐、段明伟和你完不完美又有什么关系？"

"温小雅既然借用了我的身份作为辅助，去完成她的治疗，实际上就是我的另一个替身，也是我的一部分，我不允许我的替身有污点。他们这么做，让我忍无可忍。"

"你怎么知道卢颖桐和段明伟做了什么？"

"当然是因为我一直在观察。既然温小雅扮成我，那我也理所当然可以

231

扮成我自己。即使有人调查，也会以为是她而不是我。"

"就因为你所谓的原则，你就犯下这么多罪行？你自己的污点还不够多？"

"你们不会懂的，这是两码事。现在既然我的完美被你们揭穿了，那么我愿意接受任何惩罚。至少，我的完美是完成了。这是我的信仰，不能被任何人所破坏。"

嘉信大厦十六楼，我的咨询室。

"医生，这次可得感谢你，你的计划很管用，给我们省了不少麻烦。"坐在沙发上的周彤悠闲地喝着龙井，案件结束，她的心情似乎也非常不错。

"哪里的话，还不是你们警官反应迅捷，手段灵活。"我也顺势恭维道。

"不过你是怎么猜到文晓亚有可能是一个媒体工作者的？"周彤好奇地问道。

"文晓亚本身就是记者，干回老本行是最方便的维持生计的选择，其次利用媒体工作者的身份十分有利于观察，即使偶尔被撞见也有借口可以脱身，再说，报道自己做过的案件，应该很有成就感吧，所以我才会建议从报道过相关新闻的媒体从业人员里面筛选。当然主要还是运气好，你们一查就发现了这个人有嫌疑，便把他列入了警方邀请的媒体名单中。"我解释说。

"不过，这文晓亚也真是的，干吗一定要固执于所谓的完美呢？害死了这么多人。"周彤感慨了一句。

"大概是因为，人格的力量。"我说。

"人格的力量？"周彤抬起头。

"对，人格就像轨道，而我们的人生则像是一辆列车，沿着人格为我们制定的路线运行，表面上看起来，完美似乎是我们理想的人生轨迹，但实际上，它更像是一个枷锁，束缚着正常人格的发展，甚至偏离原来的轨道。"

"这么说，你认为不存在完美的人格？"

"愿景。"我不由自主地说出了这个词，"这大概是心理学的一种愿景，当内心渴望成为的那个自己和现实中的自己重合的时候，完美就实现了。那是心理学从弗洛伊德时代开始，便一直执着探索的问题，也许未来的某一天，我们会有明确的答案。"

第13章

转型：天才的启蒙

"也就在此时，野兽国王麦克斯忽然感觉好寂寞，好想回到最爱他的人身边。"莫里斯·桑达克在《野兽国》中说道。

每人都有一个谜，当谜题解开的时候，也是内心真正释然的时候。

"我花了很长时间才明白，想当好一名心理医生，和能当好一名心理医生，是两码事。"

两个月后，温小雅坐在休息室里的黑色椅子上对我说道。今天她穿着一件淡黄色的毛衣，柔软的黄色针织布料看上去有一种温暖的感觉，搭配上白色的修身裤，又增添了一分活泼可爱。

此时她的目光，依然停留在玻璃门外的活动室里嬉戏的小孩身上，脸上流露出一种久违的满足。

自从卢颖桐的事件结束之后，温小雅就自动退出了心理治疗行业，如今她在一家叫智乐坊的儿童益智教育机构任职，主要负责儿童心理教育的指导。之前还担心小雅会不会对新工作有些不适应，但是看到她流露出来的对小朋友的关爱，我也由衷地感到欣慰。

"别这么说，小雅，你在心理治疗方面的成绩，可是有目共睹的。"我赶紧安慰道。如果不是出了那件事的话，温小雅现在还是心理界的红人呢。

"不，阿凡，我觉得你比我更适合当心理医生。"温小雅突然用一种羡慕的眼神望向我，微笑着对我说。

"我啊，真是惭愧，总是不务正业，主业都荒废了。"想起最近参与的那些案子，我不好意思地摸了摸后脑勺。

"我觉得那才是好的心理医生该有的样子。其实心理治疗跟破案是类似的，你有足够的好奇心，你愿意去探索。好的心理医生不应该被刻板的条条框框所束缚，不为现成的各种门派的理论所满足，而是执着地把每个个案当成新的案子去侦查、去分析，找出最后的真相。那种勇气正是我所缺乏的，所以我才想出了假扮成观察者的歪招，归根结底还是缺乏自信心吧。"温小雅仿佛回想起了自己的咨询生涯，语气中透露出一种淡淡的忧伤。

这时候，一阵喧闹声打断了我们的对话。

在儿童游戏活动室里，出现了一个熟悉的身影。那是一个穿着暗紫色条纹衬衫的男人，半长的头发微微卷曲，脸蛋帅气又略带一丝忧郁，他正兴致勃勃地望着那群使用益智玩具开发智力的小孩，时不时和他们一起玩乐。

是费义，在恐惧案里曾经为许奕夫做过咨询，也不知道他为什么出现在这里。

此时，有一个穿着蓝色衣服的，十来岁的男孩走近费义，费义俯下身来，男孩对他说了几句话，然后急匆匆走开了。

我望着那个孩子的背影皱了皱眉头，看着有点眼熟，好像在哪里见过，但是一时想不起来了。

一抬头，发现费义远远地朝我招手，于是我也暂别温小雅，离开休息室朝费义走了过去。

"高医生，好久不见了。"他主动伸出了手。费义的笑容非常亲和力，有力的手臂让人觉得他精力充沛。

"费医生，你怎么会在这里？"我好奇地问。

"还不是因为那个天才计划。"费义抽回手，习惯性地做了个抽烟的动作，才发现自己手里并没有烟，不禁哑然失笑。这是当然的，因为智乐坊是禁烟的。

"天才计划？"我有些困惑。

"嗯，这是我和智乐坊合作的一个项目，目的是为了培养一些在各个领域有天赋的小孩，比如数学、艺术、体育等。"费义言语中透露出一种自豪感。

"天赋也可以培养吗？"这话让我有点摸不着头脑。

"高医生，你知道我一直在做有关超能力方面的研究，近年来，我逐渐认识到，人的大脑是可以通过某种适度的刺激来开发的。大脑蕴藏的潜能就好像一个魔方，正等待着我们去开启。比如说，有许多人在脑损伤之后变成了某方面天才，相信你也听说过相应的例子吧。"

"是的，听说过一些。"我点点头。

"克莱蒙在童年经历意外之后，任何动物，他只要扫上一眼，就可以凭记忆制作出栩栩如生的雕塑；约翰森左脑遭受枪击，从而导致了右半身麻痹和聋哑，但也获得了不可思议的记忆力；帕吉特因为一次脑损伤患上了学者综合征，之后在数学、物理等领域表现出了惊人的天赋，摇身一变成了数学天才。这些例子，在脑科学界被称为'获得性学者症'，所以脑外伤有一个特殊的名字，叫作天才之门。"费义对这些案例如数家珍，语气中满怀激情。

"但那种东西，也许只是偶然罢了，是万里挑一的运气，而且往往是以牺牲正常的生理机制为代价的。"我不以为然。

"不，脑科学早已表明，对大脑某些关键区域的强化或抑制，能够最大化某些方面的能力。比如说，对负责思考决策的前额叶，以及控制语言的颞叶进行抑制，会出现艺术创造力爆棚的现象。但毕竟，这些现象都是被动发生的。反过来讲，只要找到某种规律，就可以主动地抑制或者强化某些区域，使整个脑区域产生让脑细胞发育或改变的化学物质，达到一种新的平衡，从而出现某种领域的天才。"

"这就是你所说的天才计划？等等，难道说，你已经找到合适的办法了？"我不禁讶然。虽然知道费义痴迷于超能力的开发，但没想到他研究的进展如此之快。

"已经有所发现，还在努力完善当中。"费义的眼里闪出激动的亮光，"这也是我和智乐坊合作的原因。公司的宗旨也在于开发儿童智力，而我则希望寻求完美地引导出超能力的方法，大家有着共同的方向，所以，对合作的前景都是十分看好的。好了，高医生，有空咱们再聊，这会儿我还要去跟踪一下实验的进度。"

费义朝我露出一个迷人的笑容，然后便消失在活动室里。望着他的背影，不知为什么，我稍微有些心神不宁。

"你认识费医生？"回到休息室，温小雅问我。

"是在一个偶然的机会之下认识的。"我轻描淡写地说。

"他可是一个绝顶聪明的人，也很有爱心。"温小雅对费义的评价颇高。

"对了，小雅，你们公司是不是有一个天才计划？"对这件事我多了一个心眼。

"嗯，说到底啊，都是现在的家长望子成龙之心太过迫切、太急于求成了，总想着自己的子女将来能变成某方面的天才，想赢在起跑线上，所以对这种天才养成计划趋之若鹜。公司看到有利可图，立马就开启了这个项目。"

"原来如此。"我若有所思。

离开了智乐坊，我还是有点不安，仿佛心里有根刺，又挑不出来。

下午我做了一个艰苦卓绝的个案，是关于"双相情感障碍症"的，做完之后我觉得有点累就在沙发上睡着了。

然后我做了个奇怪的梦，梦见李意和王亚飞站在一起对着我笑。

王亚飞说："高凡，时候到了。"

时候？什么时候？我有点纳闷。

李意也说："凡哥，到这边来，表演要开始了。"

他用手朝我背后一指，我回头一看，发现身后有一个巨大的舞台，舞台上升腾起如同火山爆发一般的火焰，璀璨夺目，但是很快火焰消失了，剩下了大量乌黑的浓烟，如同烧焦了的锅炉，浓烟瞬间把我包围，幻化成几个模

237

模糊糊的人影。

"等你很久了。"有个声音说。

我正想找找那个声音的出处，梦就醒了。

醒来之后，我仍旧疑惑未消，于是我坐在沙发，仔细揣摩着自己的怪梦，梦是潜意识的集中表达，虽然荒诞，但也许其中包含了一些我没有留意的点。

在我的这个梦中，出现了王亚飞和李意两位以前认识的心理学人士，他们说了一些意义不明的话，预示着有些事情即将发生，而最终出现的东西，是一些模模糊糊的人影。综合起来分析，我对自己的潜意识提示做出一个总结：模糊的人影预示着即将发生的事情。

只是，模糊的人影指的是什么？即将发生的事情又是什么？

对了，我突然想起今天在智乐坊见到的那个小孩，之前到底是在哪里见过他呢？怎么就是想不起来？

我拍拍脑袋。人的记忆就像是一个庞大的图书馆，如果在录入信息时没有编码好，就像是放入书籍时忘了贴上标签，那么在提取时便会十分困难，但生活中有许多当时看起来并不重要的信息，在进入大脑时没有进行编码，这时候就只能进行最简单粗暴的搜索方法。

绞尽脑汁地思索一番之后，突然间，记忆中的某个镜头一闪，几个画面终于重叠在了一起。

"原来是他！"我一拍大腿，恍然大悟。

这个男孩，不就是脸盲案中，我被"阴影"叫出去时，在天台上等我的那个吗？只是他当时穿了一件黄色的球服，而今天换了一件蓝色的连帽卫衣，所以把两个形象对上号，费了我不少工夫。

一个关键线索同时出现在两个不同的案件中，这一发现，引发了我一连串的思考。

"阴影"和费义，两个原本完全不相干的人，此时却被一条隐隐的线连在了一起。

这一切会是偶然吗？

如果是偶然，暂且不论。

但假如不是，那么这个小孩一定和PSY（生物物理哲学）社团有某种关联。依据之前的调查，PSY一直在用心理学手段培养他们需要的下一代，这个小孩会不会是他们培养出来的？而那个小孩和费义之间，似乎又有所联系，如果这一切都成立的话，那么，费义和PSY社团的系列案也脱不了干系。

PSY社团一直未出现的人，是"自性"。

想到这里，一张隐藏的关系网络突然显露出它狰狞的面目。

天才计划？这又会是什么？我顿时想到了崔黎的恐惧实验，如果说费义和PSY有关系，那么这个天才计划一定没那么简单，很可能和阴影动力学有关。如果说费义在天才计划的实施过程中，利用崔黎掌握的技术，不着痕迹地给小孩埋下恐惧的种子，那么后果将不堪设想。

这件事必须马上告诉周彤，我正想拨通手机，手机却自己响了起来。

一看电话，竟然是费义打来的。

"费医生，有事吗？"我接起来，十分警惕地问。

"高医生，小雅老师正在我这里做客，怎么样，高医生，你也过来聚聚？"费义话中有话。

我一听这话，心凉了半截。费义大概已经看出我发现了什么，所以找了个理由把温小雅骗了过去，而温小雅对这一切还不知情。

"小雅怎么会在你那儿？"我紧张地问。

"智乐坊让她帮忙做一下天才计划的前期调查，在我的邀请下，她来我的超感实验室参观。"

我沉默不语，思考着他话里的真实性到底有多少。

"不信？"这时候，费义仿佛看透了我的心思，他把电话移开，"小雅老师，和高医生说几句吧。"

好像是撕开胶布的声音。

"阿凡，别过来！"只听见温小雅嘶声喊道。

但是她的声音很快被掐掉了，电话那头响起的又是费义的声音："高医生，这是我们之间的事，我希望你能够保密。不然的话，对小雅老师可不太好。"

这次，是赤裸裸的威胁。被逼无奈之下，我只好只身前往超感实验室，看看他到底想做什么。

到了实验室，等待我的人只有一个，费义。实验室的灯没有全开，他背对着我，抽着烟，缭绕的烟雾给人一种无法捉摸之感。

"高医生，你来了。"他说。

"小雅呢，你把她怎么了？"我心急火燎地左右张望，不见温小雅的踪影。

"你别着急，小雅老师很好，只是，我希望你能参加一个实验。"费义转过来，脸上带着一种古怪的笑容。

"你到底是什么人？"我盯着他。

"高医生，我们不是第一次见了，相信你也有自己的判断吧。你可以说我是一个不走寻常路的心理医生，也可以说我是一个有梦想的科学家。"他略显夸张地张开双手，露出一个自我陶醉的表情。

"那你和'自性'是什么关系？"我出其不意地问。

"'自性'吗……"费义又点燃了一根烟，"他，算是我的合作伙伴吧。"

"为什么要和那种人合作？"我皱了皱眉头。

"他有我想要的东西。"费义呼出一口浓烟，咧嘴一笑，"阴影动力学是一个充满吸引力的理论，我没理由拒绝。"

我的心咯噔一下，果然没猜错，他们之间是有联系的。既然费义敢把话都挑明了，也说明了他如今是有恃无恐，这给了我一种很不好的预感。

"你到底想做什么？小雅呢？"我冷冷地问。

"你很快可以见到她了。但是现在，请你转过身去。"费义拉下脸来，命令道。

我没办法，只好乖乖转身。

嘭！

只感觉背后被人重击了一下，我失去了知觉。

第14章

实验：罪恶的延续

"斯金纳的箱子，已经过时了。"

费义的声音通过耳机传到我耳朵里："当年要训练一个人做出相应的行为，要用奖励或是惩罚，甚至电击这样不靠谱的方式，而现在，无所不能的脑科学已经替代那种老套的做法了。身体是很诚实的，在与大脑的对抗中，身体毫无疑问会败下阵来。"

醒来的时候，我发现自己已经置身于一间实验室中，实验室整个空间都涂成了白色，室内是封闭的，门在我的右侧。实验室有一面观察窗，是单面的，从外面可以看到里面的情况，而里面的人则看不见外面，我猜费义就在那面玻璃的后面对我说话。

此时我的头还有些痛，更让我不舒服的是，我的头上还戴着一个脑控仪器，不知道是干什么用的。

眼前的场景也令我十分震惊。我的对面坐着两个人，右边的是温小雅，她头发凌乱，眼神里充满了恐惧，像是努力想要对我说些什么。左边的是一个我意想不到的人，崔黎，她脸色铁青，看不出她的内心活动。她们两个人跟我一样，都被束缚在椅子上动弹不得，嘴巴被胶布封住，不同的是，她俩的脖子上还套着一圈绳索。

我们三个人的位置，围成一个正三角形，就像是在进行一种恐怖的仪式。

消失已久的"恐惧"，怎么会出现在这里？费义到底想拿我们干什么？正想着，他的声音又在我耳边响了起来。

"高医生，此时你头上戴的这个装置，叫作全颅定向刺激仪，是可以对大脑区域进行精确强化的仪器，接下来我会对你大脑的某个区域进行持续的刺激。我们的实验假设是，对这个区域进行某种强度的刺激之后，人的攻击性会大大提升，也就是说，你最深层的阴影会被释放出来。在日常状态下，人也许会被理智、社会秩序、法律所控制，但是人的潜意识却是忠实于本能的。身体是很诚实的，身体在与大脑的对抗中，毫无疑问会败下阵来。高医生，你应该感到很荣幸，因为你是第一个正式参加这个实验的成年人。"

我想大声反驳他，但是我发不出声音来，即使能开口，声音估计也传不到实验室外面去，这种感觉十分憋屈。

"在你面前，一边是你的好朋友温小雅，我看得出你在意她对吧？一边是你们一直追捕的罪犯崔黎。我真得感谢崔黎，因为她研究出来的人格脑图填补了我的研究缺陷，现在我已经可以准确地找到影响心理阴影的大脑区域，这是这个实验的基础。

"好了，回到实验中来。你看到她们脖子上的绳索了吗？温小雅脖子上的套索，会随着时间的推移慢慢收紧，而崔黎脖子上的绳索，则取决于你。医生，你手上有一个压力控制器，你只要用力抓紧，那边的绳索便会收紧。你杀了崔黎，这个实验就宣告结束，我们的实验假设也可以得到验证。如果我们的实验失败，没有诱导出你心中的阴影的话，对不起高医生，那只有请你的朋友温小雅作为第一个牺牲品了。高医生，我提醒你一下，给你做决定的时间，只有三分钟。"

我听得胆战心惊，这根本是一个把人当成动物的实验。

"哦对了，说到这里要特别鸣谢一下魏达明老爷子，因为这个实验的名字叫作三角木马，模型是他想出来的，我只不过是做了一些改进。现在，我宣布，实验开始。"

费义的声音消失了，我不知道他究竟是离开了还是躲在玻璃窗外继续观察。

不管如何，墙壁上的计时器显示，时间倒数开始了，而套在温小雅脖子上的绳子开始收紧。

时间一秒一秒过去，大颗大颗的汗珠从我额头上冒了出来，沿着脸颊和下巴滴在我的衣服上。

怎么办？

也许对费义来说这只不过是一个有关阴影和攻击本能的实验，但对我而言，却是关乎温小雅生死的痛苦选择。

左手边的椅子上，崔黎面无表情地望着我，不知道在想些什么。

而右手边的温小雅，表情异常痛苦，脸色也是越来越苍白。

"救我，救我啊，阿凡。"我仿佛听到了她的惨叫声，我想冲上去解开她的绳索，但是我办不到，我唯一能控制的，只有手中的压力控制器。

"来吧。"崔黎好像在对我说。

全颅定向刺激仪对我大脑的作用在加强，我感到各种恐惧、愤怒、阴暗的念头都涌向了脑门，全身的细胞好像被充了电似的，有一股向外膨胀的力，这股力慢慢演变成一种攻击的欲望，如果眼前有一个沙包的话，我一定会毫不犹豫地把我全部的力量倾泻在沙包上。

难道我的攻击本能真的被诱发出来了吗？

"身体是很诚实的，身体在与大脑的对抗中，毫无疑问会败下阵来。"我想起了费义的话。

我拼命压抑着自己攻击的本能，让自己冷静下来。

实验的时间所剩无几了，我到底该怎么做？

小雅是无辜的，她跟这件事没有关系，完全是因为我才被卷入到这个残酷的实验里，所以牺牲者一定不能是她。有没有存在一种可能性，实验失败的情况下温小雅并不会死？不，我不敢冒这个风险，因为代价实在是太沉重了。

可怕的画面频频出现在我眼前，那是温小雅失去生机的脸，如同凋零的花朵一般，无神的眼睛在望着我。我想如果自己不救她的话，一定会愧疚终生的。

但是，我有权力去处决崔黎吗？

崔黎该不该死，不是我可以判断和决定的，但是实验强制地把我丢到这个审判者的位置。就如同著名的"电车难题"，一辆电车朝轨道驶来，有五个无辜的人被绑在了电车轨道上，有一个拉杆可以让电车驶到另一条轨道上，但是，另一条轨道上也绑了一个人。遇到这种情况，是拉杆还是不拉杆？

不同的是，现在我面对的，一边是不得不救的温小雅，一边是连续杀人案的幕后推手崔黎。

全颅定向刺激仪对我的侵蚀还在加剧，思考越多，就越感到自己的身体像充满戾气的气球，逐渐脱离了思想的控制。

计时器显示，实验剩余的时间只有十五秒。

大概是刺激仪起作用了，我感觉到自己顾虑的东西越来越少，目标越来越明确，"不应该"在与"不得不"的斗争中逐渐落于下风。

我没有选择，我要救温小雅，而且眼下没有其他办法可想。只有实验成功，温小雅才可以得救。虽然那样我会背上罪名，但为了小雅我还是愿意的。

仿佛内心的阴影终于找到了一个释放的方向，我释然了。

手不由自主地在压力控制器边上摩擦，一股无形的力量催促着我。

就在手握住压力器的那一刻，我突然想起了一个人。

十二个小时后。

病房的门被推了开来，进来的人是周彤。

"高医生，我们已经请钟超文教授帮忙检测过了，那个所谓的仪器根本不是什么全颅定向刺激仪，而是脑提高器。实际上，当时对你大脑实施的只不过是普通的电击，作用是增强数学方面的记忆力。"周彤在我旁边的椅子上坐下来，用平静的口吻说道。

果然如此，我点了点头。

后来我才知道，在实验开始之后，费义就报警了，警察没过多久就赶到了现场，但是此时费义已经逃之夭夭了。警察发现了处于昏迷状态的我，把我送到了医院。

"小雅，她也没事吧？"我问道。

"没事，只是受了点惊吓，那个绳索装置控制得很好，并没有打算勒死她。高医生，我很好奇，当时你为什么没有按下压力控制器？"周彤听说了实验的大概情况之后就变得十分好奇。

"首先因为我很善良吧。"我淡淡地说。

"……哦。"

"其次，我想起了一个人。"

"是谁？"

"黄一敏老师，是我实验心理学的启蒙老师。"

"在那么危急的关头，你怎么会想起这个人？"

"确切地说，是想起她的一句话。"

"什么话？"

"她给我们印象最深的一句话是：作为心理学的学生，你们要学会的第一件事，便是怀疑。所以在那一刻，我开始怀疑起来。"

"怀疑什么？"

"怀疑一切都是假的。"

"哦？"

"我开始意识到，这可能是一个彻头彻尾的骗局。费义为此做足了功夫，所有的一切都是为了给我足够的暗示。从一开始的天才计划，到他所有的实验指导语，比如强调脑科学的无所不能，强调刺激大脑可以诱发阴影、提高攻击性，强调身体的诚实，都是为了让我相信，他已经发现了通过大脑刺激诱发攻击倾向的方法，而这些刺激的影响，人类的身体对抗不了。他用各种含有指向性的暗示隐藏了自己实验的真实目的，这是来自实验心理学家的诡计。"

"真实的目的是？"

"让我变成一个杀人犯。我推测，费义一定是猜到了我对天才计划起了疑心，于是将计就计，反过来利用我的怀疑，捏造出了一个人为诱导阴影、提高攻击性的实验。"

"既然是假的，那他为什么给你戴上那个装置呢？"

"只是一种行为合理化的心理暗示，每次电击都在提示我：'你可以动手了。'这并非出于道德的选择，而是大脑的不可抗力。当时，只要我内心有一点点动摇，便会按下压力控制器，因为我确信自己内心的阴影被激发了，引发了攻击性。但是，假如我真的按下了压力控制器，一旦你们警方到来，发现的只会是我杀死了崔黎。费义的声音是通过耳机直接传到我耳朵里的，温小雅和崔黎并没有听到，同时也没有任何现存的证据可以帮我证明我曾经受到过诱导，即使我辩解也是徒劳无功的。最后的结果你也看到了，那个仪器只是所谓的脑提高器。"

"费义应该知道你不是那种人。"

"不，人在紧急情况下，选择的可能性被大大限制，便失去了考虑其他可能性的机会。费义知道我在乎温小雅，所以当我看到温小雅难受的样子，心态失常之际，思考的空间会被进一步压缩。人真正对抗不了的，是有限信息环境下的选择权，就像那些电话传销的骗子，总是刻意营造出紧张的气氛，让你不得不快速做出选择。你不是告诉我是费义主动报的案吗？他确信我会按下控制器，杀死崔黎，这样他的目的就达到了。"

"的确，崔黎对他们来说已经没用了，研究成果被窃取，行踪也暴露了，正好趁这个机会把她除掉。但是他为什么不设计除掉温小雅呢？"

"温小雅是完美的目击证人，虽然是我为了救她才杀的人，但是解决不了'我是杀人犯'这个事实。警方问起来的话，她也只能如实交代。"

"但是费义失败了。"

"费义是个纯粹的实验主义心理学者，他坚信自己能够控制实验中的所有要素，达到自己想要的结果。这种信心是很可怕的，会让他越发想要操纵人类。"说到这里我叹了口气，"虽然我一直坚信心理学是为了理解和帮助人类而生的，但是在特定的历史阶段和人身上，总是反复地出现利用心理学作恶的戏码，真是让人痛心。"

"说点好消息给你听吧，医生。"看我情绪有些低落，周彤说道，"案子破了。"

这时候我才知道，崔黎在被捕后选择向警方提供情报。

"为什么崔黎这么容易就和你们合作？这不符合我对她的认识。"我有点惊讶。

"因为她说：'我原本以为人的潜意识冰块之下只有阴影，但是，我发现阴影之中还是有光的。人不是被实验操作的动物，人就是人。'大概是你在实验中的表现给了她很大的冲击吧，又或者是被当成弃子的遭遇刺激了她，总之，她妥协了。"

"所以，现在真相大白了？"

"嗯，这也是你的功劳。你猜'自性'是谁？"

"我们见过他？"

"对。"

"我猜不到，我脑子糨糊了。"

"沈学兵。"

"那个孤儿院院长？"

"没错。"

"拿孤儿做研究，对小孩们的大脑施加影响？如果让他得逞，那后果真是不堪设想。"

"以后他再也做不到了。"

"所以'愿景岛'就是孤儿院。"

"没错。"

"这真是极大的讽刺。他们所谓的愿景，对被实验者而言却是炼狱。对了，费义抓到了吗？"

"没有，被他溜了，但是我们正在全力追捕，相信过不了多久就可以把他缉拿归案。"

我心里暗叫"可惜"，这时我又突然想到了什么，问道："对了，那个小孩呢？"

"你是说那个经常在周围活动的小孩吧？我们找到了，沈学兵一直利用他和其他人进行联络，就像是他的替身一样。"

"希望以后那样的孩子不要再出现了。"

"放心吧，医生，有我们呢。"

尾声

　　十六楼的咨询室，虽然只是一个工作场所，但有时候更像是一个家，一个温暖的家。

　　我喝着钟兰妮递上的龙井茶，劫后余生的感觉愈加强烈。

　　"兰妮，我终于能喝上你的狮峰龙井了，不容易啊。"我喝了一口茶，感觉芳香沁入心脾。

　　"凡哥，这就叫大难不死必有后福嘛。"兰妮说道。

　　"我也跟着享福了。"周彤喝了一口龙井笑道，"不管如何，PSY社团的案子总算是告一段落了。"

　　她在沙发上舒服地伸了个懒腰。

　　"是啊，我也应该休息休息了。"我松了口气说。

　　"没那么容易，医生。"周彤突然神秘地笑了。

　　她拿出一个信封来："你看！"

　　我心中一凛，不会又是什么新案件的线索吧，于是便没有第一时间伸手去接，但兰妮可不管这些，一把抢了过去，兴冲冲地打了开来，看了一眼对我说道："凡哥你看，是聘书！"

我瞪大眼睛，原来那竟然是一封警方的特约顾问聘书。

我望向周彤，她也在对我笑，看来这个业余侦探，还真得继续当下去呢。

（全文完）

图书在版编目（CIP）数据

读心追凶 . 2, 人格拼图 / 奔放的老牛著 . — 南京：
江苏凤凰文艺出版社，2020.5
ISBN 978-7-5594-4340-3

Ⅰ . ①读… Ⅱ . ①奔… Ⅲ . ①长篇小说 – 中国 – 当代
Ⅳ . ① I247.5

中国版本图书馆 CIP 数据核字 (2019) 第 283954 号

读心追凶 . 2, 人格拼图

奔放的老牛 著

策　　划	北京记忆坊文化
特约策划	单诗杰
特约编辑	单诗杰 赵 钥
责任编辑	白 涵 刘洲原
营销编辑	杨 迎
封面设计	46
版式设计	天 缈
发行平台	有容书邦
出版发行	江苏凤凰文艺出版社
	南京市中央路 165 号，邮编：210009
网　　址	http://www.jswenyi.com
印　　刷	环球东方（北京）印务有限公司
开　　本	670mm×970mm 1/16
印　　张	16
字　　数	166 千字
版　　次	2020 年 5 月第 1 版 2020 年 5 月第 1 次印刷
书　　号	ISBN 978-7-5594-4340-3
定　　价	42.00 元

江苏凤凰文艺版图书凡印刷、装订错误可随时向承印厂调换

MEMORY
HOUSE